La aventura
del tocador de señoras

Eduardo Mendoza

La aventura del tocador de señoras

SEIX BARRAL

Ilustración de la cubierta:
Fotografía original de Leopoldo Pomés
Fotografía del autor: © Isolde Ohlbaum

Primera edición
en Editorial Seix Barral: 2001

Primera edición
en este diseño y formato: mayo 2003

Avda. Diagonal, 662-664 - 08034 Barcelona

ISBN: 84-322-3155-X
Depósito legal: B. 15.181 - 2003
Impreso en España

BIOGRAFÍA

EDUARDO MENDOZA nació en Barcelona en 1943 y residió en Nueva York de 1973 a 1982. Ha publicado las novelas *La verdad sobre el caso Savolta* (Seix Barral, 1975), que obtuvo el Premio de la Crítica, *El misterio de la cripta embrujada* (Seix Barral, 1979), *El laberinto de las aceitunas* (Seix Barral, 1982), *La ciudad de los prodigios* (Seix Barral, 1986), Premio Ciutat de Barcelona, *La isla inaudita* (Seix Barral, 1989), *Sin noticias de Gurb* (Seix Barral, 1991), *El año del diluvio* (Seix Barral, 1992), *Una comedia ligera* (Seix Barral, 1996), por la que obtuvo en París el Premio al Mejor Libro Extranjero, referido además a todo el conjunto de su obra, en 1998, *La aventura del tocador de señoras* (Seix Barral, 2001), Premio al «Libro del Año» del Gremio de Libreros de Madrid, y *El último trayecto de Horacio Dos* (Seix Barral, 2002). En colaboración con su hermana Cristina ha escrito la obra *Barcelona modernista* (Planeta, 1989). Es autor de la obra teatral en catalán *Restauració* (Seix Barral, 1990), que él mismo tradujo al castellano (*Restauración*, Seix Barral, 1991).

1

Cuando sus piernas (bien torneadas y tal y cual) entraron en mi local de trabajo, yo ya llevaba varios años hecho un merluzo. Pero aunque con esta súbita aparición dio comienzo la aventura que me propongo relatar a renglón seguido, no dispondría el lector de los datos necesarios para comprender bien sus entresijos si no los retrotrajese (al lector y el relato) a un momento anterior, e incluso a sucesos previos, y no expusiese del modo más sucinto un prolegómeno.

El momento anterior al que he aludido fue aquel en que vinieron a decirme que nuestro querido director, el doctor Sugrañes, el compasivo, el misericordioso, me convocaba sin demora a su despacho. Al que acudí con más extrañeza que miedo, ya que por aquellas fechas el doctor Sugrañes no se dejaba ver de nadie, y menos de mí, a quien no había dirigido una palabra ni un ademán ni una mirada en los últimos tres o cuatro años, es decir, desde que se dio por archivado mi caso o, por lo menos, desde que fue traspapelada primero y definitivamente perdida luego la carpeta que contenía la documentación de referencia, de resultas de lo cual cayó sobre mi persona física y jurídica un espeso silencio administrativo en el cual ni mi voz ni mis escritos ni mis actos habían logrado abrir la menor brecha. La causa de mi encierro había sido olvidada de antiguo y como no había argumento alguno que la pusiera en cuestión, salvo los míos, y como sea que mi pasado remoto, mi aspecto externo y algunos episodios aislados de mi vida reciente (dentro y fuera de los muros del establecimiento) no favorecían mi credibilidad, sino todo lo contrario, nada hacía prever que mis días en aquel honorable hospedaje fueran a concluir, salvo de modo harto macabro.

—Pase, pase, distinguido caballero, y sírvase tomar asiento. ¿A qué debo el honor de su visita? —fueron las palabras que acogieron mi silueta bajo el dintel.

El doctor Sugrañes, sobre quien el altísimo ha derramado sus dones a porfía, había rebasado de largo la edad de la jubilación y hacía mucho que se deslizaba por la ladera descendente de la vida haciendo slalom. Desmemoriado, sordo, cegato, lelo y flojo de remos, pero sin renunciar a una micra de su autoridad ni perder un ápice de su fiereza, continuaba aferrado a su cargo (agregando así a su pensión la paga íntegra, los pluses, los puntos, los trienios y otras gabelas) hasta tanto sus superiores, siempre enzarzados en asuntos de mayor gravedad, se percataran de ello.

En realidad, había transcurrido más de un lustro desde la última vez en que las otrora autoridades, hoy apodadas instituciones, se habían ocupado de nosotros. Creo recordar que fue una calurosa mañana de verano cuando el excelentísimo e ilustrísimo ayuntamiento, la celebérrima y dos veces preclara diputación provincial, las integérrimas y esforzadísimas consejerías de sanidad y bienestar social, el prudentísimo y garbosísimo arzobispado, la avispadísima y gentilísima audiencia territorial, la pulquérrima y divertidísima dirección general de prisiones, la famosísima y muy gallarda jefatura superior de policía, el prestigiosísimo y trascendidísimo departamento de rehabilitación de delincuentes y personas descarriadas y la fábrica de productos dietéticos El Miserere, que financiaba la expedición, enviaron a sus representantes a que nos vieran. Luego nos dijeron que les habíamos causado muy buena impresión. Bien es verdad que la víspera de la visita los más (por así decir) volubles de nosotros habían sido encerrados en las nuevas celdas insonorizadas y que los demás no pudimos hacer uso de las pancartas, manifiestos, pliegos y octavillas que traíamos bajo las batas, porque durante el trayecto los miembros de la comisión visitadora habían sido obsequiados por la empresa patrocinadora con unas galletas ricas en fibra y gérmenes y muy estimulantes del tracto intestinal, por lo que apenas el autocar se hubo detenido en el patio central y se abrieron las puertas automáticas, saltaron afuera sus ocupantes preguntando al unísono y con desafuero dónde estaban los servicios, a lo que nosotros, alineados desde hacía dos horas, bajo un sol de plomo, en las escaleras del edificio principal (o sea, el edificio antiguo) respondimos, como nos habían indicado, entonando a voz en cuello una canción que decía:

Tira la pedra,
on anirà?

Una semana más tarde nos leyeron en el refectorio, a la hora del postre, con la solemnidad debida, la carta que la comisión visitadora había cursado a nuestro querido director, el doctor Sugrañes. La carta elogiaba nuestra conducta, se hacía lenguas de la dirección y personal del centro y celebraba lo adecuado de las dependencias, para acabar recomendando que el erial que solíamos usar como campo de fútbol fuera convertido en un centro polideportivo más acorde con los tiempos, para lo cual, concluía diciendo la carta, en breve nos sería enviado el equipamiento necesario. Como primera providencia, aquella misma tarde nos quitaron la pelota. Como era una pelota hecha de trapos, alambre y barro cocido, nos abstuvimos de protestar, porque creíamos que en su lugar nos darían un balón de reglamento. Pero al cabo de unos días nos entregaron un envoltorio que contenía dos pelotas de golf y media docena de palos de distintas hechuras. De estos últimos se hizo buen uso, pues en menos de veinticuatro horas, que fue lo que tardaron en quitárnoslos, no quedó interno ni enfermero sin labio partido, hueso fracturado o diente roto. En cuanto a las pelotas, aún las hacíamos servir, pero a regañadientes y por falta de otra cosa, porque eran duras y pequeñas y como picadas de viruela, y cada dos por tres se perdían en los surcos del terreno y bajo la hojarasca, y con ellas no había quien pudiera regatear ni chutar ni rematar de cabeza, por más que pusiera en ello temperamento y maestría.

Cuento esta efeméride porque fue la última vez que los representantes del erario público se dignaron ocuparse de nosotros. Luego, al compás del aumento de los precios, nos fue siendo recortado el presupuesto, y el centro, para asombro de quienes no creíamos que se pudiera caer más bajo, inició un proceso acelerado de deterioro. La comida empeoró tanto que se podía ver a los estreptococos correr por la mesa huyendo de ella; los muebles se rompieron, la ropa se hizo andrajos, las cañerías se obturaron, las bombillas se fundieron y hasta el televisor, otrora orgullo del centro, empezó por perder el color, la nitidez y el sonido, y acabó emitiendo programas anteriores a 1966. A los internos que se movían poco era frecuente encontrarlos empaquetados en telarañas, como si fueran crisálidas. El polvo y la basura cegaban puertas y ventanas. Y sobre esta dinámica involución, como un astro rey, refulgía la idiotizada omnisciencia del doctor Sugrañes, a cuya puerta acababa yo de tocar en el momento en que interrumpió esta remembranza mi relato.

—Siempre a sus cumplidas órdenes de usted —fue mi respuesta.

—Tenga la bondad de tomar asiento, como si estuviera usted en su casa —replicó él señalando una butaca de cuyo astroso cojín hube de desalojar un gato muerto.

De su amabilidad deduje que no sabía quién era yo ni el motivo de mi presencia allí. Pero me equivocaba, como es habitual en mí. El doctor Sugrañes abrió un cartapacio que ocupaba buena parte de la mesa y extrajo con prosopopeya e hizo como que leía un documento consistente, según pude ver, en una sola hoja en blanco por ambas caras.

—Es su expediente —aclaró con voz meliflua—. De él se desprende, como no podía ser menos, que su conducta ha sido ejemplar desde su reciente ingreso en el centro hasta el día de hoy. Obediente con los mandos, cortés con los compañeros, afable con las visitas, celoso en el cumplimiento de los quehaceres cotidianos, modélico en la observancia de las prácticas piadosas. Excelente, excelente. ¿De qué hablábamos? Ah, sí, de usted, mi querido amigo. Le consideraría poco menos que un hijo mío si no lo considerase también poco menos que un padre para mí. Y este papelote, ¿qué es? Ah, sí, su expediente, en efecto —carraspeó, tosió, hizo variaciones con unas flemas y prosiguió diciendo—: En consideración a cuanto antecede y en virtud de las facultades consustanciales a mi cargo, he decidido darle a usted el alta, efectiva desde este mismo instante e incluso con efectos retroactivos si procediere. Puede irse. No me dé las gracias. Y si algún periodista le pregunta por la recalificación del terreno, diga que no sabe nada, pero que en su opinión, si todos los pacientes se han curado el mismo día y han evacuado el local, no hay razón alguna para que la inmobiliaria Sugrañes, S.A. no edifique un centro comercial y seis bloques de viviendas donde antes hubo un manicomio. ¿Me has entendido, escoria?

—Me parece que sí.

El doctor Sugrañes recuperó su armonioso talante, abrió de nuevo el cartapacio y sacó un pliego impreso, que me tendió junto con un bolígrafo.

—Es el certificado acreditativo de su curación. Rellene usted mismo los blancos: nombre, edad, causas de la enfermedad, tratamiento recibido. Lo de costumbre. Podría hacerlo yo mismo, pero ya sabe: letra de médico... Y al pie, firme también usted en mi nombre. Un garabato servirá. Donde hay confianza... Y ahora, cumplimentados los trámites, si tiene a bien acompañarme, le mostraré la salida. No pierda tiempo recogiendo sus efectos personales, yo mismo se los haré llegar por servicio postal urgente.

A empellones recorrimos los pasillos y el jardín. La verja estaba abierta. El doctor Sugrañes me ayudó a franquearla y al levantarme del suelo vi aquélla cerrarse con estrépito.

—No trate de volver a entrar: por su bien hemos electrificado las rejas —me dijo desde dentro—. Tenga, un poco de dinero para los primeros gastos. Ya me lo devolverá cuando haya hecho fortuna. Tiene toda la vida por delante. Y también por detrás. Ay, quién pudiera volver a ser joven.

Traté de improvisar una frase con la que corresponder a sus buenos deseos, pero el ruido de las apisonadoras, las excavadoras y los dinamiteros hicieron inútil el esfuerzo. Por lo demás, el doctor Sugrañes ya había escupido en mi sombra, dado media vuelta y emprendido el camino de regreso. Algo aturdido me quedé contemplando el recinto donde había echado a perros lo mejor de mi existencia. Mal podía considerarlo un segundo hogar, pues nunca tuve un primero, ni durante los muchos años que pasé allí dejaron de rechinarme los dientes un minuto. Por nada del mundo habría vuelto a franquear motu proprio aquella malhadada verja. No fue el acre olor a pajaritos fritos, demostrativo de no haber sido vana la advertencia del doctor Sugrañes, lo que me hizo alejarme de allí a buen paso. Si sentí algo parecido a un nudo en la garganta, un temblor en las rodillas y el encogimiento de algunos órganos internos (y uno externo) no fue por sentimentalismo. Siempre soñé con verme libre. Pero ahora, cuando al fin y del modo más brusco e inesperado lo conseguía, me asaltaba la zozobra de saber que el mundo al que habría de enfrentarme había cambiado mucho durante mi larga ausencia, y yo también.

* * *

Concluidas estas reflexiones y no teniendo allí nada más que hacer ni que pensar, emprendí camino hacia donde mi escaso sentido de la orientación me sugería que debía de estar la ciudad de Barcelona. Con gran incertidumbre trataba de fijar, ora aquí ora allá, los cuatro puntos cardinales, o al menos tres de ellos, a partir de la sombra que de mi cuerpo proyectaba el sol en el asfalto, cuando me encontré a la orilla misma de una autopista sin duda recién inaugurada, en cuyo arcén estaba sentado Cañuto. Al acercarme para averiguar qué hacía allí, le vi mover los ojos, los labios y los dedos con gran agitación.

—Seis mil ciento nueve en esta dirección, ocho

mil seiscientos catorce en aquélla. Aquélla gana.

Cañuto era un hombre de mediana edad, tirando a viejo. En los años 70 (de nuestra era) había robado varios bancos. No bancos de sentarse, sino oficinas bancarias. Operaba solo, con una media en la cabeza y la otra en el bolsillo (por si acaso), una pistola de juguete y una bomba de verdad. Él decía que era una bomba atómica. A tanto no llegaba, pero de todas formas le daban el dinero sin rechistar. Cuando el robo había sido perpetrado, Cañuto se quitaba la media, pronunciaba unas palabras adecuadas a la ocasión y se iba caminando por la acera. Lo curioso es que tardaron mucho en capturarlo. En su modesta vivienda encontraron la totalidad del dinero robado. No se había gastado ni una peseta y vivía de la caridad pública. Cuando finalmente lo llevaron a juicio, la galopante inflación de aquellos años convulsos había reducido el monto de sus fechorías a una cifra irrisoria. El abogado defensor de Cañuto mostró al tribunal una entrada de cine cuyo precio superaba lo que en tiempos de Cañuto había sido una fortuna. Lo habrían absuelto y puesto de nuevo en la calle si Cañuto no se hubiera empeñado en decir que sus atracos formaban parte de un plan mundial para sembrar el caos, y del cual él, Cañuto, era sólo la punta del iceberg, a la que, por otra parte, se empeñaba en llamar la punta del nabo. Por no saber qué pena imponerle, lo enviaron al manicomio, donde gozaba de justa fama de hombre metódico, riguroso, muy versado en cuestiones bursátiles, y donde yo lo conocí y traté.

—Oye, Cañuto, ¿tú sabes hacia dónde cae Barcelona?

—Hombre —respondió Cañuto—, eso depende de la dirección del viento. Déjame hacer una comprobación.

Se puso en mitad de la autopista y se metió en la boca el dedo índice con la intención de humedecerlo y hacer de él veleta. Elevé una plegaria por el eterno descanso de Cañuto y eché a andar por el borde de la autopista procurando mantener los dos pies en la parte de fuera del bordillo. En cuanto a la dirección, la elegí a ojo de buen cubero, ya que si bien mi intención era llegar a Barcelona, en el fondo lo mismo me habría dado llegar a otro lugar (por ejemplo a Copenhague) porque en ninguno tenía donde caerme muerto, si se me permite el aforismo.

El camino era llano y me sobraba tiempo, aunque no energía, porque entre unas cosas y otras no había comido ese día sino el agua sucia con medio adoquín que nos habían dado para desayunar, y el peculiar trazado de la autopista me obligaba a dar amplios rodeos a fin de contornear los bucles en que a trechos ella misma con mucha gracia se trenzaba. De este modo, derrengado yo y pasada la medianoche, la ciudad olímpica me acogía con similar desdén.

* * *

Careciendo de objetivo y no disponiendo de otro peculio que la moneda de cien pesetas que me había dado el doctor Sugrañes, acudí al barrio donde en los buenos tiempos y desde su más tierna infancia mi hermana Cándida hacía las aceras. Era un sector algo apartado de los bajos fondos, cuyas concavidades, un alumbrado tenue si no nulo, un aire viciado y hediondo y la presencia de seres como la propia Cándida atraían a un público escaso en número y también en gracias personales, juventud, salud, educación, finura, dinero y afición a la higiene personal, pero muy regular en sus malas costumbres, muy directo en sus tratos y muy fácil de conformar, y con el que Cándida mantenía una relación poco expresiva, pero hasta cierto punto afectuosa, porque si bien es cierto que la naturaleza no le había concedido encantos, ni talento, ni sentido común, la vida no había sido con ella misericordiosa, su talante era huraño y su genio vivo, y era tan dada a sufrir que le salían sabañones en el mes de julio, a la hora de faenar no había en toda Barcelona persona más buena ni acomodaticia que la pobre Cándida. Pero al llegar comprobé que el barrio había cambiado, y con él sus gentes y sus prácticas. Las calles estaban bien iluminadas, las aceras, limpias. Gente bien vestida paseaba admirando el tipismo del lugar. Me acerqué a varios transeúntes a preguntarles si conocían a Cándida y salieron huyendo nada más verme. Uno me hizo una foto (y salió huyendo), otro me amenazó con la guía Michelin, y un tercero, que se avino a escucharme, resultó ser extranjero, miembro de una secta y, al parecer, tonto. En vista de lo cual, y como no podía hacer sino esperar, mis fuerzas estaban agotadas y el clima era benigno, me recogí entre los cascotes de una obra pública y antes de que mi cabeza rebotara contra el suelo ya me había quedado profundamente dormido.

El fresquito del alba me despertó y me hallé en el mismo sitio, pero despojado del dinero y de toda mi ropa, salvo de los calzoncillos, que difícilmente se habrían podido desprender de mi piel sin herramientas. Me hice un ovillo y continué durmiendo hasta que el ruido de la laboriosa ciudad vino a desvelarme sin remedio. Para entonces los comercios habían abierto sus puertas y allí proseguí mi búsqueda, considerando que aun cuando las alteraciones urbanísticas o el natural ciclo biológico hubieran retirado a Cándida del oficio, no se habría ido a vivir lejos si aún vivía. Por fortuna, había empezado la temporada turística y mi atuendo se confundía con el de los numerosos visitantes extranjeros que a cambio de contemplar nuestras curiosidades arquitectónicas nos ofrecen la contemplación de sus vellosas adiposidades, pudiendo así yo deambular sin otra molestia que algún ofrecimiento como el de pasear en calesa, adquirir un piso en la Villa Olímpica o degustar un suquet de bogavante, cuando no las tres cosas a la vez, y ser recibido en todas partes con serviles muestras de cordialidad. Que se trocaban en insultos, befas y amenazas al formular yo en la lengua propia mi pregunta. Al mediodía mis esperanzas de dar con Cándida se habían disipado. Me senté en un banco a pensar qué hacer, y estando en actividad improductiva me abordó un niño de tez morena, el cual, con más desparpajo que sintaxis, me dijo que me había estado siguiendo toda la mañana, que sabía lo que yo buscaba y que disponía de una información que él tasaba en dos talegos, tirando por lo bajo.

—Muchacho —le respondí—, no tengo un real. Pero te hago un trato. ¿Qué edad tienes y cómo te llamas?

Me respondió que pronto cumpliría veintiún años, pero que de momento sólo tenía ocho, y que podía llamarle Jamín, contracción de Jaime en catalán aljamiado.

—Está bien Jamín —le dije—, ahora escucha. Si sabes dónde vive Cándida, dímelo y quizá algún día te pueda pagar este favor. Si no me lo dices, acudiré a la policía y le diré que te he violado. A mí me dejarán en libertad y a ti te encerrarán en un reformatorio.

Era listo, aunque le faltaba experiencia y mundología. Echó a andar a paso vivo, y yo le seguí sin ocultar mi admiración por aquel genuino producto de la reforma escolar. Al cabo de poco se detuvo ante un edificio que había escapado al plan de embellecimiento e higienización a que parecía sometido el barrio entero: la fachada aún rezumaba hollín y del portal surgía un invicto pestazo a sardina frita, excremento y gas Lebón. Jamín señaló aquel negror y masculló antes de alejarse:

—Tercero segunda.

Con el ánimo hinchado por la esperanza y pinchado por la incertidumbre, subí los escalones resbalosos y llegué a lo que la claridad que dejaban entrar las grietas del muro me indicó ser la presunta vivienda de mi hermana. Pulsé el timbre y esperé un buen rato. Finalmente mis oídos percibieron el sensual deslizarse de unas zapatillas viejas por los baldosines desencolados de un piso en ruinas. Se abrió una mirilla, pero al no llegar la persona que la había abierto al agujero, se volvió a cerrar la mirilla y una voz cascada dijo:

—Aquí no hay nadie, ¿quién va?

—Busco a una señorita llamada Cándida —respondí—. Le traigo buenas noticias. Y un ramo de flores. Y un lote de productos alimenticios. Y la posibilidad de ganar muchos premios más.

—No siga, joven —dijo la cascada voz—. Cándida no puede atenderle. Está ocupada.

—Señora —amenacé—, si no me abre ahora mismo, echo la puerta abajo.

Sonaron aldabas, rechinaron goznes y por un resquicio asomó el rostro de una viejuca mientras yo introducía en él el pie, más por dar impresión de firmeza que con fin práctico alguno, pues iba descalzo y si aquella cacatúa hubiera optado por cerrar, habría tenido que batirme en retirada dejando en el interior del piso mis cinco deditos. Por suerte la cacatúa parecía demasiado aturdida para advertir su ventaja táctica.

—¿Quién es usted?

Los dos habíamos formulado al mismo tiempo la pregunta, pero fui yo quien respondió, en parte por cortesía y en parte porque es inútil razonar con las personas de edad.

—Soy el hermano de la señorita Cándida.

—Cándida nunca me dijo que tuviera un hermano —replicó la cacatúa.

—No le gusta alardear. ¿Está en casa?

—¿Quién?, ¿yo?

—No, Cándida.

—Ah. ¿Y usted por qué va en paños menores, joven?

—Para una visita familiar opté por un atuendo informal —dije a modo de excusa—. No soy un esclavo de la moda. Ni usted tampoco, señora, a juzgar por la bata astrosa que lleva.

—Sí, pero yo estoy en mi casa.

—¿Su casa? —dije—. ¿Vive usted con Cándida?

—No, señor —replicó la cacatúa—. Cándida vive conmigo.

—¿Puedo preguntarle en calidad de qué? —pregunté yo.

—Cándida —respondió la cacatúa— es mi nuera. Mi hijo y su esposa, esto es, mi nuera y su esposo, viven en mi casa y a costa de mi modesta pensión. Pero no son en puridad dos parásitos: mi hijo tiene un negocio floreciente y Cándida hace lo que puede, que no es mucho.

—O sea —exclamé más para mí que para los obturados oídos de la cacatúa— que al final la pobre Cándida se acabó casando. Nunca lo habría imaginado.

—Es raro que siendo usted su hermano no lo sepa —dijo la cacatúa—. Si ella no le participó el casamiento en su día, razones habrá tenido. Y ahora, si me lo permite, voy a cerrar la puerta, con fractura o sin fractura de los huesos del pie, según usted elija.

—Por favor, señora —le supliqué—, necesito hablar con Cándida. Mis intenciones no son malas, pero sí resueltas. Si usted no me deja entrar, me sentaré en el felpudo y aguardaré a que salga si está dentro o a que entre si está fuera, y cuanto más tarde en ocurrir eso, más probabilidades hay de que me vean los vecinos practicando una parodia de budismo.

Viendo la vieja que me disponía a cumplir mi amenaza y que al adoptar la posición del loto se me rasgaban los calzoncillos por la parte posterior, abrió la puerta de par en par y me invitó a pasar a un recibidor angosto pero amueblado con sencillo mal gusto, adonde a poco, convocada por los gritos de la cacatúa, desembocó mi hermana procedente de las simas de aquella porqueriza.

* * *

Hay mujeres sobre cuya apariencia física un cambio venturoso de estado civil produce un efecto casi mágico, una auténtica transfiguración. No era éste el caso de Cándida, a quien encontré, por decir lo menos, francamente empeorada, como si los años transcurridos desde nuestro último encuentro le hubieran ido propinando a su paso fieras coces.

—Hola, Cándida —musité—, estás preciosa.

Contra todo pronóstico, Cándida hizo un visaje que en un primate habría podido pasar por sonrisa y respondió:

—Tú también tienes muy buen aspecto. Pero no te quedes en el recibidor. Pasa y ponte cómodo. Estás en tu casa.

Al pronto, y habiendo visto en la televisión películas e incluso reportajes reales sobre el tema, pensé que la pobre Cándida había sido objeto de abducción por parte de algún alienígena, y su forma mortal suplantada por éste. Luego me dije que ningún alienígena en su sano juicio se habría posesionado de semejante cascajo como paso previo a la conquista o destrucción de nuestro planeta, y que si, a pesar de todo, algún extraño ser de otra galaxia había tenido aquel capricho, por fuerza el cambio me había de resultar beneficioso. De modo que me deshice en mieles y la seguí al interior del piso, que constaba de dos dormitorios, cocina, baño y living room, según pude colegir del mobiliario, la decoración y otras emplastaduras.

—Como ves —dijo Cándida cuando hubo concluido el recorrido—, aquí vivimos divinamente yo, Viriato y mamá.

—¿Mamá es este pimpollo nonagenario y vesánico? —pregunté.

—De Viriato, mamá —aclaró Cándida—, y de mí, mamá política. Viriato es mi media naranja. Te encantará Viriato: en la medida de lo posible es más joven que yo, atractivo, despierto e inteligente, y de muy apacible y liberal disposición.

—¿Y tú crees que a él también le encantaré yo?

—Estoy convencida de ello. ¿A que sí, mamá?

Por suerte la cacatúa se había dormido o muerto en el ínterin volcada sobre el paragüero, y no pudo responder a esta capciosa pregunta.

—Oye, Cándida —dije—, me parece que deberías empezarme a contar esta historia desde el principio. Antes, sin embargo, y previéndola larga, te agradecería que me dieras algo de comer. Debo advertirte, a fuer de sincero y por si no lo has notado, que mi situación dista de ser próspera. Pero no temas nada: una vez saciados mi apetito y mi curiosidad, o incluso sólo lo primero, me iré por donde he venido. En modo alguno mi presencia enturbiará tu bienestar conyugal.

—No digas tonterías —replicó mi hermana—. El negocio familiar va viento en popa, gozamos de una posición acomodada y precisamente estamos necesitados de gente joven, ambiciosa y emprendedora para aumentar nuestra capacidad de expansión empresarial. Los tiempos han cambiado, hombre. Éstos no son los años setenta, que tú conocías, ni los ochenta, que pasaste encerrado. Estamos a mediados de los noventa. A las puertas de no sé qué siglo. Quédate con nosotros y tendrás trabajo, un buen sueldo y un brillante porvenir.

Y mientras decía esto abrió un cajón del secreter y sacó de él un trozo de queso y de otro cajón un mendrugo de pan no demasiado duro, que de inmediato fueron víctimas de mi avidez. Y como mientras yo comía Cándida seguía hablando, me perdí buena parte de su relato, aunque no lo sustancial, que decía así:

—Hace poco más de un año Viriato había ido pegando en las paredes y farolas un anuncio que decía: se busca esposa en este barrio, no importa edad, presencia, inteligencia ni posición social, raza, creencia o ideología. Yo respondí diciendo que si de verdad no daba importancia a la figura, al cerebro ni al dinero, yo era la persona que buscaba, pues carecía de las tres cosas, y que si quería verme, me podía venir a recoger de madrugada, a la clausura del curro, en el desmonte que hay detrás del cementerio viejo, sección de ofertas. Y al día siguiente vino y nos casamos.

Interrumpí la ingestión y me quedé mirando a Cándida fijamente a la espera de que prosiguiera, pero ella se limitó a cerrar los ojos, sonreír y exclamar:

—Y eso es todo.

Comprendiendo que formular la pregunta que cruzaba por mi mente en aquel momento habría sido cruel, decidí callar y aguardar a que los acontecimientos le dieran cumplida respuesta.

—¿Y dónde está ahora Viriato? —me limité a preguntar.

—Trabajando, como es natural —dijo Cándida—. Pero no tardará en venir. Siempre come en casa, en compañía de los suyos. Así ahorra y sigue una dieta equilibrada. Él se ocupa de la compra, cocina y lava los platos. Y a la hora de cenar, lo mismo.

—Y después de cenar, ¿no sale un rato a estirar las piernas?

—¿Las suyas? No. Viriato es muy hogareño. Después de cenar vemos la televisión si hay algún programa cultural. Si no, jugamos al Monopoly. Pero he aquí que suena el timbre, mamá abre la puerta y ya los pasos varoniles de mi Viriato resuenan en el recibidor. En breves segundos tendréis ocasión de conoceros.

* * *

Viriato frisaba la cincuentena, era bajo, rechoncho, escaso de pelo, corto de remos, levemente corcovado, y debía de haber sido bizco cuando aún disponía de los dos ojos. Por lo demás, era un hombre de aspecto saludable, no mal parecido, en apariencia bonachón y predispuesto a reír sus propios chistes. Aprehendió mi presencia y condición sin sorpresa ni enfado, reiteró el ofrecimiento que me había hecho Cándida, y no eludió la cuestión que con mucha sagacidad leyó en mis ojos.

—Acompáñame a la cocina y hablaremos mientras preparo el rancho —dijo. Y cuando estuvimos a solas, añadió—: Sin duda te estarás preguntando por qué un individuo como yo, tan parecido a Kevin Costner, se ha casado con una broma de la naturaleza como Cándida. Todo tiene una explicación. Desde muy pequeño deseé llevar una vida retirada, consagrada a la meditación y la filosofía, pero el hecho de haber desaparecido mi padre a los pocos minutos de haberme concebido, llevándose de paso los exiguos ahorros de mi madre, los apuros económicos a que este suceso dio lugar y otros infortunios que no vienen al caso, dieron al traste con mis planes. Durante un tiempo pensé ingresar en un convento, pero me lo impidió no tanto el ser yo un maricón de tomo y lomo como el no poder abandonar a su suerte a mi anciana madre, a la cual aqueja la desgracia, por lo demás muy común, de haber sido anciana desde la más tierna infancia. En vista de lo cual, me dediqué al negocio que actualmente nos proporciona el sustento y en los ratos libres, a mi verdadera vocación. De este modo cumplo con mi deber y ya llevo escritos nueve tomos de un tractatus que en algún momento, si tú quieres, te leeré, con las consiguientes apostillas.

—Nada me haría más feliz —contesté—, pero ibas a contarme lo de Cándida.

—Ah, sí, Cándida —exclamó como si aquel nombre le recordara algo—. Pues resulta que mi madre, en previsión de las afecciones propias de sus años, insistía en que me casara. Ya sabes cómo pueden ser las madres de persistentes y cuántos recursos emocionales son capaces de movilizar en estos casos. Dos veces prendió fuego al piso, una vez se tiró por el hueco de la escalera y por último, habiéndole fallado estos conatos, se fue al zoo y se arrojó a la jaula de los leones, donde aún estaría si éstos no hubieran llamado la atención de su guardián con grandes rugidos y aspavientos. En vista de lo cual, opté por dar gusto a mi madre. Después de considerar varias ofertas interesantes, di con Cándida y me convencí de haber encontrado lo que buscaba. No me equivoqué: a mi madre le cayó en gracia Cándida y Cándida parece congeniar con mi madre. Yo, como buen filósofo, me adapté pronto y sin problemas a la nueva situación. Cándida es servicial y muy sufrida, no se inmiscuye en mis asuntos, saca a pasear a mi madre por la azotea cuando hace bueno, no incurre en gastos suntuarios y limpia casi tanto como ensucia. Sé que un día las mataré a las dos a hachazos, pero entre tanto vivimos bien.

Nada podía yo agregar a estas sensatas palabras y como por otra parte Viriato mientras hablaba había ido preparando unos macarrones con picadillo que no habrían desmerecido en la mesa de un sátrapa, con un enérgico abrazo sellé nuestra amistad y como miembro viril de la familia di mi bendición a aquel venturoso enlace.

Concluida la comida, regada con un delicioso Cabernet Sauvignon de fabricación casera y amenizada por la mamá de Viriato (cuyo nombre no me fue posible deducir de la conversación, pues todos se dirigían a ella con los cariñosos epítetos de «bruja» y «sapo»), la cual, con el don natural de muchas personas ancianas para lo interesante y lo festivo, nos refirió una selección de sus mejores diarreas, me propuso Viriato acompañarle al trabajo, ya que mi hermana le había dicho que yo buscaba empleo remunerado y él, a su vez, andaba necesitado de alguien con quien compartir sus responsabilidades. A la espera de que mis ganancias me permitieran adquirir un guardarropa en consonancia, me prestaron un viejo chándal amarillo con el cual, y salvo cuando la incompatibilidad de su talla con la mía redundaba en fugaces revelaciones, pude pasar casi inadvertido entre mis conciudadanos.

* * *

El negocio de mi cuñado estaba situado a corta distancia de su domicilio, en una calle no muy ancha ni muy larga ni muy limpia, pero abundante en establecimientos abiertos al público (una calle comercial), y consistía en una peluquería provista de los aparatos necesarios, aunque no los más modernos y sofisticados, así como de un reducido stock de productos cosméticos en diferentes etapas de descomposición. Sobre el dintel, por la parte de fuera, campaba un rótulo en el que, pese a faltarle un porcentaje alto de letras, se podía leer:

EL TOCADOR DE SEÑORAS
Casa fundada en 1985 ú 86
Rapidez y buen gusto a precios de saldo

—Tenemos —dijo Viriato mientras me mostraba las instalaciones con orgullo, aprovechando una ausencia de clientes a su juicio inexplicable— un público numeroso y, lo que es más importante, muy fiel. La peluquería es estrictamente unisex, como su propio nombre indica, pero admitimos por igual a hombres y mujeres. Incluso contamos con algunos capellanes entre nuestros más asiduos visitantes. Ni que decir tiene que nuestra clientela es, sin exagerar un ápice, selecta.

Aunque hablaba en plural y acompañaba sus palabras de ademanes que sugerían una nutrida tropa, pronto colegí que la plantilla de la peluquería se reducía a Viriato, circunstancia que él justificó de este modo:

—En efecto, bien podría emplear a varios auxiliares, habida cuenta de la demanda, pero en los tiempos que corren resulta muy difícil encontrar personas laboriosas y responsables. Hace un año contraté un aprendiz al que hube de despedir en seguida pues, aparte de que no se dejaba dar por el culo, carecía de la finura, la elegancia natural y el don de gentes esenciales en este tipo de actividad. ¿Me comprendes? Ya veo que sí, porque mueves la cabeza de arriba abajo y de derecha a izquierda alternativamente, lo cual me alegra sobremanera. Por supuesto, no te puedo ofrecer un buen sueldo. Ni siquiera te puedo ofrecer un mal sueldo. Al principio tendrás que conformarte con las propinas y con lo que puedas sustraer de los bolsos de las señoras. Más adelante, si la suerte nos sonríe, quizá te permita adquirir acciones preferentes de la sociedad. Te hago esta proposición en virtud de los vínculos familiares que nos unen. No me des las gracias. Detrás de aquella mampara encontrarás una bata, una bayeta y un cubo.

* * *

De este modo obtuve el primer trabajo honrado de mi vida. Huelga decir que puse en el empeño toda la energía acumulada en tantos años de ociosidad, toda la ilusión que me infundía la perspectiva de verme finalmente integrado en la sociedad de los hombres y, a qué negarlo, todo el ímpetu que generaba en mí una sana ambición. Y a fe que mis esfuerzos no se vieron defraudados.

Los primeros días, aprovechando que se prolongaba el hecho casual de no acudir ni un solo cliente a la peluquería, me dediqué a limpiar y a poner orden en el local. Con el mango de la escoba ahuyenté a las ratas que se habían instalado allí, y a puntapiés a los gatos tiñosos que habían llegado con aquéllas a un ignominioso pacto de no agresión. A base de zapatazos constreñí a pulgas, chinches, liendres, cucarachas y escolopendras a cambiar de domicilio. Eliminé las sanguijuelas que habían encontrado acomodo en los bigudíes. Lavé toallas, batas y paños en una fuente pública, amolé las tijeras en el bordillo de la acera, encolé las púas de los peines..., ¿para qué seguir? Trabajaba de sol a sol y mi cuñado, para demostrar que tenía depositada en mí plena confianza, me dejaba solo toda la jornada. A la hora señalada echaba el cierre y lo iba a buscar a uno de los nueve sex-shops que festoneaban la manzana y en cuyos sosegados y umbríos recovecos Viriato proseguía sus estudios de filosofía con tal ahínco que a menudo debía llevarlo a rastras a su casa, pues se hallaba en un estado de meritoria emaciación. Luego regresaba yo a la peluquería, lo disponía todo para el día siguiente y me iba a cenar a un elegante bien que sencillo restaurante aledaño, en cuya cristalera un flamante reclamo anunciaba:

PIZZAS SUCULENTAS

Al horno de leña	400 pesetas
Crudas	200 pesetas
Sin descongelar	50 pesetas
I.V.A.	6 %

Los días festivos complementaba esta exquisita colación con una Pepsi-Cola (tamaño familiar), para reintegrarme acto seguido a la peluquería. Aún me daba tiempo de sacar alguna mota de polvo del espejo. Luego me acostaba, cansado pero feliz, en el colchón que yo mismo me había fabricado con la borra acumulada en el suelo, en las paredes y en el techo. De mañanita levantaba la persiana metálica y salía a la puerta a vocear el producto.

—¡El Tocador de Señoras! ¡Tintes, postizos, permanentes! ¡Trenzas, crestas, afros! ¡Mechas, tirabuzones, flequillos, rodetes! ¡Vea nuestros precios!

Cuando mis gritos y empujones atraían un cliente o clienta, aquél o ésta era por mí acompañado al sillón, donde le ponía la sobrepelliz, capa o peinador (que de los tres modos se puede llamar el trapo), le rociaba el pelo con un aerosol procurando acertarle en los ojos para que no se fijara mucho en los detalles ambientales, y corría a buscar a Viriato, el cual, bien que mal, remataba la faena.

Como soy de natural emprendedor, pronto encontré la forma de ampliar la oferta y sacarme un sobresueldo. Empecé lustrando zapatos con un estropajo viejo, muy dúctil y expeditivo, y unos betunes que yo mismo obtuve diluyendo alquitrán en aguarrás o, en su defecto, en orujo a granel. Más tarde, habiendo oído referir la historia ejemplar de un prohombre barcelonés que empezó su fortuna vendiendo crecepelo en la Exposición Universal de 1888, quise seguir sus pasos, pero abandoné la empresa después de varias abrasiones. Ofrecía a la clientela infusiones, refrescos o piscolabis que yo mismo corría a buscar al bar de enfrente, percibiendo por este servicio propinas de una parte y comisiones de la otra. Todas estas prestaciones las acompañaba con las más exquisitas muestras de afabilidad y servilismo. Escuchando la conversación de los clientes simulaba entrar en trance y reía sus bromas hasta dar de cabezazos contra el suelo. Estas pequeñas e inocentes lisonjas incrementaban en mucho su liberalidad.

Consciente de la importancia de causar una grata impresión, me teñí las canas incipientes y, de paso, toda la cabellera de un delicado color azafrán. Con los primeros ahorros y aprovechando las rebajas de enero, me vestí de acuerdo con mi nuevo estado, procurando al mismo tiempo resaltar mi apostura y esbeltez, algo menoscabadas por el consumo de tanta mozzarella, prosciutto y peperoni.

Así, gradualmente y no sin dispendio, me convertí en un señor de Barcelona.

Mi cuñado se portó muy bien conmigo. Poco a poco me fue enseñando los rudimentos de su oficio y al cabo de unos meses, mucho empeño y un moderado derramamiento de sangre, ya pude desempeñarlo con relativo éxito, lo que le permitió a él dedicarse a sus cosas y aparecer sólo al final de la jornada a vaciar la caja. Gracias a esto agregó a su tractatus un nuevo volumen en el que demostraba de modo irrefutable que el agua de un río nunca pasa dos veces por el mismo punto, salvo en el Llobregat. Esta aportación al mundo de las ideas, el cuidado de su anciana madre y un joven administrativo de la Caixa que le sacaba los cuartos por mamársela de uvas a peras lo tenían ocupado a todas horas.

La clientela de la peluquería no estaba integrada por lo más granado de nuestra aristocracia, pero no carecía de posición y ringorrango. Ya he dicho hace unas páginas que el barrio, otrora bajo, había sido sometido a lo largo de esta década (feliz) a un proceso de saneamiento y reordenación. Añadiré ahora que este proceso no se detenía, como habría sucedido de haber sido nuestras instituciones desidiosas o venales, en las apariencias externas: también las apariencias internas habían sido atendidas por medio de un instituto de enseñanza primaria, un ambulatorio y un gimnasio, de los cuales y en forma gratuita todo el mundo salía instruido, curado, fortalecido y con hongos. Se hicieron calles peatonales para uso exclusivo de vehículos a motor, se pavimentaron de nuevo aceras y calzadas y a trechos fueron plantados unos risueños arbolillos que a mediados de los años noventa, cuando el inicio de esta historia tuvo lugar, ya habían perdido las hojas, las ramas y los troncos, y se habían integrado a la perfección en el paisaje urbano. El aire era más limpio, el cielo más azul y el clima más benigno. Nos invadía el orgullo de vivir allí.

Huelga decir que con mi diligencia y mi honradez, mis prendas y mi donaire, encajé sin el menor problema en este sano ambiente. Era conocido, respetado y muy apreciado en el barrio. Los padres me pedían consejo sobre el futuro de sus hijos, los comerciantes sobre la marcha de sus empresas, los pensionistas sobre la forma de invertir sus haberes. Aprovechando una buena ocasión, alquilé un apartamento algo angosto y mal ventilado, pero cercano a la peluquería. Más tarde adquirí de segunda mano una nevera y un televisor. Para recuperar tantos años de atraso, me suscribí a unos cursos de cultura general por correspondencia. Cada mes me enviaban unos apuntes fotocopiados, una lista de preguntas y, por un módico suplemento, también las respuestas. Desprovisto del hábito del estudio, a menudo me desanimaba advertir el escaso rendimiento de mis esfuerzos. En estos casos, una vez más, mi cuñado Viriato me brindaba el sostén de su sabiduría.

—No te desanimes, hombre —me decía—, y estudia sin fijarte demasiado. Piensa que sólo te hará provecho lo que no entiendas.

Me inscribí en varias asociaciones vecinales y si alguna vez había que llevar el viático a un moribundo, yo lo precedía agitando sin cesar la campana y el paraguas. De este modo me pulí por dentro y por fuera y colmé mis necesidades materiales, mis ambiciones sociales y mis aspiraciones intelectuales. En cuanto a las mujeres, hacia quienes en otras épocas había sentido una inclinación rayana en la licantropía, habían dejado de interesarme. Las trataba con especial respeto, y procuraba con ahínco eliminar de nuestros mutuos contactos cualquier asomo de atrevimiento. Con este proceder conseguí tener tantas como quería, es decir, ninguna.

Y así estaba, a punto de recibir la Creu de Sant Jordi, cuando ella hizo su entrada en la peluquería.

2

Me encontraba solo y como de costumbre acurrucado en el rincón más discreto, enfrascado en mis estudios. Tal vez por esta razón no paré mientes en su forma externa. Sólo me fijé en que no llevaba perro. Me coloqué con garbo la bata blanca para dar impresión de profesionalidad y diligencia y de paso para disimular la erección que me había sobrevenido repentinamente, y le señalé el sillón, que ella ocupó sin dejar de mirarme con fijeza.

—Lamento haber interrumpido su lectura —dijo con voz indolente y acariciadora.

—No, no, de ningún modo. Estoy para servir al cliente en todo momento y lugar. Sólo en los rarísimos instantes de calma que me deja este próspero negocio aprovecho para ampliar el horizonte de mis conocimientos —respondí. Y a continuación, viendo en su expresión algo de estimulante, añadí—: Todo cuerpo sumergido en el agua, excepto el agua, sufre un empuje de abajo arriba igual al volumen de líquido que desaloja.

—Es usted un sabio —dijo ella.

—No, por Dios, todo lo contrario —respondí con respeto y modestia—. ¿Champú?

—Lustrar los zapatos —repuso; y tras echar un

vistazo al utillaje, agregó apresuradamente—: Bastará con que les pase un Kleenex.

Me puse de hinojos y ella levantó una pierna y apoyó el zapato en el taburete que yo le había colocado delante. El resultado de mi flexión y su cambio de postura fue para mí la visión umbrosa y subrepticia, en el lejano confín de sus muslos, de un fragmento de cinta o ribete de organdí.

—¿Es usted nuevo? —oí que me preguntaba.

Tragué saliva para desobstruir el gaznate y respondí:

—No, señora. Llevo unos años en la profesión. La que es nueva es usted. Quiero decir en este establecimiento.

—Habría venido antes si hubiera sabido que había una persona tan dotada como usted, señor...

—Sugrañes. Onán Sugrañes, para servir a Dios y a usted —dije.

Y de inmediato me di cuenta de haber incurrido por primera vez en mucho tiempo en una inofensiva mentira, y también de que lo había hecho movido por un súbito sentimiento de peligro, no porque desconfíe de las mujeres guapas, sino porque desconfío de mí cuando estoy en presencia de mujeres guapas. Por lo demás, si con mi respuesta no había dicho estrictamente la verdad, tampoco había faltado a ella, pues el trajín de los últimos años me había impedido hasta la fecha solicitar el Documento Nacional de Identidad e incluso regularizar mi situación legal, ya que al venir yo al mundo, mi padre o mi madre o quienquiera que me trajo a él, no se tomó la molestia de inscribirme en el registro civil, por lo que no quedó de mi existencia otra constancia que la que yo mismo fui dando, con más tesón que acierto, por medio de mis actos; y como quiera que en épocas recientes, de resultas de sucesivas amnistías promovidas por gentes de bien y refrendadas con sospechoso entusiasmo por algunos políticos, habían sido retirados de la circulación los registros penales y las fichas policiales, mi situación era comparable a la de ciertos animales extintos, bien que sin interés científico alguno.

En estas reflexiones y en otras que no me parece oportuno describir se me pasó un buen rato, hasta que ella volvió a preguntar:

—¿Le gusta su trabajo?

Habría dicho que me estaba tanteando (figuradamente) si tal cosa hubiera entrado dentro de lo imaginable. Por si acaso, respondí:

—Oh, sí, mucho.

—Y antes de ser peluquero, ¿qué hacía? —siguió preguntando ella, y acto seguido, advirtiendo quizá el recelo en mi mirada, añadió—: Disculpe mi curiosidad. Yo soy así.

Y al decir esto volvió a cruzar las piernas en sentido opuesto y creí oír una voz armoniosa que procedente del éter me decía: Respetable público, la función está a punto de empezar.

—Por favor —acerté a decir—, puede usted preguntarme lo que desee. Estoy para servirla. Antes de ser peluquero trabajé varios años en un centro de acogida para personas discapacitadas. Fuera de Barcelona. Y antes de eso fui monaguillo.

Al oír este sugestivo currículum, sonrió y dijo levantándose del sillón:

—¿Qué se debe?

—Nada —dije yo para no complicar las cosas.

Me dio cuarenta duros, se fue, y yo, después de contabilizar las ganancias, sacar el polvo al sillón y poner el instrumental en orden, volví a enfrascarme en la lectura, decidido a olvidar el encuentro.

Casi lo había conseguido cuando después de cenar en la pizzería regresaba a mi hogar dando un paseo tan agradable como digestivo. Como en la peluquería por no entrar no entraban ni los fenómenos naturales, no me había dado cuenta de que habían llegado incipientes tibiezas veraniegas. El aire era templado y sensual y una fragancia lejana se mezclaba con la que exhalaban los tubos de escape y las basuras. Era viernes y en las terrazas de los bares grupos de jóvenes se esparcían practicando alegres actos de violencia entre sí o con los viandantes; el ruido ensordecedor de la música y del tráfico rodado sofocaba los gritos de los beodos y los energúmenos y los gemidos de los ancianos y enfermos abandonados por sus parientes, que aprovechaban el descanso semanal y los primeros calores para trasladar el estruendo de la ciudad a sus segundas y aún peores residencias. Arropado por estas muestras de vitalidad y por el continuo ulular de las sirenas de la policía y de las ambulancias que corrían de aquí para allá atendiendo a las víctimas de los accidentes, las reyertas y las sobredosis, llegué a mi pisito monísimo. Me puse el pijama de verano (unos pololos rotos) y encendí la televisión. Un futbolista escandinavo o quizá de Nigeria trataba de explicar en nuestro idioma el resultado de un partido jugado dos meses atrás.

—Ranag somaícerem orep odidrep someh.

Apagué la televisión, me lavé los dientes, me acosté, me metí un pulgar en cada oreja para no oír el ruido de la calle y traté de dormir, pero a las tantas aún no había conciliado el sueño.

* * *

Con la llegada del buen tiempo los sábados por la mañana el negocio andaba flojo, pero por la tarde se animaba bastante, porque la gente había ido a la playa y venía a que le quitase el petróleo y las medusas del pelo. Como todos tenían plan para la noche, se mostraban exigentes con el personal (yo), protestaban por el precio y no dejaban propina. Cuando se iba el último cliente, al filo de la medianoche, me quedaba haciendo arqueo y nunca salía antes de las dos, porque me descontaba a cada rato. A aquellas horas la pizzería ya había cerrado y por no andar cambiando de nutrición me acostaba sin cenar. Los domingos la peluquería no abría, salvo por encargo, o en vísperas de alguna fiesta señalada, o durante el mes de mayo, cuando hay bodas a porrillo, aunque jamás vino una novia a que yo la peinase (lo habría hecho muy bien), ni una dama de honor, ni siquiera un invitado. Pero al menos había suspense. Los domingos con la peluquería cerrada resultaban menos estimulantes. Por la mañana visitaba dos o tres museos (la entrada es gratuita) y luego, para sacudirme el aburrimiento, me ponía delante de un parking a ver entrar y salir coches. A eso de las dos compraba una bolsa de carquiñolis y acudía a casa de Cándida, donde me esperaba una agradable comida familiar, cuya sobremesa prolongaba nuestro contentamiento, sobre todo en las tardes húmedas, frías y oscuras del invierno, cuando, acallada la madre de Viriato por las emanaciones de la estufa de butano, pasábamos al tresillo y allí Cándida trataba en vano de enhebrar una aguja y Viriato leía y comentaba con didáctica minuciosidad sus obras. A las siete treinta me despedía con inacabables muestras de agradecimiento, y me reintegraba a mi hogar, veía un ratito la televisión y me acostaba temprano para empezar la semana con acopio de energía.

* * *

Ella regresó al cabo de nueve días, con las mismas piernas. Sin decir nada se sentó en el sillón, rechazó con un ademán el peinador y dijo mirándome fijamente a los ojos:

—No he venido por razón de mi pelo, sino a hablar contigo de un asunto personal. ¿Te importa si te tuteo? Es lo lógico, dado el carácter personal del asunto al que acabo de aludir. Antes, sin embargo, debo saber si puedo contar contigo para ese asunto personal y para lo que se tercie.

—Haré cuanto esté en mi mano —respondí—, siempre que no sea incompatible con la deontología de la coiffure.

—No esperaba otra respuesta —dijo ella—. Pero es mejor no hablar aquí. Puede entrar alguien e interrumpir nuestros contactos. ¿A qué hora acabas el trabajo?

—El trabajo de un buen peluquero no acaba

nunca —dije—, pero El Tocador de Señoras cierra a las ocho.

—A esa hora te espero en el bar de enfrente —dijo—. No me des plantón.

A la hora convenida acudí a la cita. Ella ya estaba allí, en una mesa del fondo, absorta en la succión de un refresco embotellado (por el camarero del bar), indiferente a cuanto la rodeaba. Sin decir nada me señaló la silla. Me senté. Estuvimos un rato en silencio, ella pensando en sus cosas y yo pensando también en sus cosas. Esto me permitió observarla con más detenimiento y, en consecuencia, ofrecer al lector una descripción complementaria, toda vez que ya me he referido en otro sitio a sus partes bajas. Era joven de edad, muy delgada de complexión, muy alta de estatura (cuando estábamos los dos de pie, yo tenía que ponerme de puntillas para mirarla de hito en hito) y muy guapa, aunque en este punto admito tener la manga bastante ancha; también era aseada, pues todo su organismo emanaba un aroma saludable, en el que hallaban acomodo el jabón, el desodorante y el body milk, y a todas luces trataba su cabello con un producto que le daba brillo, ligereza y flexibilidad. Me llamó la atención su manifiesta indolencia; pensé que comía poco y que su belleza le permitía ir por el mundo sin prestar a la realidad la atención debida. También pensé que alguna pena oculta la atormentaba. Aunque dirigía a todos en general y a mí en particular miradas desdeñosas, éstas a veces y sin motivo aparente se cubrían de un velo de inquietud rayano en el miedo, como si un extraño don le permitiera de cuando en cuando sintonizar con los peores instintos de su interlocutor. En estas ocasiones sus labios experimentaban una leve contracción y con las manos debía agarrar fuertemente el primer objeto (inanimado) a su alcance para refrenar el temblor que las agitaba.

—Hay que ver —dije inopinadamente para romper el silencio con un poco de conversación mundana e instruida— qué tiempo más primaveral. Claro que es lo propio de la estación. En el hemisferio occidental.

—No me gusta la primavera —replicó secamente, como si yo tuviera alguna responsabilidad en el cíclico alternarse de las estaciones—. Me invade una languidez invencible y rematadamente ñoña. Pero el verano es peor, porque me trae recuerdos tristes. De niña todos los veranos me enviaban a Suiza, a un internado de señoritas finas. Allí me pudría. Cuando volvía a Barcelona, me metían en otro internado, también de señoritas, pero no tan finas. Catalanas. Por eso tampoco me gusta el otoño.

Su rostro se ensombreció. Pareció como si tuviera ganas de llorar, por lo que me abstuve de preguntarle qué pensaba del invierno. Al cabo de unos segundos se rehízo, me miró con ojos de súplica y dijo:

—Antes de contarte nada, debo advertirte que el favor que te voy a pedir comporta un ligerísimo riesgo. Y también que roza los límites de lo legal. Si alguna de estas cosas te asusta, dímelo antes de hablar. Entonces me iré y no volveremos a vernos.

La aclaración no me sorprendió. Una mujer así

a un tipo como yo sólo puede proponerle una contravención.

—Cuénteme de qué se trata —le dije.

* * *

Cruzó y descruzó las piernas como había adquirido la costumbre de hacer en mi presencia y yo traté de mirar hacia otro lado para entender bien lo que se proponía contarme y no perderme en digresiones.

—En realidad —empezó diciendo— no soy yo quien necesita de tu ayuda, sino mi padre. Habría venido él en persona a pedírtela, pero tenía una agenda muy apretada. También pensamos que yo resulto más convincente. Mi padre se llama Pardalot, Manuel Pardalot. Quizá te suene su apellido: es un importante hombre de negocios. Lo importante no es él, sino sus negocios. Por razones que no hacen al caso, los negocios de papá han atraído últimamente la atención de la judicatura. Por supuesto, se trata de un error de apreciación, pero para poner de manifiesto este error convendría que desaparecieran ciertos documentos. En la actualidad los documentos en cuestión se encuentran depositados en una oficina. El resto salta a la vista: se trata de entrar en la oficina, sustraer los documentos, salir y dármelos. A cambio, un millón de pesetas en billetes pequeños, usados, no correlativos.

—La oferta es buena para alguien cuya existencia discurra en las afueras de la ley —dije—, pero tal no es mi caso. Deme una razón, aparte del dinero, por la que yo deba interesarme en un asunto de esta índole.

—Búscala tú mismo —respondió— y, cuando la hayas encontrado, me la dices. No soy desagradecida.

Al decir esto me dirigió una sonrisa tan artificial que permitía ser interpretada de las más sugerentes maneras. Reflexioné unos instantes, o quizá un solo instante, procurando evitar cualquier atisbo de su provocadora configuración, y luego dije:

—Lo siento. Soy un hombre honrado, un ciudadano ejemplar, y ni siquiera argumentos tan convincentes como los que usted esgrime, muestra e insinúa lograrán apartarme del recto caminar. No cuente conmigo, salvo en lo que atañe a la discreción. Tendré nuestro encuentro por no habido. Buenas tardes.

Regresé a la peluquería y me puse a rellenar dos frascos de champú suave (para cabello seco y delicado) con sulfato de amoniaco hasta que hube de dejarlo porque, sumido en cábalas que no me llevaban a ninguna parte, se me salía el líquido del embudo con el consiguiente despilfarro. No obstante, mi decisión me seguía pareciendo la más acertada cuando al cabo de un rato entré en la pizzería, ocupé mi acostumbrado taburete, me anudé la servilleta al cuello y pedí cinco pizzas de atún, anchoa, jamón, huevo, pimiento, champiñones, tomate, parmesano y mayonesa. La señora Margarita me miró sorprendida.

—Es que hoy —le expliqué— estoy desganado.

—¿Mal de amores? —preguntó en son de chanza la señora Margarita.

Yo me limité a suspirar y a mirar hacia otro lado. La familia que regentaba la pizzería, compuesta por la señora Margarita, el señor Calzone y su hijito Cuatroquesos, eran a mis ojos el paradigma de la felicidad, un ideal al que yo no creía poder aspirar, pero cuya visión me colmaba a la vez de alborozo y melancolía. A lo largo de los últimos años me había convertido en su mejor cliente y ellos correspondían a mi asiduidad con su simpatía y su cariño. En la pizzería sentía, siquiera de modo vicario, el calor del hogar que jamás conocí. La contemplación de la señora Margarita lavando los calcetines de su marido en el fregadero del restaurante, o de los pañales sucios del bebé entre la masa de la pizza, me hacía soñar con una existencia sin sobresaltos, a la que en el fondo siempre aspiré, pero cuya consecución la vida, la suerte o mis propios errores habían puesto fuera de mi alcance.

De camino a mi asqueroso cubículo tuve que hacer un alto por los retortijones (quizá causados por el orégano, que es un poderoso carminativo) y sentarme en el bordillo de la acera. Un chucho roñoso se situó en la parte posterior de mi chaqueta y levantó la pata. Ahuyentarlo a pedradas no mejoró mi desazón. Así estaba cuando se detuvo un coche delante de mí, se abrió la portezuela y oí una voz conocida decirme:

—Eh, tú, sube.

Sin pensarlo dos veces salté al interior del coche. La portezuela se cerró y partió el coche rumbo a lo desconocido. Sólo entonces caí en la cuenta de que en el interior del coche no sólo íbamos ella y yo, cosa, por otra parte, de la que debería haberme percatado antes, ya que me había llamado desde el asiento posterior de un cochazo que yo no vacilaría en calificar de haiga si el uso de este añejo vocablo no pusiera de manifiesto mi avanzada edad. Bien es verdad que de sus ocupantes sólo ella se había hecho visible desde el exterior, al bajar el cristal ahumado de su ventanilla, mientras las demás permanecían cerradas, brindando a los ocupantes del coche un anonimato que constituía, al menos para mí, presunción en contrario, porque si yo algún día llegara a tener un coche como aquél no me escondería, antes bien, procuraría que todo el mundo me viera, e incluso iría echando besos a los viandantes, como hacen el Santo Padre y otras personas que no tienen nada de que avergonzarse. Todo lo cual no impedía que en aquel momento me encontrara yo entre desconocidos de cuyas intenciones nada sabía, salvo que estaban a punto de llevarlas a la práctica pistola en mano, por cuanto me apuntaban con una.

—Levántese de la esterilla y tome asiento —dijo una extraña voz.

Ella se desplazó del asiento trasero que venía ocupando al traspontín y me ofreció aquél y de nuevo la visión que había dado origen a mis aventuras, del análisis de la cual me sustrajo al cabo de un rato el resto de la compañía, compuesta por el chófer y un individuo que a la sazón se sentaba a mi lado y sostenía una pistola Heckler & Koch P7. El chófer era un tipo alto y fornido, con facciones de negro y color de negro, de lo que deduje que debía de ser un negro, salvo que fuera pintado y las facciones respondieran a otra causa, pues llevaba unas gafas de altísima graduación, cosa que no suelen llevar los negros, y menos cuando han de conducir. El individuo que iba a mi lado, de estatura normal y algo obeso, parecía ser el mandamás de la banda, al menos en aquel momento, y sin duda persona importante y conocida, porque ocultaba su rostro bajo un pasamontañas sobre el que llevaba un sombrero de ala ancha calado hasta la nariz y una barba postiza sujeta a la nuca con un cordel. También hablaba con voz fingida o alterada, tal vez para que yo no pudiera reconocer la suya por haberla oído en alguna tertulia radiofónica. Digo lo de la voz porque fue este individuo, en su condición de mandamás, quien tomó la palabra cuando al cabo de un largo silencio salimos del denso tráfico de la ciudad y nos metimos en un atasco definitivo.

—Disculpe usted —empezó diciendo, pues sus maneras eran en extremo refinadas— que hayamos recurrido a métodos ligeramente irregulares, aunque no infrecuentes, para obtener su valiosa cooperación. No me refiero a los contactos verbales que ha mantenido en dos ocasiones con la señorita aquí presente, de carácter estrictamente voluntario, sino a los que ahora está manteniendo conmigo. Por supuesto, no le retenemos en contra de su voluntad. Cuando le apetezca, puede usted apearse, si bien yo de usted no lo haría. Por el contrario, yo de usted escucharía lo que me dijera la persona que fuera a mi lado, o sea, yo.

Como al decir estas gentiles palabras apoyaba el cañón de la pistola Heckler & Koch P7 en mi cabeza, manifesté por señas haberme hecho la debida composición de lugar y él prosiguió diciendo:

—En realidad no le pedimos que cometa un robo. Yo soy el dueño de esta empresa y mi hija, aquí presente, su heredera. El robo es aparente. Por supuesto, si algo ocurriera, nosotros responderíamos por usted. Pero la operación es sólo una falsa operación. No del todo correcta, pero tampoco ilegal. Vivimos en la era de la imagen, y yo quiero dar una buena imagen, ¿es esto algo malo?

Respondí que no y que precisamente yo, en mi condición de peluquero, me esforzaba a diario para mejorar la de mi distinguida clientela. Por desgracia, este tema no pareció despertar su interés, pues no me dejó seguir.

—Habríamos preferido —dijo— llegar con usted a un acuerdo basado en el entendimiento mutuo. Esto, por desgracia, no ha sido posible, pese a la generosa oferta que le ha hecho hace un rato esta señorita, oferta que usted ha rechazado alegando estúpidas razones éticas. A juzgar por su actitud, por sus modales y sobre todo por su forma de vestir, usted debe de ser de los que aún se empeñan vanamente en distinguir entre el bien y el mal. A menos, claro está, que se proponga subir el monto de la retribución, lo cual sería inviable dadas nuestras limitaciones presupuestarias. Un millón es mucho dinero y nosotros sólo somos ricos. Esto para usted no significa nada, ya lo sé. Usted y los suyos se ríen de estas cosas. Incluso con sarcasmo. Es natural: un proletario, haga lo que haga, nunca corre el riesgo de dejar de serlo. En cambio un rico, al menor descuido, se encuentra en el más absoluto desamparo. Pero vayamos a lo concreto: mi nombre, como usted ya sabe, es Pardalot, Manuel Pardalot. Soy dueño y gerente de una empresa denominada *El Caco Español, S.L.* De esta empresa son los documentos que usted debe sustraer. Como ya se le ha dicho, el robo es aparente. Esto debería bastarle para alejar de su conciencia cualquier escrúpulo de orden moral o de otro orden. En realidad, se trata de una operación contable, no del todo correcta, lo admito, pero tampoco ilegal. En resumen, un millón y la posibilidad de hacer el vermut en nuestro yate. Es mi última palabra.

—No —repliqué con firmeza.

—Iremos costeando hasta el Estartit.

—Déjalo estar —dijo ella—. Es tonto y cabezota.

Me dolió oírle pronunciar estas opiniones vejatorias, porque yo me jactaba para mis adentros de haberle causado una buena impresión. Pero no dije nada.

—Vaya —dijo el enmascarado—, ¿y ahora qué hacemos, nena?

Al oír lo cual, se volvió el chófer a nosotros y exclamó:

—¡Oiga, a mí no me llame usted nena, porque no se lo consiento!

—¡Si no me refería a usted, hombre! Ocúpese de conducir y no se meta donde no le llaman —repuso el enmascarado, y dirigiéndose a mí, añadió en voz baja—: Estos negros malolientes son de lo más susceptibles; se creen que todo el tiempo estamos hablando de ellos en términos despreciativos.

Luego, alzando de nuevo la voz, añadió:

—En cuanto a lo nuestro, ¿qué más le puedo decir para hacerle cambiar de idea? Nuestra decepción es grande. ¡Teníamos tantas esperanzas puestas en usted! No crea que nos ha sido fácil encontrarle. Llevamos mucho tiempo haciendo indagaciones. Hemos removido cielo y tierra hasta dar con usted, en quien concurren las características más idóneas para este tipo de trabajo por la fama de que goza en el barrio, por el modo ejemplar con que está labrándose un futuro al frente de su magnífica peluquería, y, por supuesto, por las peculiaridades de su pasado...

—¿Mi pasado? —exclamé.

—Fue ella —respondió el enmascarado señalando a la chica con el cañón de la pistola— quien pensó que un hombre con sus antecedentes no desdeñaría una proposición... Usted ya me entiende.

La miré y ella me guiñó el ojo. Con aquello no había contado yo: me tenían atrapado. Pues si algún lector ignora todavía cuál fue o ha sido mi trayectoria vital y tal vez sea la verdadera naturaleza de mi ser, aclararé que en mi infancia, adolescencia y juventud fui lo que podríamos llamar, y de hecho se llama, un facineroso. El destino me hizo nacer y crecer en un medio donde no se concedía al trabajo honrado, la castidad, la templanza, la integridad moral, las buenas maneras y otras cualidades encomiables el valor que tienen, ni yo supe vérselo por mi propia cuenta, ni aprendí a fingirlas hasta que fue tarde. De buena fe, convencido de que tal era el proceder habitual de las gentes, cometí innumerables fechorías. Luego, cuando las personas encargadas de velar por la salvaguardia de la virtud, el sosiego de la vida, el amparo de las buenas costumbres y la armonía entre los hombres (la bofia) fijó en mí su atención y ejercitó sus métodos conmigo, siendo yo la más débil de ambas partes, hube de prestar algún servicio a la comunidad (soplón) que no me granjeó la inclinación de nadie y sí la animadversión de muchos. Finalmente, cuando me llegó la hora de comparecer ante la justicia y rendir cuentas de mis acciones, cuanto se hubiera podido alegar a mi favor era tan endeble y su posible incidencia en el fallo tan escasa, que mi abogado se limitó a enviar al tribunal una postal desde Menorca. Con todo, mi propio testimonio, lo bien fundamentado de mis exposiciones, el sincero arrepentimiento de que di muestras, el trato respetuoso, incluso cordial, para con el magistrado, el fiscal y los testigos, y en términos generales lo razonable de mi comportamiento durante las dos semanas que duró la vista, debieron de hacer mella en el ánimo de la judicatura, porque no fui condenado, como temía, a pena de prisión, sino sólo a seguir un tratamiento psicológico, conducente a mi pronta reinserción en el seno de la sociedad, en un establecimiento correctivo de los llamados por el vulgo manicomio. Allí, sin embargo, las cosas no anduvieron de la mejor manera: leves roces con el personal auxiliar especializado (matones) y algún malentendido con el doctor Sugrañes, que en su calidad de director del centro debía determinar, a la luz de sus conocimientos (y el correspondiente soborno), el momento de mi curación y la restitución de mi libertad, hicieron que mi estancia allí se prolongara de semana en semana y luego de mes en mes y finalmente de año en año, hasta que un buen día, perdida ya por mí toda esperanza de volver a ver el mundo exterior y sus honrados y cuerdos pobladores, sucedieron los hechos que se narran en el arranque de este libro. Fácilmente comprenderá el lector que aún los recuerde (dichos hechos), a la vista del largo pero fructífero camino hacia la regeneración por mí seguido desde entonces, cuán poco deseaba, cuánto temía, verme a pique de perder una situación sobre cuya solidez en el fondo nunca había abrigado una total certeza. ¿Acaso?, me preguntaba, ¿no perderé, de salir mis secretos a la luz, el respeto de mis conciudadanos, y éstos, con sobrada razón, con lógico recelo, no rehusarán (acaso) poner en mis manos criminales sus cabellos? Por otra parte, ¿qué podía perder accediendo a la moderada petición de aquellas personas necesitadas de una ayuda que, todo sea dicho, estaban dispuestos a retribuir en metálico y quién sabe si también en muy apetitosas especies?

—¿Cuándo? —pregunté.

—Cuanto antes, mejor —respondió el enmascarado—. Si le parece bien, esta misma noche.

—Me parece bien —dije yo—. No perdamos más tiempo y díganme qué debo hacer.

Al oír estas resueltas palabras sonrió la nena, suspiró el enmascarado bajo su caperuzón y hasta el chófer masculló: ¡Arbucias!, lo que confirmó mi suposición de ser en efecto un inmigrante. A renglón seguido, tras el solazado interludio, siguió el enmascarado diciendo:

—El asunto no tiene complicación. Como la nena ya debe de haberle dicho, se trata de sustraer unos documentos. Estos documentos se encuentran en una carpeta de color azul que está en el cajón derecho de la mesa de despacho del jefe, también llamado Executive Director en el organigrama de la empresa. Por supuesto, para acceder a dicha mesa es preciso entrar en el edificio de la empresa. Eso tampoco ofrece complicación. En el edificio no hay nadie por las noches, y menos un sábado cuando hace la calor, salvo el guardia de seguridad que se encuentra en una garita del vestíbulo. El guardia de seguridad dispone de un circuito cerrado de televisión para controlar desde su puesto todos los despachos del edificio. Un programa preestablecido hace que los despachos vayan apareciendo en el monitor del guardia de seguridad con una frecuencia y en un orden invariables. Una lucecita roja que se enciende cuando empieza a funcionar la cámara de televisión le permitirá eludir este burdo sistema de detección. También hay una alarma que se desconecta mediante una combinación de cinco dígitos. En este papel encontrará dicha combinación. Memorice la combinación pero no pierda el papel, por si se le olvida. En este otro papel figura un croquis del edificio que le permitirá orientarse. Las puertas de los despachos permanecen abiertas para que las mujeres de la limpieza puedan pasar el mocho. La puerta del despacho del jefe, donde está la mesa y la carpeta azul, es la única que debería estar cerrada por razones de seguridad, pero he dispuesto las cosas de modo que esta noche no lo esté. Lo demás corre de su cuenta. ¿Alguna pregunta?

—¿Cómo entraré en el edificio si hay un guardia en la puerta?

—Por la puerta del garaje —respondió el enmascarado—. Se acciona por mediación de un dispositivo que emite ultrasonidos. Del garaje arranca una escalera auxiliar que permite acceder directamente a todos los pisos del edificio.

—¿Hay perros? —volví a preguntar.

—No —mascculló secamente—. Y deje ya de hacer preguntas, caramba. Ofreces trabajo a un charnego y lo primero que hace es poner pegas.

—¿Y la pasta?

—Contra entrega de los documentos —dijo el enmascarado.

* * *

El chófer detuvo el coche en una calle recoleta, arbolada y solitaria de la Bonanova, bajo una farola que como todas las de este opulento y distinguido barrio se caracterizaba por tener fundidas las bombillas. Apagó el motor del coche y nos quedamos los cuatro en penumbra y en silencio, si bien no por mucho tiempo.

—Es aquí —dijo el enmascarado señalando un moderno edificio de cristal ahumado y algún otro material—. ¿Recuerda las instrucciones?

Respondí afirmativamente mientras trataba de reconocer el terreno. Distraído por las instrucciones que me habían ido dando durante el trayecto, no me había fijado bien en el camino que acabábamos de recorrer, pero advertí que nos hallábamos en la calle del Proctólogo Zambomba, frente al número 10. La tranquilidad de la calle contrastaba con el fragor procedente de la Vía Augusta, cuya existencia se hacía patente al doblar la esquina.

Guardé estos datos en la memoria por si más adelante había de regresar al lugar del crimen.

—Son las doce y veintitrés —prosiguió el enmascarado—. Dispone de veinticinco minutos para llevar a cabo la maniobra. Emplear más en ella sería un riesgo, por no decir un lujo. Veintitrés y veinticinco hacen cuarenta y ocho. A esta hora precisa, o sea, a las doce y cuarenta y ocho en punto, le estaremos esperando en este mismo sitio. Sincronicemos nuestros relojes.

En esta operación perdimos bastante tiempo, porque hubo que adaptar todos los relojes, incluso el del coche, a los caprichos del mío, que un moro mal afeitado me había vendido por diez duros en un andén del metro y que no poseía la virtud de la regularidad. Finalmente la chica suspiró y dijo:

—Los hombres valientes me vuelven loca, pero vete ya.

Animado por esta declaración, me apeé y el coche se puso en marcha y desapareció de mi vista al doblar la primera esquina. Mucho piropo, pero a la hora de la verdad siempre me dejan solo.

Con paso tranquilo rodeé el edificio. La entrada principal estaba situada en la confluencia de la calle donde habíamos estacionado y la Vía Augusta, y consistía en una puerta de cristal en la que figuraba grabado al ácido el nombre de la razón social: *El Caco Español, S.L.*, y a través del cual podía verse el espacioso vestíbulo, la garita del guardia de seguridad y al propio guardia de seguridad, un individuo uniformado, al menos de cintura para arriba, quedando el resto oculto por el mostrador, y dedicado a la sazón a la lectura de un libro bastante grueso, de tapas amarillas. De cuando en cuando levantaba los ojos del libro y los fijaba en un monitor de televisión. Acabé de dar la vuelta al edificio y llegué a la entrada del garaje, situada en una callejuela lateral y protegida del exterior por una verja primero y una compuerta después. Esto no debía ser ni fue obstáculo para quien disponía (era mi caso) del correspondiente pulsador. Accioné, pues, el pulsador y se deslizó la verja horizontalmente por su riel y la compuerta por el suyo verticalmente. Una vez dentro, volví a presionar el pulsador y las puertas recobraron su (falsa apariencia de) regularidad. El lugar donde me hallaba estaba por completo a oscuras y olía a la mezcla de humedad, carburante y sobaco de gorila que caracteriza a los garajes cerrados y a veces también a los abiertos. Ni faltaba en el suelo de aquél una espesa capa de aceite y lubricante en la que resbalaron mis elegantes mocasines. Di en tierra y me deslicé, ora decúbito lateral, ora supino, ora prono, hasta chocar con la pared del fondo. No quise ni pensar cómo se me habría puesto el traje verde jaspeado, mezcla de fibra y viscosa, que casualmente y a falta de otro llevaba aquel día. Era increíble que un edificio tan ostentoso y emblemático tuviera así de puerco el suelo del garaje, pensé mientras me desplazaba procurando no volver a resbalar y buscando a tientas la puerta de acceso a la escalera señalada en un croquis donde todo parecía más sencillo y más a mano que sobre el terreno. Di con ella y la abrí girando el pomo. Dentro seguía estando oscuro como boca de lobo, pero con la puntera de los mocasines palpé el arranque de unos escalones, lo que me confirmó que estaba en el buen camino. Inicié el ascenso. Los peldaños eran o simulaban ser de metal y a cada paso sonaban como si yo pesara seis toneladas (no paso de los sesenta y cuatro kilos) y no anduviera con el máximo sigilo. Entre el ruido y la oscuridad me hice un lío y al cabo de un rato me di cuenta de que no sabía en qué piso estaba. Habría encendido una cerilla, pero tal como llevaba el traje de pringado me exponía a convertirme en una antorcha humana. Volví a bajar y emprendí de nuevo la ascensión procurando contabilizar rellanos y descansillos. Cuando calculé haber llegado al cuarto piso y hube dado con su correspondiente puerta, la abrí y entré. Hasta el momento no había tropezado con ningún obstáculo, porque siendo aquella escalera salida de emergencia, todo estaba dispuesto para la diligente evacuación del edificio. Así daba gusto trabajar.

Por fortuna el pasillo en el que desemboqué estaba sutilmente iluminado por la fría luz de las farolas de la Vía Augusta a través del vidrio ahumado de la fachada, lo que me permitió leer en el papel de las instrucciones (no confundir con el croquis del edificio) los números correspondientes a la combinación correcta (1-1-1-1-1) y apretar los botones del tablero situado sobre el dintel de la puerta antes de que sonara la alarma. Una vez hecho esto y procurando hurtar el cuerpo a la cámara de televisión colgada de un pivote que allí había y que, a juzgar por la ausencia de luz roja, en aquel momento debía estar registrando lo que ocurría en otro sitio, fui recorriendo sucesivos pasillos, antesalas y despachos hasta llegar a una sala de juntas.

Sobre la mesa se alineaban cartapacios de cuero, bolígrafos, posavasos y unos rótulos donde se podía leer: Assistant Manager, Área de Expansión y Recursos, División de Sinergética y otras imponentes credenciales. Al fondo estaba la puerta del despacho del director. Hacia ella encaminé mis sigilosos pasos.

La puerta estaba cerrada. Por fortuna la cerradura era de máxima seguridad, que son las que cuestan menos de abrir. Siempre llevaba en el bolsillo dos horquillas, un peine y unas tijeras, por si había de ejercer mi profesión de peluquero en una emergencia. Con este material y mi habilidad, en pocos segundos estuve dentro.

El despacho estaba a oscuras, con las persianas bajadas. El ruido procedente del exterior me indicó que la ventana debía de dar a la fachada principal y, por consiguiente, a la Vía Augusta. La penumbra no impedía apreciar la suntuosidad del mobiliario. En una fotografía noblemente enmarcada se veía un caballero distinguido vestido de frac estrechar con efusión la mano de otra persona que le estaba imponiendo una medalla. Se les veía contentos. Seguramente había más cosas que me habría gustado contemplar, pero no podía perder tiempo. Consulté el reloj, que con el sobo de la sincronización se había parado de modo irreversible, y procedí a ejecutar la última parte de mi misión. Abrí el cajón de la derecha. Allí estaba la carpeta azul, rebosante de papeles. Debajo de la carpeta azul había otras carpetas, pero llevadas una a una junto a la ventana demostraron no ser ninguna de ellas de color azul, de manera que las volví a colocar en su sitio. Al hacer esto se quedó la carpeta azul al fondo del cajón y hube de llevarlas todas nuevamente a la zona iluminada para distinguirla de las demás carpetas. Los minutos iban pasando con la fluidez que les es propia. Individualizada sin duda la carpeta azul, la puse a un lado, cerré el cajón, saqué del bolsillo trasero del pantalón una especie de crustáceo que otrora había sido un pañuelo y con él borré las huellas dactilares que había dejado y que la grasa inmunda del garaje hacía por demás patentes, cogí la carpeta azul y salí de allí.

La carpeta tenía las gomas rotas y me vi obligado a abrazarla para que no salieran volando los documentos por el pasillo, por lo que me costaba bastante caminar y aún más orientarme. Tardé un rato en dar con la puerta de la escalera de emergencia, y descendiendo por ella, por más que puse cuidado, no pude evitar que se me cayera rodando un par de veces la maldita carpeta. A oscuras tuve que recoger los documentos y volverlos a meter allí sin orden ninguno. Por culpa de estos percances, gané finalmente la calle en estado de total confusión y hube de dar dos vueltas a la manzana para encontrar el lugar de la cita, adonde llegué sudando de mala manera.

Allí no había coche ni nada parecido. Esperé un rato con la carpeta en los brazos, tratando de poner orden en los documentos que por causa de mi torpeza asomaban entre las tapas y de eliminar con saliva y el vigoroso frotamiento de la manga las manchas de grasa, hasta que se detuvo junto a mí un taxi, se abrió la ventanilla del usuario y asomaron por ella la cara, cuello y extremidades superiores de la chica de siempre.

—Disculpe —dije acercándome a ella— los desperfectos y, en la medida en que le pueda afectar, la sudadera, pero he resbalado en el garaje y este mamotreto se las trae. Quizá encuentre los papeles un poco desordenados pero a oscuras...

—Bah, no importa, no importa —atajó ella mis excusas—, lo esencial es que hayas salido indemne de la prueba y conseguido la carpeta. Más lo segundo que lo primero. Anda, dámela, ¿a qué esperas? No es hora ni situación para pelar la pava.

—¿Y el enmascarado? —pregunté.

—Ha preferido no venir, por razones de prudencia elemental. Ruega le disculpes.

Le entregué la carpeta, ella la cogió con fuerza, la colocó sobre su regazo y empezó a cerrar la ventanilla.

—Oiga —alcancé a gritar—, ¿y mi remuneración?

—Mañana, mañana —respondió una voz incierta, que quedó flotando en el lugar donde segundos antes había estado el taxi.

Perseguirle habría sido inútil, de modo que me quedé donde estaba, solo y progresivamente invadido por la ingrata sensación de haber sido víctima de un engaño burdo y algo peor: merecido. Por lucirme delante de aquella chica que ahora no habría dudado en calificar de pérfida, había cometido el más imperdonable de los lapsos morales: no cobrar por adelantado. Gracias a este sistema me había quedado sin el dinero y sin la chica. En un gesto de aflicción levanté los ojos al cielo y, no hallando allí cosa alguna que mereciera la pena mirar, los bajé de nuevo al suelo y eché a andar por la Vía Augusta hasta dar con una parada de autobús y sumarme a la cola de parias que esperaban el nocturno.

3

Llegué a mi casa poco antes de clarear la aurora, sano, salvo y cansado. Me reintegré en el pijama ya descrito y antes de acostarme traté de restituir con un quitamanchas el traje a su estado anterior a mi caída en el garaje. A continuación, vencido por la fatiga y aletargado por los efluvios tóxicos del quitamanchas, me quedé dormido.

Al cabo de una hora me desperté sin necesidad de despertador (es una habilidad que poseo y que me ha ahorrado una fortuna en pilas), me lavé la cara, me peiné, me puse el traje, del cual, a costa de un severo encogimiento y algún que otro orificio, habían desaparecido las manchas casi por completo, y acudí con puntual ejemplaridad a la peluquería.

Por fortuna, la mañana transcurrió sin incidentes, al menos para mí, que me la pasé durmiendo como un leño. Poco antes del mediodía me despertó una mujer para preguntarme si podía teñirle de rubio el husky. Le dije que sí, pero cuando me enteré de que era un perro monté en cólera y la eché con cajas destempladas. Cuando se hubo ido, vi que había olvidado sobre la repisa donde tengo los aerosoles en impecable formación el periódico que al entrar traía bajo el brazo, bien con la intención de leerlo, bien con la más cívica de remediar los desaguisados de su perro, pues es sabido que el instinto lleva a muchos animales a demarcar el territorio por medio de zurullos y que los perros son muy dados a practicar esta inoportuna forma de cartografía tan pronto salen a la calle.

Debo confesar, no sin vergüenza, que no soy lector asiduo de periódicos, los cuales desperdician conmigo lo mejor que tienen, es decir, la periodicidad. Y no porque los haga de menos. Antes al contrario, yo opino que los periódicos pueden ser una fuente de información, siempre y cuando se lean con la atención debida y en un lugar adecuado. Es ésta, por desgracia, una práctica de la que yo carezco, porque al manicomio sólo llegaban números sueltos e indefectiblemente atrasados de algunos diarios, y aun éstos eran objeto de pillaje, trifulca y altercado, porque nada despertaba tanto interés, entusiasmo y agresividad entre los internos como las noticias y comentarios sobre el Tour de Francia, que todos se empeñaban en suponer perpetuo y no, como en rigor es, limitado a unas pocas semanas de julio, de resultas de lo cual el contenido íntegro del periódico era interpretado como alusivo al Tour de Francia y de ello se seguían, como es obligado cuando prevalece la obcecación sobre la cordura, vivas discusiones hermenéuticas, agresiones de palabra y obra y a la postre la decidida intervención de nuestros cuidadores y sus cimbreantes estacas. Y allí era entonces el salir todos en pelotón, pedaleando sin bicicleta, quién a la manera de Alex Zulle, quién a la de Indurain, quién, más modestamente, a la de Blijevens o a la de Bertoletti, y quién, por razón de su edad, a la de Martín Bahamontes o a la de Louison Bobet. Y ésta no es forma de leer el periódico con aprovechamiento.

Todo lo cual, sin embargo, no impidió que al verme yo en posesión del que había quedado por olvido en la peluquería, y no habiendo en aquel momento ningún apremio, le echara un vistazo, yendo mi vista a tropezar, en una de las páginas interiores, con una noticia que a continuación transcribo en su total integridad.

ASESINATO DE UN POBRE HOMBRE DE NEGOCIOS

En la noche de ayer, es decir, anoche, fue asesinado el conocido hombre de negocios M. P. (Manuel Pardalot), anciano de 56 años de edad, accionista y directivo de la empresa *El Caco Español*, cuando se encontraba en su despacho, adonde había acudido fuera de horas de oficina, según declaró a este periódico el guardia de seguridad del edificio, con el pretexto de haber olvidado el susodicho Pardalot unos documentos de importancia que, en palabras de éste, dijo aquél, había de necesitar a la mañana siguiente o la otra. Una vez en su despacho, el conocido empresario (Pardalot) resultó muerto de varios disparos que en número de siete le afectaron diversos órganos vitales para la vida de Pardalot. Según fuentes allegadas al muerto, éste fue llevado al hospital, donde ingresó cadáver y fue dado de alta. El ya citado guardia nocturno del edificio, un tal Santi, empleado de una agencia privada de seguridad y ex profesor adjunto de la Universidad Pompeu Fabra, manifestó no haber oído nada, ni haber advertido la entrada de extraños en el edificio, cosa que, afirmó rotundamente el guardia, no habría permitido de ninguna manera, en cumplimiento de sus funciones de guardia de seguridad, consistentes precisamente en eso, aunque sí recuerda haber visto entrar al tantas veces mentado, conocido y ahora difunto hombre de negocios M. P. (o sea, Pardalot) poco después de la medianoche, hora local, y de haber tenido con él unas palabras, de las que no infirió en su momento que aquél fuera a ser asesinado tan en breve, así como tampoco vio salir a nadie. Aunque todavía no hay indicios acerca de la autoría del crimen, la policía ha desmentido que el asesinato de Pardalot guarde relación con el Tour de Francia.

Esta inquietante noticia iba acompañada de una fotografía del muerto, hecha, como se echaba de ver, cuando aún estaba vivo, en su propio despacho, allí donde según la crónica había sido asesinado. Huelga decir que este despacho no era sino el despacho que yo había visitado la misma noche del crimen con el objetivo de sustraer de allí la carpeta azul. Un análisis más meticuloso de la fotografía, efectuado con ayuda de las gafas que pedí prestadas a la señora Eulalia de la mercería, confirmó mis sospechas.

El señor Mariano, que regentaba el quiosco, hizo la vista gorda mientras yo hojeaba el resto de los periódicos locales. En todos aparecía la noticia del asesinato del difunto señor Pardalot, pero ninguno aportaba datos adicionales ni hablaba de mí en relación con el luctuoso episodio. Lo que me alivió un poco, pero no mucho.

Al mediodía cerré y después de efectuar la oportuna consulta en la guía urbana que me prestaron los concesionarios de la librería-papelería La Lechuza (el señor Mahmoud Salivar y la señora Piñol), regresé en autobús al lugar del crimen. Ante el edificio no se aglomeraban los curiosos ni había policías en forma visible. La puerta principal, la de cristal, parecía cerrada, bien por haber declarado la empresa luto oficial, bien por estar las autoridades competentes realizando sus pesquisas en la más estricta confidencialidad. En la parte posterior del edificio, junto a la puerta del garaje, vi a un hombre que examinaba con detenimiento la pared. Me acerqué a él y le pregunté si se sabía ya cuál era el móvil del crimen. Se volvió muy sorprendido y comprendí que no se trataba de un investigador, sino de un transeúnte que estaba orinando. De poco me salpica.

Me aposté de nuevo frente a la puerta de entrada. A través del cristal vi dos individuos discutir acaloradamente. En uno de ellos dos creí reconocer al guardia de seguridad, cuya vigilancia habíamos burlado la noche anterior quien esto escribe y posteriormente el asesino o los asesinos del difunto Pardalot, y a quien los periódicos atribuían el nombre genérico de Santi. No era raro que ahora le estuvieran echando una bronca de mil demonios. Al otro individuo, un caballero maduro y canoso, elegantemente vestido con un terno gris, no lo había visto antes, pero de su porte y actitud deduje que no era un policía, sino un alto ejecutivo de la empresa. De buena gana habría llamado su atención y les habría hecho unas cuantas preguntas, pero ni la prudencia lo aconsejaba ni la buena marcha de la peluquería me permitía seguir ausente de ella. Volví a coger el mismo autobús en dirección contraria y conseguí abrir con sólo diez minutos de retraso sobre el horario anunciado, cosa tan meritoria como inútil, porque ni había nadie esperando ni vino nadie hasta que a las ocho menos cuarto entró la señora Pascuala a que le recortara las puntas, la cual, advirtiendo al cabo de un rato mi hosco silencio y los horribles trasquilones que le estaba haciendo, dijo:

—Muy taciturno te veo.

A lo que respondí con un gruñido, porque durante la tarde se habían ido condensando en mi cerebro negras nubes de sospecha. En vista de lo cual se levantó de su asiento la señora Pascuala sin esperar a que yo acabara de dejarla pelona y arrojando de sí el peinador salió de la peluquería exclamando:

—Te has vuelto un maniático, un melindroso y un engreído. ¡Quién te ha visto y quién te ve! Tan agradable como parecías cuando llegaste.

La señora Pascuala era la propietaria de la pescadería La Toñina, en la que yo nunca compraba nada desde que una vez, años atrás, ella misma, la señora Pascuala, me vendió, al exorbitante precio de 150 pesetas el kilo, una espléndida lubina que más tarde, puesta por mí con esmero en la sartén, perdió el color, el sabor, las aletas, las escamas, la forma y la textura, conservando únicamente de sus atributos originales una insoportable y persistente fetidez abisal, de la que sólo me libré tras incontables sahumerios. No era esto, sin embargo (agua pasada), lo que había motivado mi actitud huraña con respecto a la señora Pascuala, pero su marcha repentina me impidió darle una satisfacción. Y como a la hora de cenar le refiriera lo sucedido a la señora Margarita, amiga de la señora Pascuala (en cuya tienda se surte de unas anchoas en salmuera que luego, en número de tres y camufladas bajo el tomate, agreden y lesionan la lengua, el paladar y las encías de quien comete la equivocación de pedir pizza napolitana), suspiró aquélla y me contó que a mi llegada al barrio la señora Pascuala se había hecho con respecto a mi persona ciertas ilusiones, que luego mi indiferencia había trocado en despecho.

—Pero esto no es motivo para insultarme —repliqué yo—, y menos aún para darme una lubina soluble. Ni yo me percaté nunca de su afición, ni aun habiéndome percatado habría variado mi trato: la señora Pascuala no me gusta ni por su físico ni por su carácter ni por ningún otro motivo.

—¿Y eso qué más da? —repuso la señora Margarita con el sentido común que caracteriza a las mujeres insensatas. Lo que sumó una nueva confusión a las que ya tenía.

* * *

Antes de entrar en mi casa me cercioré de que nadie merodeaba por las inmediaciones. Hecho esto, me escurrí en el portal, subí las escaleras sin encender la luz y, llegado a mi no por modesto menos amado apartamento, entré en él, vi que todo estaba tal como yo lo había dejado, salí de nuevo al rellano y toqué quedamente a la puerta del apartamento contiguo. Al instante se abrió una rendija, un resplandor bermellón inundó el rellano y en el vano se recortó la silueta de una mujer enfundada en cuero de la cabeza a los pies, que llevaba en una mano un látigo y en la otra una lavativa.

—Hola, Purines —susurré—, ¿molesto?

—No, qué va —respondió mi vecina—. Estaba esperando a un cliente, pero me temo que ya no vendrá, porque tenía cita para las seis y acaban de tocar las diez en la parroquia. ¿Qué se te ofrece?

Durante los años que llevábamos viviendo pared de por medio, siempre hubo entre Purines y yo una excelente relación de vecindad. Yo llevaba una vida regular y en extremo silenciosa. Ella, por el contrario, recibía a todas horas a una selecta clientela de circunspectos caballeros a los que propinaba unas palizas morrocotudas, que ellos soportaban con resignados ayes y coronaban con rugidos de placer y gritos de visca el Barça. Como el tabique que nos separaba no era precisamente de sillería, yo no perdía detalle de estas recias veladas, pero nunca me quejé, pues lo cierto es que, acostumbrado al pandemónium perpetuo del manicomio donde había pasado la mayor parte de mi vida, aquel alboroto no me impedía leer, ni ver la televisión, ni dormir como un bendito. A menudo nos habíamos hecho mutuamente los pequeños servicios habituales entre vecinos: recoger un paquete en ausencia de su destinatario, permitir la reparación de un escape, dar de comer al gato (de ella), prestarnos algún condimento, y cosas por el estilo. Y en una ocasión en que a Purines se le murió un cliente en pleno paroxismo, gustosamente la ayudé a cargar con él y llevarlo hasta un banco de la calle, donde lo dejamos sentadito y haciendo como que leía el suplemento cultural del *ABC*.

—Purines —dije—, tengo que pedirte un favor, porque me parece que ando metido en un pequeño apuro. Hace un par de noches cometí un robo con escalo. Yo creía que se trataba de un asunto limpio, pero algunos detalles posteriores me inspiran recelo.

—Chico, qué alegría me das —respondió Purines—. Parecías tan formal que dabas miedo. ¿En qué puedo ayudarte?

—Tú estás siempre en casa —dije—. Vigila mi piso y tenme al corriente de si alguien viene en mi ausencia.

—Eso está hecho —dijo ella—. ¿Algo más?

—Sí —dije—, ¿tienes polvos de talco?

—Claro —respondió—, ¿cómo crees que entro y salgo de estos tapujos?

Agradecí a Purines su buena disposición, me despedí de ella, esparcí por el rellano los polvos de talco, me encerré en mi casa, me acosté y me dormí con la rapidez de quien tiene la conciencia sucia, pero está derrengado.

A la mañana siguiente en la capa de polvos de talco del rellano habían quedado claramente impresas las huellas de un par de zapatos masculinos bastante grandes de tamaño, como correspondería a las de un hombre muy alto y robusto o muy mal hecho. Las huellas iban de la escalera a mi puerta y de mi puerta a la escalera. Quienquiera que las hubiera dejado no había querido entrar en el apartamento al advertir que yo estaba allí. Barrí los polvos de talco para no incurrir en las iras de la comunidad y salí de nuevo dejando la puerta entornada a fin de que, cuando volvieran a registrar el piso, no me echaran a perder la cerradura.

En la peluquería, el candado de la persiana metálica había sido forzado, aunque no roto, gracias a Dios, porque valía un congo. Dentro reinaba un orden aparente. En realidad, todo había sido manoseado y vuelto a colocar en su sitio. Sólo mi conocimiento minucioso de las existencias me permitió advertir la sustracción de un frasco de aceite de macasar. A todas luces el registro era obra de un profesional mediocre con cierta predisposición por lo untuoso. Por lo demás, la jornada transcurrió sin incidentes dignos de mención. Más aún: sin incidentes de ningún tipo.

Pero al anochecer, de regreso a casa, tuve la sensación de que alguien me seguía con disimulo. Calculé que se trataba de un hombre muy alto, porque sus pasos resonaban en el silencio de las calles vacías a razón de uno suyo por cada dos míos. Anduve en zigzag y él hizo lo mismo; me detuve ante un escaparate, como a contemplar con sumo interés la mercancía allí expuesta (fajas, plantillas, calzado ortopédico y artículos para la incontinencia de orina) y mi seguidor se detuvo unos metros más atrás. El cristal del escaparate me ofreció el reflejo de su figura, sus rasgos faciales y su atuendo y en todos ellos pude reconocer al chófer negro de la limusina. Seguí caminando y al doblar una esquina me escondí en el retranqueo de un umbroso portal. Cuando mi perseguidor pasó por delante del portal, salí bruscamente del escondrijo y le pregunté:

—¿Qué quiere usted?

Casi se desmaya. Dio un grito y un salto y se llevó las manos al pecho.

—¡Esto no se hace, carambwa! —exclamó una vez repuesto del susto—. De poco me da un infarto.

—Se lo tiene merecido por andarme siguiendo a estas horas —repliqué—. ¿O se cree que a mí me hace gracia caminar por estas calles inseguras, en la soledad de la noche, con un sayón pegado a los talones?

—Yo no le seguía —protestó el chófer—. Yo sólo trataba de darle alcance. Pero usted se ha puesto a zigzaguear y como no veo muy bien y no conozco el barrio, si usted no se llega a parar, habría acabado dándome contra un farol. Además, pensé que no me reconocería.

—Hombre, un negro de dos metros y vestido de chófer no pasa inadvertido —contesté.

Me miró con fijeza, como si dudara entre darme un abrazo o partirme la cabeza de un cosco. Yo le aguanté la mirada, procurando disimular el canguelo, porque visto de cerca todo en él era terrible. Medía mucho más que yo, tanto a lo alto como a lo ancho, y fuera del coche se veía que era definitivamente negro. Tenía cara de pocos amigos y, para colmo de males, del pelo ensortijado y oleoso le resbalaban unos churretes que entrándole por el cuello de la camisa debían de llegarle ya hasta los calcetines, lo que me dio a entender que era aquel individuo quien había entrado en la peluquería, había hurtado el aceite de macasar y se lo había aplicado sin encomendarse a Dios ni al diablo. Y a juzgar por el tamaño de sus zapatos, también debía de ser quien había dejado impresas sus huellas en el talco de mi rellano. No obstante, su actitud, tono de voz y modales no evidenciaban malicia, sino al contrario: una afable inclinación.

—Vaya, yo creía que todos los negros éramos iguales —comentó—. Al menos, en mi poblado es así. Claro que allí no andamos todos vestidos de chófer. ¿Ve?, en eso no había caído. Pero no nos vayamos por los cerros de Uganda. He venido a traerle un mensaje. No mío, claro, sino de otra persona a la que usted conoce.

—¿Su encapuchado jefe? —pregunté.

—No, la señorita Ivet —respondió—. Ya sabe cuál le digo.

—No sabía su nombre. ¿Por qué no ha venido ella en persona? —dije yo.

—La señorita Ivet no me lo ha dicho. Pero cuando oiga el recado de la señorita Ivet, usted mismo lo deducirá. El recado dice así: Haz lo que yo te ordeno o el individuo que te lleva el recado te retorcerá el pescuezo. ¿Lo ha entendido?

—Sí —dije—, pero preferiría hablar directamente con la señorita Ivet.

—Pues tendrá que conformarse conmigo.

—Si me niego, ¿me retorcerá realmente el pescuezo?

—Le agradecería que no me pusiera a prueba —respondió el chófer—. Yo no soy un salvaje. Yo sólo pienso en el bien común.

—Esta actitud le honra a usted y me complace a mí —dije—. Siempre pensé que era usted una persona cabal. Con mucho gusto escucharé su mensaje y, a mi vez, si usted no tiene inconveniente, le haré algunas preguntas de tipo general y también particular.

—Bueno —respondió el chófer tras una breve vacilación—. Pero he dejado el coche mal aparcado y ya sabe cómo las gastan los de la grúa. Si quiere oír el recado que le traigo y además entablar diálogo, acompáñeme a un sitio donde dejar el coche. Le invito a un trago.

Nada tenía que perder accediendo a su invitación, de modo que le seguí hasta donde había estacionado en doble fila el coche. El cual resultó no ser la limusina de la vez anterior, sino un Seat de aquella época gloriosa en que cada vehículo era bendecido por el obispo y filmado por el NO-DO a la salida de la fábrica. Advirtiendo mi sorpresa y mi decepción, me confesó que la limusina era de alquiler.

—Este cacharro, en cambio, es mío —acabó diciendo—. Nunca lo uso, ¿sabe? En realidad, hoy en día, el coche sólo es un símbolo de estatus, igual que las gafas progresivas o la ropa interior de caballero, dos ítems a los que aspiro acceder tan pronto me lo permitan mis ahorros. Esto de integrarse es un palo.

—Dígamelo a mí —convine.

Subimos al coche, lo puso en marcha, partimos y al cabo de un rato nos detuvimos a la puerta de un local nocturno que parecía ser y era una antigua fábrica, habilitada posteriormente como bar, sin que esta transformación hubiera supuesto su embellecimiento, su limpieza ni su aireación. Antes de entrar le pregunté si conocía el bar y me respondió que no, que nunca había puesto los pies allí, y que lo había elegido porque al pasar había visto en sus proximidades un espacio holgado donde aparcar el coche. Por lo demás, añadió, el bar le parecía acogedor y tranquilo, no obstante el neón en forma de esvástica que refulgía sobre el dintel y la pintada que decía PUTOS NEGROS AL PAREDÓN, bien porque atribuyera a estos detalles una función puramente decorativa, bien porque fuera tonto y burriciego. Por fortuna a aquella hora no había en el bar otro ocupante que su dueño, un gigante musculoso que lucía en el torso un tatuaje con la efigie del cardenal Gomá y que al vernos entrar dejó de trasegar una barrica de cerveza y vino a nuestro encuentro con estas amables palabras:

—Aquí no quiero sarasas ni chimpancés.

—No hable tan fuerte —le susurré al oído—, su alteza el sultán de Brunei no aprecia este tipo de bromas. ¿Le gustaría tener un Rolls descapotable? Pues denos una buena mesa, tráiganos algo de beber, baje el volumen de la música y procure que nadie nos moleste. Su alteza el sultán aborrece la popularidad. Por eso va vestido de chófer.

El gigantón nos condujo a una mesa del fondo y regresó trayendo el combinado de la casa (medio litro de ginebra y medio de vodka) y una ración de aceitunas que preferí no probar al advertir que el relleno se movía. Como mi sistema digestivo no tolera bien las bebidas alcohólicas y mi cabeza, menos, dejé que mi acompañante diera cuenta de ambas consumiciones. Pedí al gigantón que nos rellenara los vasos y a mi acompañante que me transmitiera el recado que le había encomendado la señorita Ivet.

—Es muy sencillo —dijo el chófer—. Ha de permanecer usted callado respecto de lo sucedido la otra noche. Esto se refiere a la noche del robo. Usted no ha visto nunca a la señorita Ivet y la señorita Ivet, como su nombre indica, tampoco le ha visto a usted. Ni en pintura. No lo digo yo, sino ella, y con estas mismas palabras: ni en pintura. Para mí no tienen ningún sentido. En mi pueblo no usamos la pintura para estos fines. ¿Me ha entendido?

—Sólo a medias.

—¿Porque soy negro?

—No. Porque las cosas son más complicadas de lo que parece —respondí—. ¿Qué tiene que ver el robo de la carpeta azul con el asesinato del señor Pardalot? ¿Es mera coincidencia o se trata de un plan meticulosamente urdido? ¿Qué contiene la carpeta azul? ¿Por qué vino a recogerla la señorita Ivet en un taxi y no el enmascarado en la limusina conducida por usted? ¿Era el enmascarado el señor Pardalot y la señorita Ivet la hija del enmascarado y por lo tanto la hija del señor Pardalot?

—A todo esto no le puedo responder —dijo mi interlocutor—, porque estoy, como usted, in albis. Verá, después de dejarle a usted frente a las oficinas, fuimos a dar unas vueltas para hacer tiempo. La señorita Ivet se puso muy nerviosa, dijo que no se encontraba bien y que tenía que apearse de inmediato. El enmascarado me ordenó parar y la señorita Ivet se bajó del coche. Nosotros seguimos dando vueltas y a la hora convenida nos plantamos delante de las oficinas, donde habíamos quedado. Pero usted no estaba. Esperamos un rato y no vino. Entonces el enmascarado me dio orden de abandonar el campo. ¿Adónde le llevo?, pregunté. Por toda respuesta me dijo que condujera, que ya me diría dónde había de parar. En una plazoleta oscura de Sarrià o de Pedralbes me lo dijo. Pare, dijo. Paré, me pagó, se apeó y me fui. Si era o no era el señor Pardalot, no se lo puedo decir. En ningún momento se quitó la máscara ni me dijo: soy Pardalot. Eso, por lo demás, no habría servido de nada, pues podía haber mentido, ya que yo jamás había visto antes al señor Pardalot. Sólo puedo decirle una cosa: que cuando lo dejé estaba vivo. Por el espejo retrovisor alcancé a ver cómo, aún enmascarado, se dirigía a una calle transversal y doblaba la esquina. Entonces lo perdí de vista. Si algo le sucedió luego, yo nada vi. No sé nada más ni quiero saberlo.

Mientras hablaba se había bebido los dos combinados y se había vuelto más locuaz, si cabe. Me contó que se llamaba Magnolio. No era éste, sin embargo, su verdadero nombre, sino el que le había impuesto el misionero en la pila bautismal. En realidad se llamaba Luis Gonzaga, porque había nacido el 21 de junio. Magnolio, según él mismo me contó, había emigrado (o inmigrado, según el punto de vista) hacía doce o trece años. Al llegar a Barcelona, por no hablar ningún idioma, salvo el suyo, fue contratado como chófer. No sabía conducir, pero como a todo cuanto le preguntaban respondía con la palabra sí, que en su lengua materna significa no, nadie se enteró. Aunque para entonces ya gozaba de una excepcional miopía, en su país había desarrollado un olfato muy fino que suplía con creces la falta de visión, pues aun de noche y sin luces podía distinguir si estaba en la ciudad o en el campo y si los retretes de una gasolinera estaban o no en condiciones de uso.

Al acabar esta sucinta autobiografía, y habiéndose bebido dos combinados más, sus facciones adquirieron una noble blandura.

—Es usted una buena persona —me dijo ofreciéndome su manaza—. Lo vi desde el primer momento. ¿Quiere ser mi amigo? Yo quiero ser su amigo.

Le aseguré que ya éramos íntimos y le pregunté si hacía mucho que conocía a la falsa Ivet.

—Ya lo creo, al menos tres o cuatro años, lo que en el trópico equivale a una década —respondió. Sin embargo, instado por mí, admitió saber muy poco de ella: lo poco que ella misma le había contado o dado a entender y vagos rumores recogidos de aquí y de allá. Según había podido colegir, Ivet había vivido un tiempo en el extranjero. Allí (en el extranjero) había trabajado como modelo de alta costura, ganando una buena pasta. Luego, por alguna razón, había regresado. Si su padre era, como todo daba a entender, el señor Pardalot, habría podido vivir holgadamente y sin pegar sello, pero la señorita Ivet era muy independiente de carácter, de modo que se había establecido por su cuenta. Si bien tal vez, añadió Magnolio, la señorita Ivet no era en realidad hija del señor Pardalot, lo que habría echado por tierra la hipótesis anterior. Sea como fuere, la señorita Ivet tenía una empresa de servicios.

Entre los servicios prestados por la empresa de la señorita Ivet estaba incluido Magnolio, me explicó él mismo. Cuando alguien necesitaba un chófer, la señorita Ivet lo contrata por semanas, por días e incluso por horas. Por otras prestaciones (por ejemplo, llevar un paquete o cambiar un neumático), cobraba un plus. Hasta el momento, si la memoria de Magnolio no era infiel a Magnolio, nunca lo habían contratado para cometer un delito como el de la otra noche. Tampoco había visto con anterioridad a dicha fecha al señor Pardalot, ni enmascarado ni con la cara descubierta.

Me habría gustado preguntarle algunas cosas más referentes a la señorita Ivet, pero Magnolio, acabada la precedente exposición, y tras reiterarme la sinceridad de sus sentimientos amistosos, golpeó con la frente el tablero de la mesa y se puso a roncar. Llamé al dueño del bar y le dije que me iba.

—Su alteza el sultán de Brunei —añadí señalando la figura yacente de Magnolio— tiene jet lag. Ocúpese de que no le falte nada. Su alteza le pagará la cuenta cuando se despierte.

Y así diciendo salí del local cuando, provistos de porras, navajas y cadenas, lo empezaban a animar con su presencia los nietos de aquellas que otrora animaban con la suya la Parrilla del Ritz y el Salón Rosa.

* * *

De buena mañana ya estaba yo en el quiosco del señor Mariano hojeando la prensa de nuestra ciudad, donde no me costó dar con lo que buscaba. A saber:

†

Manuel Pardalot i Pernilot
natural de Olot
Presidente de la sociedad *El Caco Español*

Falleció ayer a la edad de 56 tacos habiendo
recibido siete tiros y la bendición papal.
Sus afligidas ex esposas Montserrat, Jeniffer,
Donatella, Tatiana Gregorovna, Liu Chao Fei
y Montserrat bis, su hija Ivet y demás familiares,
socios, colaboradores, empleados y amigos ruegan
una oración por el eterno descanso de su alma.
El sepelio se efectuará a las 10 horas
en la parroquia de La Concepción.
No se invita particularmente.

En la peluquería me aguardaba una sorpresa desagradable. La víspera y por causa de mi turbulenta relación, si se puede calificar de tal, con la señora Pascuala, había olvidado dejar abierta la puerta exterior y ahora el candado de la persiana metálica estaba seccionado y en la peluquería reinaba el más espantoso desbarajuste. Gracias a Dios no se habían llevado nada y la clientela no era numerosa a aquella hora temprana. Lo puse todo en su sitio, barrí, saqué el polvo, hice los cristales y a las nueve y cuarto en punto El Tocador de Señoras abría sus puertas al público como si tal cosa. Pero el hecho me inquietó, porque significaba que no era Magnolio el único que me seguía y me registraba.

A las nueve treinta de aquella misma mañana,

no habiendo venido todavía ningún cliente, fui al videoclub del señor Boldo, que quedaba justo enfrente de la peluquería, y le dije al señor Boldo:

—Señor Boldo, me veo precisado de salir una horita. Échele un ojo a la peluquería y si ve entrar a alguien, dígale que vuelvo en seguida. Si hace falta, póngale un vídeo y ya le pagaré yo luego el alquiler.

Cogí el autobús y llegué a la parroquia de La Concepción a las diez y diez. No me hizo falta preguntar nada, porque un caballero vestido de gris y apostado en la puerta del templo me tendió un recordatorio acreditativo de haber pasado Pardalot a mejor vida. Le di cinco duros y entré. Supuse que la familia del finado ocuparía el mejor sitio, es decir, el primer banco empezando por el altar, y me abrí paso entre el gentío que abarrotaba la nave, alternando codazos y empellones con palabras de consuelo y condolencia, hasta cruzarla de punta a punta. Allí, en efecto, se alineaban varias mujeres enlutadas, que murmuraban con la cabeza gacha, y varios hombres bien trajeados, que dejaban vagar la mirada por las alturas mientras un sacerdote desgranaba conceptos razonados, oportunos y provechosos. Procurando no alterar el recogimiento de los presentes, me acerqué a una mujer joven, sentada en el borde del banco, y le susurré al oído:

—Le acompaño en el sentimiento. El difunto y yo éramos uña y carne. ¿Se sabe el móvil?

—¿Quién es usted? —preguntó ella lanzándome una mirada torcida.

—Sugrañes, agente de seguros —respondí—. Si me dice su nombre y grado de parentesco, le diré si ha resultado agraciada en la póliza.

—¿Qué tonterías está diciendo? —replicó ella—. Soy Ivet Pardalot, la hija del difunto Pardalot, y heredo todo el cotarro.

—Imposible —respondí—. La hija de Pardalot está que tumba y usted, sin ánimo de ofender, no vale nada.

Parecía dispuesta a replicar de nuevo cuando el cura interrumpió su monserga y señalando hacia nosotros dijo:

—Ésos de la primera fila, a ver si se callan.

Recobró ella su acongojado aspecto y yo hice una genuflexión y emprendí la retirada.

En el atrio se había formado un grupo de cinco señores que se pronunciaban acaloradamente sobre la decisión de no alinear a Romario contra el Celta de Vigo.

—¿Puedo preguntarles una cosa? —interrumpí diciendo.

—Pregunte lo que quiera, buen hombre —respondió uno de ellos en representación de todos—, pero antes voy a decirle algo que usted ni siquiera sospecha: hoy por hoy el fútbol ha dejado de ser un deporte y se ha convertido en un negocio como otro cualquiera.

—Atiza —exclamé, y a renglón seguido pregunté—: ¿Conocían ustedes al difunto, que Dios tenga en su santa gloria?

—Claro —repuso otro contertulio, por cuanto el anterior parecía absorto ante la gravedad de su propio veredicto—. ¿Usted no?

—Uña y carne —afirmé—. Y muy amigo de las cuatro hijas del finado.

—Me parece que se confunde usted de entierro

—me corrigió un tercero—. Aquí el corpore insepulto es Manuel Pardalot, y sólo tenía una hija, llamada Ivet, de su primer matrimonio.

—¿Ivet? —dije—, ¿una chica rubia, alta, muy guapa, con unas piernas despampanantes?

—No, señor: una chica morena, baja, feúcha y con unas piernas como un par de zanahorias.

—Efectivamente —admití—, he debido equivocarme de día, de hora, de iglesia y de muerto. Que ustedes lo pasen bien.

A las once y cuarto ya estaba de vuelta en la peluquería. El señor Boldo me informó de que no había aparecido un alma durante mi ausencia. Le dije que había ido al entierro de un conocido, le agradecí mucho su amabilidad y nos reintegramos cada cual a nuestras respectivas labores.

* * *

Dediqué el resto de la jornada a poner en orden los datos acumulados hasta el momento y a mirar de cuando en cuando la puerta de la peluquería por si entraba algún cliente, cosa que no sucedió.

En cuanto a las conclusiones que yo podía extraer de lo ocurrido hasta el momento, se reducían a: a) la chica que había dicho ser Ivet Pardalot no era, en rigor, Ivet Pardalot, si la que decía ser Ivet Pardalot era realmente Ivet Pardalot; b) el enmascarado que había dicho ser Pardalot podía haber sido, en efecto, Pardalot, si bien lo más probable era que no lo hubiera sido, antes al contrario, que hubiera sido c) el asesino del verdadero Pardalot o, si no el ejecutor material del asesinato, el cerebro de la operación y, desde todo punto de vista, su autor moral, y, lo que era peor aún, d) que estuviera todavía con vida y sabe Dios si tramando nuevos asesinatos (por ejemplo, el mío) bajo su caperuzón; e) o f) de lo antedicho no podía inferirse que el pérfido encapuchado fuera el padre de la chica que se había hecho pasar por Ivet Pardalot (no siéndolo), con el consentimiento y complicidad de ella, salvo que se hubiera tratado efectivamente de su auténtico padre, lo que la exoneraría de esta falsedad, pero no de peores falsedades, g) y perfidias.

Con lo cual di por concluido el ejercicio, aunque no quedé, a fuer de sincero, muy satisfecho con estas elucidaciones. Pero no disponía de más datos en que basar otras mejores.

A media tarde mi cuñado Viriato vino a hacer una visita de inspección a la peluquería. Yo aborrecía y temía estas visitas esporádicas, porque Viriato, que en sus relaciones familiares era un hijo solícito, un marido complaciente (y solícito), un cuñado cortés, un hombre atento y delicado con el prójimo, en suma, un auténtico minino, en materia laboral se mostraba exigente e inflexible, por no decir despótico, sobre todo si la cuenta de beneficios arrojaba unos resultados tan escuálidos como los que yo solía presentarle. Entonces dejaba de lado sus modales exquisitos y me cubría de reproches, acusaciones y amenazas y me tachaba de inútil, venal y desvergonzado, cuando no la emprendía conmigo a puntapiés y cintarazos, sin que de nada sirvieran mis razonadas explicaciones, que iban desde las consecuencias (mediatas) del tratado de

Maastricht, hasta el mal estado del secador eléctrico. Con respecto a Maastricht, trataba de hacerle entender, poco podíamos hacer Viriato y yo, pero con respecto al secador, la situación exigía medidas drásticas, pues en los dos últimos meses cinco clientes (ahora ex clientes) habían tenido que ser trasladados de urgencia al ambulatorio con lesiones de pronóstico leve de resultas de otras tantas disfunciones.

—Lo que ocurre —replicó Viriato mientras inspeccionaba el local buscando un pretexto para oponerse a mi demanda— es que te pasas el día tonteando con las clientas.

Iba a defender mi integridad, mi laboriosidad y mi lealtad a la empresa, cuando otro asunto más perentorio acaparó mi atención.

—Oye, Viriato —dije—, ya sé que la pregunta es un poco indiscreta, pero ¿tú llevas marcapasos?

—No.

—Pues salgamos pitando de aquí —dije—, porque hace rato que oigo un tictac que me da muy mala espina.

Apenas hubimos alcanzado la puerta, oímos un ruido atronador, nos envolvió una densa humareda, sentimos en la espalda un calorcito la mar de vigoroso y emprendimos un corto vuelo, durante el cual traté sin éxito de agarrar, conforme iban pasando por mi lado, los distintos componentes de la peluquería (el secador, el sillón, la palangana) que por causa de su menor densidad a mayor velocidad que yo se desplazaban.

Todavía zascandileaba por el barrio la onda expansiva reventando los cristales de los escaparates cuando tomé tierra en la acera opuesta, frente al videoclub del señor Boldo y en medio del nutrido público que siempre y de inmediato se congrega allí donde el prójimo se hace daño. Antes de comprobar si estaba en posesión de todas mis partes, gateé de aquí para allá hasta reunir el instrumental disperso y ponerlo a salvo de la rapiña de algún aprovechado; luego me ocupé de mí y por último me interesé por la suerte de mi cuñado, quien, según me informó un vecino solícito, había tenido la chiripa de caer sobre el toldo de la frutería y verdulería de la señora Consuelo, por lo que había resultado ileso, aunque momentáneamente aquejado de sordera, ceguera, parálisis, amnesia y una acuciosa descomposición. Tranquilizado al respecto, lo dejé al cuidado de quienes intentaban reanimarlo y extraer de sus orificios un racimo de plátanos, y corrí a colocar los enseres rescatados en su sitio, es decir, entre los escombros de la peluquería, en cuya fachada, con el mango de un cepillo carbonizado, escribí:

OFERTA ESPECIAL
10 % de descuento durante las
obras de ampliación y renovación

Tras lo cual busqué y encontré la escoba y el recogedor y con ellos traté de apilar los cascotes, trizas, añicos, pavesas, andrajos y confeti (proveniente de *Semana* y *Diez Minutos*) mientras hacía balance de aquel estrago. En esta ocupación me encontró enfrascado la guardia urbana, que, avisada por algún transeúnte entrometido, acudía con su habitual celeridad al lugar del siniestro.

—Gracias por su visita, señores números, ¿en qué puedo servirles? —les dije con fingido alborozo, porque habría preferido que se hubieran quedado regulando el tráfico en lugar de venir a hacer preguntas sobre lo ocurrido allí.

Sin embargo mis temores resultaron infundados, porque los representantes del orden (municipal) se limitaron a echar una ojeada al local y otra a mí y a preguntarme si había sido el butano.

—Sí, señor —respondí—, tenía encendida la estufa, pese al excelente clima que nos ofrece gratis el Ayuntamiento, y no observé las debidas precauciones. Pero las consecuencias son insignificantes, porque la compañía aseguradora cubrirá de buen grado los ligeros desperfectos.

Viriato, que, ya repuesto, entraba en busca de su americana, sus zapatos y la pernera izquierda de sus pantalones, me oyó decir esto y, cuando se hubieron ido los guardias, me increpó diciendo:

—¿Por qué les has contado estas mentiras? Sabes de sobra que no he pagado la prima del seguro desde 1987.

—Viriato —le dije—, me temo que estamos metidos en un buen lío, y lo mejor será que tratemos de resolverlo por nuestros propios medios. Esta vez hemos salido bien librados de milagro. La próxima puede ser peor. Vuelve a tus ocupaciones, no le cuentes a nadie lo sucedido y aléjate de mí.

* * *

Al caer la tarde, ya había conseguido sacar los escombros a la calle, empalmar todas las secciones de una tubería por la que ahora pasaban, provisionalmente, los suministros de agua, gas y electricidad, y recomponer el espejo uniendo sus fragmentos con esparadrapo. El secador eléctrico había quedado totalmente inutilizado y el sillón había perdido los brazos y el respaldo. Mientras cavilaba cómo suplir estas carencias, entró en la peluquería un individuo de andar incierto y tez muy pálida, lo que al pronto me hizo pensar que tal vez fuera un cadáver. Con anterioridad yo ya había afeitado, peinado y acicalado algún que otro difunto, pero nunca uno que viniera por su propio pie, pese a lo cual, y no estando la cosa para hilar muy fino, le señalé el residuo del sillón. El recién llegado se echó a reír y exclamó:

—¡Arbucias! Veo que no me ha reconocido.

Examiné sus facciones con redoblada atención y descubrí que se trataba de Magnolio.

—¿Cómo iba a reconocerle? —dije yo—. Antes era usted negro.

—Y usted blanco —replicó el chófer.

—Es que me he tiznado de hollín —dije.

—Pues yo me he embadurnado de harina —dijo él. Luego miró a su alrededor y añadió—: Aun sin gafas advierto que le han puesto una bomba. Bien empleado le está por la trastada que me jugó anoche. Pero no me he blanqueado y venido hasta aquí con el propósito de afearle su conducta, sino para pasar inadvertido y traerle un nuevo mensaje de la señorita Ivet. Esta vez quiere verle. En propia persona. Dice que su vida corre peligro. Su vida de ella y también su vida de usted. Las dos. Y quizá la mía. Esto no lo dijo la señorita Ivet, pero lo añado yo por mi cuenta. La señorita Ivet dice que en esta ocasión se propone jugar limpio con usted, no como las veces anteriores. Y agrega la señorita Ivet que sólo aunando esfuerzos podrán salir del atolladero en que los ha metido la mala suerte. Previendo una respuesta adversa de su parte, la señorita Ivet insistió en que le insistiera y le dijera que entrevistándose con ella usted no tiene nada que perder, porque ya lo ha perdido todo.

—¿Dónde quiere que nos veamos? —pregunté.

—En un lugar seguro —repuso el chófer—. Yo le llevaré. No desconfíe. He tenido muchas oportunidades de apiolarlo y nunca lo he hecho. Podría apiolarlo ahora, aquí mismo, si se me antojara. Ganas no me faltan. ¿No le da vergüenza, abusar de mi amistad para embriagarme y dejarme tirado en aquel antro? Y encima con no sé qué cuento de un Rolls Royce. Le partiría la crisma y otros huesos si la señorita Ivet no me lo hubiese prohibido expresamente.

—Me alegro; sólo me faltaría eso —exclamé—. Mire cómo ha quedado todo. ¿Qué voy a hacer sin secador eléctrico?

Se encogió de hombros y no dijo nada. Consulté la hora. De resultas de la explosión al reloj de pared sólo le había quedado el segundero, lo que hacía algo difícil precisarla, pero calculé que sería la del cierre, de modo que decidí suspender hasta el día siguiente las tareas de rehabilitación y dedicar un rato a mis actividades secundarias.

—¿Ha traído el coche? —le pregunté a Magnolio.

—Sí, señor —repuso el chófer—. Lo tengo aquí mismo. No sabe lo fácil que resulta aparcar cuando uno va sin gafas.

—Está bien —dije—. Ayúdeme a colocar la puerta en sus goznes y le acompañaré a donde sea.

* * *

En una esquina de la calle Bailén detuvo Magnolio el coche, me señaló un edificio y dijo:

—Es aquí. Cuarto piso, puerta «C». Ella le está esperando. Yo me reuniré con ustedes cuando encuentre un sitio donde aparcar.

Seguí sus instrucciones y una vez ante la puerta indicada, pulsé el timbre. De inmediato una voz trémula preguntó que quién iba. Al oírla se disiparon mi irritación y mi rencor.

—No tengas miedo, preciosa —respondí procurando que no se me notara el jadeo por haber subido tres pisos a pie—, soy yo: tu caballero andante, tu héroe galáctico, tu supermán.

—¿Quién? —repitió la voz trémula.

—El peluquero —respondí.

La falsa (y falsaria) Ivet abrió la puerta una rendija, vio ser yo quien allí había y me franqueó el paso. Parecía asustada y nerviosa. Apenas hube entrado, cerró y atrancó la puerta. Sólo entonces encendió la luz del recibidor, una pieza cuadrada, escuetamente decorada con una caja de contadores, de la que arrancaba un pasillo corto y lóbrego. El aire era denso y no aromático, como el de un piso que llevara cerrado varios días. Por el pasillo llegamos a una estancia bastante amplia en cuyo centro había una mesa plegable y cuatro sillas de tijera. Del techo colgaba una bombilla cubierta por una pantalla de papel de estraza. Me ofreció asiento y dijo:

—Ésta es mi casa y mi oficina o, como yo prefiero llamarla, mi agencia. Es un piso antiguo, dividido en varios apartamentos; éste, a su vez, subdividido por mí. En la parte de delante están mis habitaciones privadas. Allí sólo entro yo y quien yo decido. La otra parte del piso, donde ahora nos encontramos, la destino a oficinas. La decoración te parecerá escasa. En realidad, alquilo el mobiliario en función de la operación mercantil que llevo a cabo. Así me adapto mejor a las características de cada cliente. Si son extranjeros, modernismo catalán; si son catalanes, diseño italiano. A veces con un tatami me arreglo. Pero esto no hace al caso. ¿Puedo ofrecerte algo? Tengo las bebidas tradicionales.

—¿Pepsi-Cola?

—No.

—Entonces nada, gracias.

—Te traeré agua, por si tienes sed —dijo ella. Se fue por el pasillo y se metió en una puerta lateral. Como pasaban los minutos y no volvía, me asomé al cuarto contiguo. También allí las persianas estaban bajadas o los postigos cerrados, de modo que no se veía casi nada. Me pareció distinguir un armario y una cama individual deshecha. En el suelo había ropa dejada de cualquier manera. En el aire flotaba el cálido olor que dejan las personas jóvenes y limpias cuando duermen solas. Regresé a la estancia vacía cuando Ivet regresaba con un vaso de agua, que me bebí de un sorbo, porque la experiencia de la alcoba me había dejado la boca seca. Ella parecía haber recobrado la entereza: ya no daba muestras de temor y más bien estaba risueña y parlanchina.

—Vayamos por partes —empezó diciendo—. Yo no soy la hija de Pardalot, como ya sabes, porque esta mañana has ido al entierro de Pardalot y has conocido a la auténtica Ivet. Mi verdadero nombre es Lilí... no, Lalá... no, Lulú... En fin, ¿qué importa? Pongamos que también me llamo Ivet: la vida está llena de coincidencias. Tengo una agencia de servicios, en la que ahora nos encontramos. No los servicios que algún malpensado podría imaginar viendo mi sinuosa figura, sino otros peores. Más vale que te lo cuente todo.

La historia de Ivet coincidía en lo esencial con la que me había referido Magnolio la noche anterior en el bar de copas. Ivet había sido modelo en Nueva York, pero luego había regresado a Barcelona y aquí (en Barcelona) había montado una empresa de catering para estafas. Por una tarifa determinada la agencia de Ivet proporcionaba lo necesario para cometer cualquier tipo de estafa, tanto los medios materiales como el personal. Magnolio era un ejemplo y en el caso presente, yo era otro. Ella seleccionaba la persona o personas más adecuadas para llevar a cabo la operación, hablaba con ellas, las convencía por el medio que fuera menester y al final, si su trabajo había sido satisfactorio, les pagaba religiosamente. Por desgracia, aquella vez las cosas no habían funcionado como de costumbre, concluyó diciendo.

Hizo una pausa y acto seguido, viendo que yo no decía nada, agregó:

—Hace un par de semanas se puso en contacto conmigo un individuo que dijo ser y llamarse Pardalot. No era Pardalot, sino alguien que suplantaba a Pardalot, pero yo entonces no lo sabía. No lo supe hasta que vi en el periódico la foto del auténtico Pardalot. El presunto Pardalot me dio tus coordenadas y me dijo que me hiciera pasar por hija suya, es decir, de Pardalot, y que te camelara para un trabajito sencillo y sin riesgo. Lo que yo te conté es lo que me contó él: que quería robar unos documentos de su propio despacho para evadir impuestos o para ocultar una evasión de impuestos o algo por el estilo, y que tú eras la persona idónea para hacerlo. Al principio no entendí el plan. Si se trataba de hacer desaparecer unos documentos de su propia oficina, lo más sencillo habría sido simular el robo, esto es, decir que alguien se había llevado los documentos y deshacerse de ellos por cualquier sistema. En cambio el plan del presunto Pardalot llevaba aparejados muchos riesgos, no siendo el menor que te pillaran con las manos en la masa. Pero el presunto Pardalot me respondió que nada podía salir mal. Todo estaba preparado para que el robo se efectuara sin contratiempos, me explicó. Incluso la cerradura del despacho había sido amañada para que cualquier palurdo pudiera abrirla al primer intento. Lo importante, dijo el presunto Pardalot, era que el ladrón dejara algún rastro de su paso: huellas dactilares, restos de pelo o semen, para la prueba del ADN. Por si eso no fuera suficiente, lo del circuito cerrado de televisión era un engaño. Una cosa es que el guardia de la puerta no te viera entrar y otra que no quedara registrada tu imagen. De este modo, una vez obtenidos los documentos, el presunto Pardalot podía mostrar una grabación en la que se te veía entrando en el edificio y cometiendo el robo.

La falsa Ivet se levantó al llegar a este punto, fue a la ventana, la abrió y separó ligeramente las lamas de la persiana para dejar entrar el aire de fuera, ya que el de dentro estaba prácticamente agotado. Pero se cuidó de no ofrecer visibilidad alguna a un observador externo.

—Aun así —dije yo cuando ella hubo regresado a la mesa—, el plan era y es descabellado. Con mis huellas y la grabación, tarde o temprano la policía dará conmigo y yo les contaré que fue el propio Pardalot quien me contrató para robar las oficinas de *El Caco Español,* propiedad de Pardalot, es decir, sus propias oficinas.

—Esta misma objeción —admitió Ivet— le hice yo. Pero el presunto Pardalot, al oírla, se echó a reír. Por este lado, dijo, no había problema. Precisamente, añadió sin dejar de reír, había encontrado a la persona idónea, es decir, al hombre de más limpio historial, el más modoso y el más panoli de cuantos habitan el área metropolitana.

Se refería a mí. El lector sabrá disculparme si en este punto del relato revelo algo que él (mi inmerecido lector) seguramente ya habrá deducido con anterioridad, a saber, que hasta que no me fue dada esta explicación, yo había alimentado la fatua convicción de haber sido elegido por aquella monada y por su supuesto y pajolero padre (q.e.p.d.) por mi reputación, otrora no insignificante, en los círculos gremiales del latrocinio, la marrullería, la garfiña, la impudencia y la cancamusa, e incluso, a qué negarlo, por una inclinación de ella hacia mi apariencia física, mi elegancia en el vestir, mi simpatía, mis maneras y, en suma, mi capacidad de seducción. Demasiado tarde recordé a la pobre señora Pascuala de la pescadería, cuya insolencia para conmigo adquiría ahora, a la luz de mi doloroso desengaño, su cabal e inapelable significación.

—Lo más seguro, añadió Pardalot —añadió Ivet, insensible a la amargura que debía de reflejar mi rostro—, era que la policía nunca diera contigo. Dedicarían unos días a repasar sus archivos y luego darían carpetazo al asunto. Y aun cuando hubieran dado contigo, él lo habría negado todo, y siendo Pardalot un prohombre y tú un ridículo peluquero, le habrían creído a él. En cuanto a ti, no te habría pasado nada. Con tu conducta intachable y tu cara de pazguato, el tribunal habría considerado que cometiste el robo en un momento de enajenación y te habría enviado una temporada a un centro psiquiátrico. Dicen que son como balnearios. Claro que ahora el asesinato lo complica todo un poco.

—¿A qué asesinato te refieres? —dije.

—¿Todavía no has atado cabos? —dijo—. El presunto Pardalot no era Pardalot. Y no se trataba de robar unos documentos propiedad de Pardalot, sino de asesinar al verdadero Pardalot y echar las culpas del crimen sobre un inocente que, dicho sea de paso, tiene tus mismas huellas dactilares y tu misma cara.

—Esto es absurdo —repliqué—. Yo no he asesinado a Pardalot, ni al presunto, ni al verdadero, ni a nadie.

—¿Y cómo lo piensas demostrar? —preguntó—. Por supuesto, puedes ir a la policía y contarles lo sucedido, pero ¿quién te va a creer? Haber dejado sus huellas alrededor de un cadáver y aparecer en una cinta de vídeo grabada esa misma noche en la propia escena del crimen no es peccata minuta. Pero si a pesar de todo decides ir a la poli, debo advertirte que yo juraré no haberte visto nunca, y Magnolio hará otro tanto. No lo tomes a mal. A nadie le gusta verse metido en los líos ajenos, sobre todo si su posición no es del todo limpia. Por otra parte, a mí no me consta que tú no matases realmente al verdadero Pardalot. Apenas te conozco. Puedes ser un psicópata.

—Sí, pero no lo soy —repliqué—, y ahí está el problema. Porque si yo no soy un asesino, pero alguien asesinó a Pardalot, es forzoso admitir que en estos momentos anda suelto un asesino que te conoce y tiene motivos sobrados para silenciarte. Por eso enviaste a Magnolio a registrar mi apartamento y la peluquería, y a seguir mis pasos y a tratar de sonsacarme. Para ver si yo había matado a Pardalot. Ahora, convencida de mi inocencia, y viendo que Magnolio es un novato, me has hecho venir. ¿Para qué?

—Para ayudarte. ¿No confías en mí?

—No —repuse con firmeza—, es más, creo que eres embustera, ambiciosa y egoísta, como Dalila, Salomé, la Momia y otras malas mujeres que han merecido pasar a la historia por su crueldad, doblez y trapacería. Pero si me propones un trato razonable, te escucharé.

—Harás bien —dijo ella sin mostrarse ofendida por mis palabras—. En realidad la situación es más grave de lo que supones. Llevada de un mal impulso, la noche del crimen robé la carpeta azul. Pensé que podría revendérsela a Pardalot. Cuando descubrí que la persona que me había contratado no era Pardalot y que el auténtico Pardalot había sido asesinado, quise devolver la carpeta sin cobrar, pero no supe a quién. Ellos, quienes quiera que sean, aún no saben que la tengo yo. Seguramente creen que la tienes tú. Por eso quise prevenirte. Tarde o temprano irán a por ti.

—Ya lo han hecho —mascullé—. Hace unas horas han puesto una bomba en la peluquería. Como ves, he salido ileso, pero los daños materiales son cuantiosos.

—Lo siento —murmuró.

—Con sentimientos no se compra un secador eléctrico —repliqué secamente—. ¿Dónde está la carpeta azul?

—En la caja de seguridad de un banco.

No lo creí, pero de nada servía discutir aquel detalle trivial. Lo importante era salvar nuestros respectivos pellejos.

—¿Tienes idea de quién puede estar detrás de todo esto? —pregunté—, ¿de quién tenía interés en eliminar a Pardalot o, en su defecto, de quién era Pardalot?

—No. Sólo lo que traen los periódicos.

—Pues eso es lo primero que hemos de averiguar —dije.

—¿Cómo? —preguntó.

—Muy sencillo: volviendo a entrar en las oficinas de *El Caco Español, S.L.*

—Eso es muy peligroso —dijo ella.

—También lo es quedarse sentado a la espera de otra bomba —dije yo—. En cambio, si tomamos la iniciativa, llevaremos ventaja durante un tiempo breve, porque creyéndonos a nosotros débiles y a sí mismos fuertes, no habrán tomado precauciones. En estos casos, lo más difícil es siempre lo más fácil, precisamente porque parece difícil. ¿Magnolio es de confianza?

—Sí —afirmó Ivet—. Aunque fue bautizado, conserva la honradez de los idólatras, y a diferencia de muchos caballeros, que conmigo se comportan como cafres, él, que es un cafre, siempre se ha portado conmigo como un perfecto caballero. En quien no sé si puedo confiar es en ti.

—Deberás correr este albur. Quédate aquí y no abras a nadie. Yo me pondré en contacto contigo. Y ahora, adiós.

Me acompañó a la puerta. Antes de abrir, movida por un inexplicable impulso (o por una fórmula de cortesía empresarial), me abrazó y, en clara referencia a los peligros exteriores, susurró en mi oreja:

—Ten cuidado, amorcito.

Sentí contra mi pecho el trémulo calor de sus

delicadas formas (macizas) y, no habiendo experimentado con un cuerpo humano contacto físico (los del autobús no cuentan) en varios años, no sé cómo habría reaccionado de no haber sido el momento tan poco propicio a la sensiblería. Pero tal y como estaban las cosas, aquel abrazo más bien me deprimió. Así que dije de nuevo adiós y bajé la escalera a toda prisa. En la calle encontré a Magnolio, contemplando con satisfacción su coche, la parte delantera del cual había pasado a formar parte del coche vecino.

—La señorita Ivet me ha encargado decirle que por hoy ya no necesita de sus servicios —le dije—. En cuanto a mí, ya no hará falta que vuelva a seguirme por las calles ni a meter sus narizotas en mis propiedades. En cambio, no estará de más que se quede aquí un rato montando guardia. Asegúrese de que la señorita Ivet no abandona el edificio. Si lo hace, sígala sin ser visto. Ya sé que el sigilo no es su especialidad, pero no se desanime: con la práctica mejorará. Y venga mañana por la mañana a darme noticia de lo que ha pasado.

* * *

A eso de las once, sin haber cenado, llegué frente al edificio de *El Caco Español* y lo inspeccioné a prudencial distancia. Las luces del edificio estaban apagadas, salvo la del vestíbulo, donde montaba en su garita guardia un guardia. No el mismo guardia de la otra vez, sino otro guardia de mediana edad, barrigudo, calvo y con espeso bigote. Son los mejores.

Doblé la esquina y me detuve frente a la puerta del garaje. Por aquella calle (lateral) no pasaba nadie. Del bolsillo saqué el pulsador que me había dado el encapuchado unas noches atrás para facilitar mi entrada en aquel mismo edificio (por allí) y que se había quedado primero en un bolsillo del traje y luego en mi casa, adonde había ido a buscarlo previamente a los hechos que ahora narro. Y lo pulsé. La reja volvió a deslizarse horizontalmente por su riel y la compuerta por el suyo verticalmente, como ya he descrito con estas mismas palabras en su lugar correspondiente. Habría sido pan comido introducirme en el edificio por el garaje, pero me abstuve de hacerlo por considerar que sin duda habrían cambiado la combinación numérica que desactivaba la alarma, a la vista de lo mal que les había ido con la anterior, sobre todo a Pardalot.

Dejé la puerta del garaje abierta, desanduve lo andado, me coloqué frente a la puerta de cristal del edificio e hice señas al guardia de seguridad hasta que éste se percató de mi presencia, me indicó que las oficinas no estaban abiertas al público y luego, señalando con expresiva mímica ora su cachiporra ora su propia anatomía, me indicó por dónde me metería aquélla si no lo dejaba en paz. A lo que respondí yo exagerando mis aspavientos y visajes, hasta que el guardia se levantó, se abrochó el pantalón que para mayor comodidad de su persona se había desabrochado, y blandiendo la cachiporra vino a la puerta y le abrió una rendija.

—Disculpe si le incomodo —me apresuré a decir—, pero hay causa. Verá, soy un vecino de este barrio primoroso y al pasar hace un instante por la callejuela lateral, camino de mi hogar, he advertido que la puerta del garaje de su edificio, es decir, de *este* edificio, estaba abierta. Yo diría que de par en par. Con civismo he oteado el interior y me ha parecido distinguir la sospechosa figura de un extraño dentro del garaje. Claro que puede haber sido cosa de mi imaginación. Soy timorato por naturaleza. Y artrítico. No como usted, que es valiente, responsable y buen mozo.

El guardia se rascó los fondillos con la cachiporra para entretenerse mientras pensaba y luego dijo:

—Iré a inspeccionar las premisas. Usted no se mueva de aquí y no toque nada.

—Descuide. Será un honor custodiarle la garita —respondí deslizándome en el interior del vestíbulo—. Ah, y no se olvide de desconectar la alarma mientras patrulla o usted mismo la hará saltar con la consiguiente batahola. La gente del barrio es tiquismiquis y no quisiera que le reprendieran si al fin y a la postre todo han sido figuraciones mías.

El guardia cerró la puerta de cristal, empuñó la cachiporra, se golpeó la cartuchera para asegurarse de que llevaba la pistola al cinto, desactivó la alarma mediante una clavija y se adentró en el edificio por una puerta situada al fondo del vestíbulo.

Apenas me vi solo, me metí en uno de los ascensores, subí al cuarto piso, busqué y encontré el despacho de Pardalot, volví a forzar la cerradura y entré. Todo estaba igual que la noche del crimen. Parecía mentira que en una pieza tan bien amueblada hubiera habido un muerto. A toda prisa abrí cajones, archivadores y armarios sin encontrar nada: sin duda la documentación del difunto había sido requisada por el juez instructor en virtud de lo dispuesto por la ley adjetiva. Viendo que allí no había nada de interés, pasé a la sala de juntas. Allí tampoco esperaba encontrar nada, pero al menos podría llenarme los bolsillos de bolígrafos.

Ni eso. En el cristal esmerilado de la puerta se dibujó la atocinada silueta del guardia con la cachiporra en ristre. Mientras hurgaba con la llave maestra en la cerradura de la puerta de la sala (de juntas) retrocedí hasta el despacho de Pardalot y cerré la puerta de éste en el momento en que el guardia y su cachiporra entraban en la sala. Algo debió de haber notado, porque vino en derechura al despacho y abrió la puerta. No habiendo allí biombo, divisoria o cancel donde ocultarme, me arrimé a las sombras. Tropecé con un mueble e hice ruido. El guardia se detuvo en el umbral del despacho, ocupándolo casi por entero con su imponente figura de botijo. Sin soltar la cachiporra, se llevó la mano a la pistola y preguntó:

—¿Quién anda ahí? Salga con las manos en alto o disparo.

Iba a entregarme cuando una voz profunda, clara, arrogante y, por añadidura, de ultratumba, respondió por mí:

—Hola, soy Pardalot.

El guardia dejó caer la cachiporra, giró sobre sus talones y salió de estampía de la sala de juntas.

Y yo habría hecho lo mismo si la flojera de las piernas no me lo hubiera impedido.

* * *

Recordando ahora lo ocurrido, me pregunto si la razón de mi estupor ante aquella inopinada aparición se debió al miedo o a la sorpresa, pues si bien no soy tan ignorante que no supiera que a menudo las víctimas de horribles crímenes de sangre se manifiestan en dicho lugar (justamente llamado «el lugar del crimen») arrastrando cadenas, entrechocando huesos y emitiendo aullidos, gemidos y otras ventosidades encaminadas a infundir espanto, siempre había pensado que estos fenómenos tenían lugar en parajes exóticos, como Hungría o el Japón, y entre muertos de alcurnia, y nunca que pudiera apuntarse a ellos un circunspecto empresario catalán en el sanctasanctórum de su despacho. Y si bien en el pasado yo ya había tenido con espectros encuentros fugaces, algo chocarreros y nunca satisfactoriamente explicados por la ciencia, jamás me había topado con ninguno tan petulante ni tan seguro de sí mismo, siendo los espectros de suyo más bien tímidos, como corresponde a unos seres (o no seres) acostumbrados a ser mal recibidos dondequiera que van. Todo lo cual, por lo demás, carece de importancia, pues en aquella ocasión la propia voz de Pardalot, causa del susto, se encargó de disipar cualquier misterio, añadiendo con la misma jovialidad tras una breve pausa:

«En estos momentos no puedo atenderle. Deje

su nombre y su teléfono de contacto al oír la señal y yo le llamaré a la mayor brevedad.»

Comprendí que al recular y tropezar con un mueble había accionado involuntariamente el contestador telefónico, del que salió a continuación otra voz, dubitativa y femenina, que decía:

«Somos de la floristería. Es en relación con las flores que nos encargó para la cena del martes en casa de Reinona. Por favor, llámennos y díganos lo que tenemos de hacer.»

Oí este recado incomprensible y en mi opinión baladí (para mí) mientras cruzaba la sala de juntas como un gamo (dícese de quien, siendo un mamífero rumiante, va muy rápido) y saltaba al camarín del ascensor, que me condujo a la planta baja. Allí patiné por el bien encerado suelo hasta la garita y me acodé en ella cuando el guardia hacía su aparición por la puerta situada al fondo del vestíbulo por la que había salido unos minutos antes.

—¿Ha visto algo anormal, intrépido guardia? —le pregunté procurando disimular la agitación de mi caja torácica.

—Nada —respondió él procurando disimular el castañeteo de sus mandíbulas.

—Pues yo le veo pálido y sudoroso —dije—, y si no fuera usted guardia, diría que se ha meado. ¿Y la cachiporra?

—Lo siento —replicó él en tono tajante—. No estoy autorizado a comentar los incidentes del servicio con la población civil. Váyase y considere top secret lo ocurrido.

Sacó de una bolsa de papel una botella de aguardiente y le echó un buen tiento, y a renglón seguido me indicó con la mano, la mirada y el aliento que me fuera.

* * *

Al regresar a mi casa, me encontré con una desagradable sorpresa. Yo ya contaba con la posibilidad de que en mi ausencia hubieran registrado el apartamento, pero no con la de que lo hubieran hecho de aquella manera tan desconsiderada. Los muebles estaban patas arriba y el contenido de armarios y cajones esparcido aquí y allá, como si los transgresores, no contentos con revolverlo todo, hubieran jugado a voleibol con mis queridos objetos personales. Un rápido balance reveló no faltar nada, salvo un yogur de la nevera. Llamé a Purines, le pregunté si había notado algo y dijo que sí, que a eso de las ocho había llegado a sus oídos una tremenda batahola proveniente de mi vivienda, pero que había juzgado más prudente no hacer indagaciones ni avisar a la policía. Le di las gracias y le aseguré que había hecho lo mejor para todos, es decir, para ella y para mí.

—Chico, no sé en qué lío andas metido, pero entre lo de antes y lo de ahora, tendrías que encontrar un término medio —dijo ella. Y sin pausa ni transición añadió—: Lo que tienes que hacer es buscarte una chica formal y de tu clase y constituir una familia.

Por lo visto, todas estaban empeñadas en casarme.

—No pongas esa cara, hombre —rió Purines al leer en mi rostro el desconcierto y la contrariedad—. ¿Has cenado? Acabo de comprar media docena de frankfurts en el supermercado que están diciendo comednos, y te convido.

Habría aceptado de buena gana su proposición, porque no había cenado, ni comido al mediodía por causa de la bomba, pero no quería postergar el arreglo de mi maltrecho apartamento ni causarle molestias adicionales, de modo que la decliné expresándole de nuevo mi más profunda gratitud y la esperanza de poder compartir mesa y compañía en un futuro no lejano. Y habría añadido más finezas si un bostezo horroroso no las hubiera interrumpido.

—Haz como quieras —dijo Purines—. Yo sólo pretendía ayudarte.

Y tras una pausa, cuando yo ya tenía puesta la mano en el picaporte, añadió en voz baja y titubeante:

—No soy quién para darte consejos, pero ándate con cuidado. Esa chica no es trigo limpio. No digo que sea mala persona. Ya no existen malas personas. Antes había mujeres fatales, lagartonas y pájaras de cuenta. Ahora todas somos buenas. Pero por si acaso...

—Purines —le interrumpí—, eres un cielo.

Volví a mi maltrecho apartamento y me puse manos a la obra. Restablecer el orden, incluidos los estores de percal y las flores (de plástico) que le infundían una calidez no reñida con la sobriedad, me llevó un par de horas tirando corto. Luego dormí como un leño.

* * *

Veinte minutos antes de las nueve de la mañana siguiente entré en el bar de la esquina, y pedí al camarero medio bocadillo de calamares encebollados y permiso para consultar el listín telefónico. Concedido éste de malos modos, busqué en el listín el vocablo Reinona, mencionado en el mensaje telefónico registrado la tarde anterior en el contestador de Pardalot (la policía no lo había unido al resto del material confiscado) y referente, según me parecía recordar, pues en su momento no le había prestado la atención debida, a una cena el martes, unas flores y el nombre propio ya dicho, que, por más vueltas que di, no conseguí encontrar en el listín. En vista de lo cual y con el bocadillo de calamares encebollados entre los dientes, fui a la peluquería y abrí.

Puntual y amodorrado acudió Magnolio a la cita matutina concertada entre él y yo la noche anterior y resumió lo ocurrido frente al portal de la casa de Ivet con lacónica precisión: nada. Al menos, agregó apresuradamente, hasta que sonaron las doce campanadas de la medianoche en el reloj de una iglesia vecinal, pues entonces, no por miedo a los espíritus ni a nada parecido, sino porque le convenía descansar, se había ido a su casa.

—¿Y usted —preguntó— qué hizo?

—Poca cosa —respondí—. ¿Ha oído hablar alguna vez de alguien llamado Reinona? Sobre todo en los últimos días.

—No.

—No conteste a la ligera, hombre —le recriminé—. ¿Cómo puede estar tan seguro?

—Nunca olvido los nombres de los blancos —dijo—, porque me dan risa. Por la noche, en la cama, les paso revista y me desternillo. Anteayer conocí a un tal Capdepera, ¿qué le parece? Ja, ja, ja. Ja, ja.

Aún se reía a mandíbula batiente cuando se fue dejándome solo con la clientela de la peluquería, es decir, solo. Esperé un rato y luego me llegué en un salto a la librería-papelería La Lechuza y pedí prestado un callejero de Barcelona a la señora Piñol. Con esta bibliografía, un trozo de papel y un bolígrafo (también prestado) regresé al bar.

Como la clientela del bar era tan numerosa a aquella hora como la de la peluquería, le rogué al camarero que fuera a la peluquería por si venía alguien, porque yo tenía que hacer unas llamadas que tal vez me llevaran algún tiempo, comprometiéndome a avisarle si aparecía algún parroquiano en el bar. La propuesta no le hizo ninguna gracia, pero como yo era cliente habitual del bar (a mediodía) acabó por acceder. Una vez a solas, abrí el listín telefónico (páginas amarillas) sobre una mesa y también el callejero y extendí el papel y empuñé el bolígrafo y en menos de una hora confeccioné una lista de las diez floristerías más cercanas al edificio de oficinas de *El Caco Español.* Hecho lo cual llamé a la primera de ellas y dije:

—Buenas tardes. Soy el señor Pardalot y tengo encargado un ramo de flores para casa de Reinona en su tienda, ¿verdad?

—No, señor. No sé de qué me está hablando —respondió al otro extremo de la línea un individuo, de profesión florista.

—Pues yo tampoco. Adiós.

Mantuve el mismo diálogo cuatro veces más en

otros tantos intentos. Al quinto, una mujer en cuya voz creí reconocer la del contestador telefónico de Pardalot exclamó:

—¿Es usted el señor Pardalot?

—Sí, señora.

—Pues espero que le haya gustado la corona que enviamos a su entierro.

—Ah, señora —me apresuré a decir—, no soy el llorado señor Pardalot, sino su albacea testamentario. De ahí que utilice el nombre del difunto, pues lo represento, por así decir, en esta tierra. Y precisamente ha sido revisando con esmero sus papeles que he visto el nombre de su establecimiento y el encargo de unas flores con destino a casa de Reinona. Si no me equivoco.

—No se equivoca usted —dijo la florista—. Precisamente ayer llamé a la oficina, para pedir instrucciones al respecto y, no habiendo respondido nadie, dejé un recado en el contestador. El propio señor Pardalot llamó el viernes para encargar dos docenas de rosas rojas. Pero ahora, dadas las tristes circunstancias, supongo que habrá que anular el pedido.

—De ninguna manera, señora —dije—. Es mi deber dar fiel cumplimiento a las últimas voluntades del difunto. Envíe usted las flores sin tardanza. Yo sólo llamaba para verificar la dirección del legatario.

—¿De quién?

—De Reinona.

—La de siempre.

—¿Le importaría recordármela? Es sólo a efectos de inventario.

—No faltaría más, tome nota —dijo la florista—: Polvoalegre, veintisiete.

—Muchas gracias, señora —dije y colgué.

Devolví el callejero y el bolígrafo a la librería-papelería y permuté de nuevo con el camarero del bar nuestras respectivas posiciones. Al mediodía cerré, me dirigí otra vez al bar, saludé al camarero, me senté en una mesa y me hice servir la otra mitad del bocadillo de calamares encebollados. Iba a infligirle el primer mordisco cuando entró en el bar Magnolio. Al verlo, el camarero echó mano de la escopeta de perdigones, pero yo le tranquilicé diciendo que Magnolio era amigo mío y que yo respondía de su buena conducta. Mientras tanto, ajeno a esta negociación, Magnolio examinaba detenidamente las viandas que fermentaban en el mostrador.

—Póngame una ración de ensaladilla rusa con pan integral, amable camarero —dijo sentándose a mi mesa.

Le pregunté el motivo de su inesperada presencia allí y se le iluminaron los ojillos tras las gruesas lentes de sus antiparras.

—No soy tonto —dijo—, he estado pensando y me he dado cuenta de lo que usted se propone.

—Yo sólo me propongo comerme este medio bocadillo en paz —dije.

—Ja, ja —replicó Magnolio—, a mí no me la da con queso de búfala. Usted se propone descubrir al verdadero asesino del señor Pardalot. No lo niegue. En su situación yo haría lo mismo. La alternativa es el trullo, ja, ja. Pero déjeme decirle algo: en solitario, si tiene suerte, no conseguirá nada; y si no tiene suerte, conseguirá que le metan un balazo. Ja, ja.

—Y eso a usted ¿qué más le da?

—Me da. Todos somos hermanos.

—También el asesino de Pardalot. Váyase a comer con él.

—No es lo mismo —dijo Magnolio—. Yo soy un hombre honrado, como usted. Usted y yo militamos en el mismo bando, aunque con distintas banderas. La de mi país es como la senyera, pero con un mandril en medio. Si los hombres honrados no nos unimos, los granujas se apoderarán del mundo. Es posible que ya lo hayan hecho.

—No veo razón alguna para fiarme de usted —repliqué.

—Mire —dijo Magnolio sin perder la calma—, sin mala intención por mi parte, yo he colaborado al embrollo en el que estamos metidos todos. No quisiera tener su muerte sobre mi conciencia. También temo por la señorita Ivet, a quien conozco y aprecio. Es una señorita buena y tierna, en el sentido figurado de la palabra, y muy frágil y desvalida. A veces, yendo con ella en coche, de recados, la he visto llorar por el espejo retrovisor. Quiero decir *mirando* por el espejo retrovisor. Otras veces evidencia síntomas de confusión, fatiga, depresión y ansiedad. Yo no entiendo de psicología, pero me atrevería a afirmar que la señorita Ivet está bajo el influjo de un espíritu negativo o papus. Necesita protección y por ahora sólo nosotros podemos brindársela. Pero esto no es lo único. También me mueven motivos personales que ahora no le voy a exponer, pues sería largo y no ha lugar.

Calló y se puso a comer su ensaladilla con pausada delectación y exquisitos modos. Mientras lo hacía me dediqué a observarlo con atención y un punto de envidia, pues aunque conservo, gracias a Dios, todos los dientes y procuro no hablar mientras mastico, no consigo terminar la comida sin dejar un muestrario completo del menú en la mesa, el suelo y las paredes, por no hablar de la ropa y los zapatos. Por este motivo y otros de orden general, no me caía mal el personaje. Ni era cosa de despreciar un poco de ayuda, sobre todo de la que podía prestarme semejante armatoste. Además tenía coche. Decidí aceptar su ofrecimiento y así se lo hice saber.

—Ha tomado usted una sabia decisión —dijo él con una inclinación de cabeza—. Como dicen en mi tierra, entre todos lo haremos todo. Traducido pierde mucha gracia. Ahora cuénteme quién es Reinona.

Mientras él daba cuenta de la ensaladilla y el pan y pedía de postre una naranja, que mondó y se comió con tenedor y cuchillo para asombro y diversión de los clientes habituales, acostumbrados a llevarse la sopa a la boca con las manos, le conté lo del mensaje telefónico y lo que había averiguado llamando a la floristería. Cuando hubimos acabado, se limpió escrupulosamente los labios con la servilleta, la dobló, la dejó sobre la mesa y dijo:

—Todo esto está muy bien, pero hasta el momento sólo una cosa podemos sacar en claro: que Pardalot no asistirá a esa cena, que, siendo hoy martes de la semana, es esta misma noche.

—Pardalot —repuse— no asistirá, pero yo sí. Y

seguramente también asistirá la persona que lo mató o lo hizo matar. Ya va siendo hora de que nos enfrentemos cara a cara. No hace falta decir que la empresa es arriesgada. ¿Puedo contar con su ayuda?

—No, señor —respondió.

—Entonces pague las consumiciones —dije yo.

Hice señas al camarero del bar para que trajera la cuenta (incluidas las llamadas telefónicas) y la pusiera discretamente ante las narices de Magnolio. Pagó él, salimos ambos y nos despedimos en la acera con toda suerte de reverencias y solemnidades.

4

Como aún faltaban unos minutos para abrir la peluquería, di la vuelta a la manzana y me detuve frente a una tienda cuyo rótulo rezaba así:

RAMACHANDRA SAPASTRA
Tintorería de ropa

	sursen calsetines
SE:	*echan remiendos*
	modifican rotos

La tintorería estaba cerrada, golpeé el cristal y de la trastienda salió el señor Ramachandra en pañal y babuchas, con un plato de bodrio en una mano y una cuchara en la boca. Le expliqué que aquella noche me habían invitado a una fiesta de campanillas y quería ir hecho un brazo de mar, me hizo entrar y elegimos entre las prendas que los clientes le habían confiado, un traje que se ajustara a mi hechura, a mi presupuesto y a las conveniencias sociales, unos guantes de cabritilla y un fular. Le pagué mil pelas por adelantado y volví a la peluquería.

A las ocho menos cinco, cuando se fue el último

cliente (que aquel día resultó ser también el primero), me teñí el pelo de un intrépido azabache. A continuación me hice una barba con un moño postizo, pero tras varias probaturas renuncié a ella porque me daba un aspecto montaraz poco tranquilizador. Me habría gustado pasar por casa para asearme un poco, porque tanto mi camisa como yo dejábamos bastante que desear en cuanto a pulcritud, lozanía y fragancia, pero cuando me disponía a salir, apareció inopinadamente Ivet. Estaba muy guapa y parecía agitada. Mientras yo me fijaba en estos detalles, ella me dio un somero repaso y preguntó:

—¿De dónde has sacado este disfraz? ¿Y estos lamparones?

Quise explicarle que el alquiler de la ropa *después* del lavado en seco valía el doble que el alquiler de la ropa *antes* del lavado en seco, por si había que volverla a desmanchar. En cuanto a la elección del modelo (un sobrio smoking plateado) me seguía pareciendo un acierto. No prestó mucha atención a mis palabras, alegando que aquel lugar repugnante y fétido (la peluquería) siempre le había dado grima, pero que ahora, después de la bomba, la estaba sumiendo en el más profundo abatimiento. Entendí la indirecta y le propuse ir al bar.

Cerré (es un decir) la puerta de la peluquería, fuimos al bar y tomamos asiento en la misma mesa en que había tenido lugar nuestra primera cita. La coincidencia me pareció significativa y le pregunté si podíamos llamar a aquel bar «nuestro bar», a lo que respondió ella que su nombre actual (Hermanos Pezuña) ya le parecía bien. Con mujeres como

Ivet no conviene precipitarse, de modo que decidí imprimir un nuevo sesgo a la conversación y le pregunté por el motivo de su inesperada visita.

Respondió que el saber de mi boca mis andanzas de la noche anterior, y yo le conté brevemente lo ocurrido en el edificio de *El Caco Español*, sin omitir el incidente del contestador y las averiguaciones que a partir de aquél había podido llevar a cabo, finalizando esta recapitulación, que el lector ya conoce, con el plan de introducirme en casa de Reinona.

—Eso es una imprudencia mayúscula —exclamó—. Tú no sabes quién es Reinona ni qué clase de gente habrá en su casa.

—No temas —respondí—, será gente rica y catalana, o sea, inoperante. Por lo demás, no corro ningún peligro: como ves, he adaptado mi apariencia externa a las circunstancias y no me será difícil mezclarme con las élites sin ser apercibido. Por lo demás, siempre me he movido en estas condiciones —añadí con altivez—. En contra de lo que tú crees, soy hombre de recursos. ¡Monada!

—Pues, a juzgar por los resultados, yo de ti cambiaría de método —dijo Ivet.

—No actúo así por afición, sino por falta de alternativas —mascullé—. Pero no tengas miedo por mí. Eres tú la que me preocupa.

Sus ojos se anegaron en lágrimas, bien por mis palabras, bien por el tufo que allí se respiraba y poniéndome una mano (suya) sobre la mía, susurró:

—No quiero que corras peligros por mi causa.

Sentí un nudo en la garganta y no sé qué más habría pasado allí (seguramente nada) si en aquel momento no hubiera hecho nuevamente en el bar su aparición Magnolio, el cual, distinguiéndonos a los dos en la misma mesa y en actitud amartelada, no vaciló en venir a nuestro encuentro y romper el hechizo del momento con el relato de sus andanzas. Pues, según dijo a modo introductorio, habiendo reflexionado sobre mi intención de acudir aquella noche a casa de Reinona y habiendo asimismo considerado el plan en exceso temerario y su actitud para conmigo insolidaria, había decidido reconocer el terreno. Para lo cual se había ido a la dirección suministrada por la florista, había llamado a la puerta de la mansión, pues de tal calificaba la vivienda allí emplazada, y al mayordomo que se la había abierto le había preguntado si aquél era un centro de acogida para senegaleses sin papeles. Tanta astucia no había quedado sin recompensa, porque el mayordomo le había respondido que no, pero que si buscaba un trabajo temporal y mal pagado, le podía ofrecer algo. Naturalmente, Magnolio no había desaprovechado la ocasión y había respondido afirmativamente. Entonces el mayordomo le había dicho que se personara no más tarde de las ocho y media en la mansión, porque se celebraba aquella noche una recepción a la que asistirían bastantes invitados y andaban un poco cortos de personal. Del inesperado curso de los acontecimientos se sentía Magnolio muy satisfecho.

—Y no es para menos —dijo el camarero del bar, que había estado escuchando la conversación—, pero habrá de darse prisa, porque ya son las ocho. En cuanto a ustedes dos, o consumen o prosiguen el galanteo en un meublé.

Lo de la prisa era bien cierto, y como Ivet no tenía apetito ni yo dinero, nos fuimos los tres. Quedamos Magnolio y yo en vernos de nuevo en casa de Reinona, y él se fue. Sin hacer caso de la grosera sugerencia del camarero del bar, que Ivet no parecía inclinada a seguir por el momento, le propuse acompañarla a la parada del autobús. Alegó padecer una mezcla de claustrofobia y agorafobia que le impedía utilizar nuestra magnífica red de transportes públicos, pero no puso reparo en que la acompañara a buscar un taxi libre. Anduvimos hasta una arteria (o calle) principal, en silencio, pues aunque soy locuaz de natural y por razón de mi oficio y mis lecturas no me faltan temas con que suscitar el interés de las mujeres (la osteoporosis y otros), en aquel raro momento de intimidad me sentía cohibido, por no decir amedrentado, y tan raro en mi mismidad que no reconocía mi propia imagen (por suerte) cuando de reojo la veía reflejada en algún escaparate en compañía de aquella chica tan etérea y con la que, tal vez por ir yo muy bien vestido, creía formar buena pareja. Este inolvidable paseo duró un tiempo que se me hizo a la vez breve y eterno, pero que en realidad fue breve, porque, a aquella hora y estando la economía del barrio como estaba, había taxis libres a barullo. En uno de los cuales subió Ivet, yéndose.

Su ausencia me había dejado triste pero no inapetente, de modo que decidí hacer tiempo en la pizzería. Luego pensé que en casa de Reinona, según la descripción hecha por Magnolio, servirían una cena copiosa (fue un error), y decidí que, si había de correr un riesgo cierto, lo menos que podía hacer era sacarle algún partido. Entré en la pizzería a excusar mi ausencia y luego me instalé en la parada del autobús, pues si bien era temprano para acudir a la recepción, el lugar adonde me dirigía estaba en la otra punta de la ciudad, y me esperaba, si todo iba bien, un dilatado periplo.

* * *

A eso de las diez y media, y después de hacer a pie la última y más empinada etapa del trayecto, llegué a las inmediaciones de mi señalado objetivo. La noche era calurosa pero en Pedralbes soplaba una brisa fresca saturada de aroma de jazmín. Esta embriagadora sensación, sin embargo, no dulcificaba el hosco aspecto de unos hombres que, apostados junto a lustrosos automóviles, montaban guardia a lo largo de la empinada y recoleta callejuela por la que ascendí con fingida indiferencia hasta coronar la cuesta. Su presencia allí en crecido número me dio a entender que los invitados a la recepción en casa de Reinona ya debían de estar allí (en sus puestos). Al llegar frente a una cancela me detuve, comprobé la dirección, abrí la cancela, entré en el jardín, recorrí el sendero de grava que entre arrayanes conducía a la puerta principal de la casa y pulsé el timbre. Mientras aguardaba examiné el lugar. La casa estaba hecha de los materiales más robustos dispuestos en un estilo arquitectónico que aunaba equilibradamente lo antiguo y lo moderno y respondía sin reservas al calificativo de mansión que Magnolio le había aplicado al describirla. Constaba de planta baja y un piso. El piso disponía de una terraza o balcón corrido desde el cual se podía saltar y rezar para que el césped amortiguara el batacazo. A juzgar por su extensión, el jardín que rodeaba la casa debía de comunicar con la calle de atrás, de la que lo separaba un muro de piedra de no más de dos metros de altura en su segmento más bajo, posiblemente escalable. Algunos pinos y un cedro soberbio ofrecían en sus ramas refugio temporal contra perros y fieras. Un esbelto ciprés no servía para nada. En los macizos de flores abundaban los rosales y otros pinchos.

Habría continuado el reconocimiento del terreno con gusto y provecho si no se hubiera abierto la puerta y en el vano no se hubiera recortado la silueta de un hombre joven cuyas facciones no pude distinguir por estar él a contraluz y darme a mí la luz de lleno en las mías, lo que me hizo lamentar no estar provisto de un abanico con que defenderlas de su curiosidad.

—Buenas noches —dijo el joven recepcionista mientras tanto—, ¿me permite su invitación?

Hice como que la buscaba en los bolsillos del traje y finalmente exclamé entre joviales (y estúpidas) risotadas:

—¡Vaya contrariedad! He debido de dejarla en alguno de los muchos trajes limpios que poseo.

—Lo siento —dijo—, sin invitación no puedo dejarle pasar. Órdenes estrictas de Reinona.

Al decir esto, como si quisiera mostrar su pesadumbre con un gesto, ladeó la cabeza y pude reconocer en el joven recepcionista al guardia de seguridad que la noche del crimen custodiaba o debía haber custodiado las oficinas de *El Caco Español*. Esta coincidencia, que a mí no se me antojaba tal, me hizo pensar que la intuición me había conducido a un lugar tan acertado para el logro de nuestros propósitos como peligroso para mi propia piel, por lo que tal vez habría emprendido la retirada con la excusa de la invitación si en aquel momento una voz no hubiera preguntado a espaldas del joven recepcionista qué pasaba.

—Nada —respondió éste—, aquí un espabilado que viene a por las croquetas.

Al decir esto se hizo a un lado el joven recepcionista dejando ver, adentro, un caballero maduro y canoso en quien reconocí, por si una coincidencia fuera poco, al caballero maduro y canoso que había visto la víspera en el vestíbulo de las oficinas de *El Caco Español* hablando con el entonces aún guardia de seguridad, ahora joven recepcionista, con el que en aquel mismo momento, bien que en otro lugar, también hablaba el caballero maduro y canoso. El cual se me quedó mirando.

Antes de que el caballero maduro y canoso, que me examinaba levantando una ceja y frunciendo la otra en una expresión que unía al desconcierto la sospecha, pudiera llegar a ninguna conclusión desfavorable para mí, volví a lanzar una estentórea risotada, abrí los brazos y exclamé:

—¡Hola, tronco, cuánto me alegro de verte!

El caballero maduro y canoso respondió con frialdad a esta efusión.

—No creo haber tenido el gusto de conocerle a usted —dijo.

—Es posible que sea yo quien sufra una confusión —admití—. A lo largo del año trato a miles de caballeros maduros y canosos. Permita que me presente a mí mismo. Soy el abogado del señor Pardalot, hoy difunto señor Pardalot, con bufete en la Diagonal.

—Qué casualidad —dijo el caballero maduro y canoso—. Yo también soy el abogado de Pardalot y también tengo mi bufete en la Diagonal.

—No quisiera darle un disgusto —repliqué—, pero el señor Pardalot tenía varios abogados, y casi todos con bufete en la Diagonal. Tal vez usted fuera su preferido, pero a mí me encomendaba..., ¿cómo le diría?..., asuntos especiales...

—¿Qué tipo de asuntos?

—Multas de tráfico... y otro tipo de transacciones... en ultramar..., ya nos entendemos. En cuanto a la invitación —agregué sin pausa, para dejar de lado un tema que no parecía llevarme a puerto seguro—, la recibí hace unos días, con una nota adjunta de puño y letra de Reinona encareciéndome la asistencia.

—¿Conoce usted a Reinona? —preguntó el caballero maduro y canoso.

—Uña y carne —dije.

El caballero maduro y canoso reflexionó tan largamente que tuve ocasión de ver cómo maduraba un poco más. Finalmente preguntó:

—¿Ha traído el donativo?

—Sí, por supuesto —dije yo metiéndome la mano en el bolsillo del pantalón—, ¿cuánto se debe?

—Doscientas cincuenta mil por barba.

—Atiza. Y esta bagatela ¿a qué da derecho?

—A una copa de cava de ínfima calidad.

—Me parece justo —dije—. Pero prefiero hacer la postura en presencia del interesado.

—Está bien —dijo el caballero maduro y canoso—. Sígame.

* * *

Precedido del abogado (seguramente auténtico) de Pardalot y seguido del (seguramente falso) recepcionista, crucé el vestíbulo y entré en un salón suntuoso concurrido por hombres y mujeres de visible prosapia y edades comprendidas entre la madurez y la licuefacción.

—Quédese donde está —dijo el caballero maduro y canoso apenas cruzado el umbral del suntuoso salón señalando con el dedo una baldosa—. Yo iré a buscar a Reinona.

Me dejó en compañía del joven recepcionista y su pelo canoso se confundió en aquel mar de canas, del que de cuando en cuando, entre la bruma azulada de las tagarninas, emergían rutilantes calvorotas insulares. Aprovechando la pausa, busqué con la mirada a Magnolio. Al pronto no lo vi, porque no estaba, pero en seguida entró en el salón por una puerta lateral. Le habían puesto un uniforme de camarero (o frac) que seguramente había pertenecido antes a otro u otros camareros y que, siendo Magnolio como era, le venía muy estrecho y muy corto de mangas, de perneras y de tiro. Con una mano sostenía cuanto en alto le permitía la sisa una bandeja de copas de champán. Al verme amagó un gesto amistoso y se le cayeron al suelo dos o tres copas. Yo me hice el longuis para que nadie notara que nos conocíamos; precaución innecesaria, pues la concurrencia estaba enfrascada en tantas conversaciones como personas la integraban. Regresó entonces el caballero maduro, canoso y abogado de Pardalot, despidió con un ademán al joven recepcionista y me rogó con otro que le siguiera. Sorteando la gente y las columnas cruzamos el concurrido y suntuoso salón y llegamos al otro extremo, donde algo retirados del resto de la manada había dos hombres y una mujer. Los dos hombres, también maduros y canosos, estaban enzarzados en una acalorada discusión, a la que pusieron punto final o postergaron para mejor ocasión al advertir nuestra presencia. El abogado de Pardalot me señaló a su atención y dijo:

—Éste es el que dice ser abogado de Pardalot y haber recibido una invitación personal de Reinona.

Pensé que me agredirían, pero no sólo no fue así, sino que uno de los dos hombres me sonrió y me tendió la mano. Animado por esta muestra de cordialidad lo abracé y le propiné violentas palmadas en el dorso mientras gritaba:

—¡Puñeta, Reinona, estás fenomenal!

—Me parece que se confunde usted —respondió el objeto de mi afección desprendiéndose del abrazo—, porque yo no soy Reinona ni creo haberle visto a usted jamás.

—Pues yo en cambio te tengo a ti muy visto, chato —dije yo.

—Es que soy el alcalde de Barcelona —dijo él.

Tal vez no habría salido airoso de la situación si la mujer, que hasta aquel momento se había limitado a contemplar la escena con la altivez con que las personas guapas, ricas y educadas ven al prójimo meter el remo, no hubiera intervenido para decir:

—Yo soy Reinona. Pero no hace falta que me salude con tanta efusividad.

Me fijé entonces en ella con la atención que merecían sus palabras y vi que se trataba de una mujer de gran belleza y distinción. Sin ser madura, como parecía ser obligatorio allí, tampoco se la podía calificar de joven, al menos según mi baremo, algo estricto. En cuanto a las canas, nada concluyente se podía decir, toda vez que llevaba el pelo teñido con un tinte de excelente calidad, muy distinto, ay de mí, al que yo me había aplicado un par de horas antes, y que a aquellas alturas, de resultas del calor, me estaba dejando la cara como la de un supporter del Chelsea. Su indumento (vestido largo de raso con tirantes y ribetes de tul) sin duda procedía de las mejores pasarelas de París o Milán, llevaba alrededor del cuello una gargantilla de rubíes y en el dedo un anillo con enormes brillantes que centelleaban al reflejarse en ellos las lámparas del salón. Algo cohibido murmuré:

—Señora...

Atribuyendo a otras razones mi confusión, me atajó y dijo:

—Puede hablar sin reserva delante de estos caballeros. A uno de ellos ya lo conoce, pues él mismo acaba de presentarse y sale a diario en los periódicos. El otro es mi marido, Arderiu. ¿Le importa que le llame Pedro?

—No. Por mí puede usted llamar a su marido como le dé la gana.

—Me refiero a usted. Es mejor mantener el anonimato. Toda esta gente es de confianza, pero puede haber un infiltrado o un delator o un arrepentido. Quizá varios. Quizá todos ellos participen en mayor o menor medida en alguna forma de traición. También puede haber micrófonos escondidos en cualquier parte. Incluso usted mismo podría llevar un micrófono oculto debajo de la ropa. O en el ano. Por lo demás, tampoco hace falta llamarnos por nuestros nombres de pila. Quizá más adelante, si llegamos a intimar, pero no ahora.

Expresé mi aprobación y su marido dijo:

—¿Qué novedades hay?

—Bueno... —dije yo—, según se mire...

El genuino abogado de Pardalot intervino en este punto para decir:

—Al parecer, al imbécil de la peluquería le pusieron ayer una bomba del carajo y salió indemne.

—En efecto —exclamé, incapaz de contenerme—, alguien puso una bomba en El Tocador de Señoras, un prestigioso centro de boité, causando en el local daños materiales de elevada cuantía. Y ya que ha salido el tema a colación, me gustaría saber si el Ayuntamiento tiene previsto algún tipo de subvención para estas eventualidades y si el señor alcalde podría interceder en la presente.

—Por favor —susurró el alcalde—, éstas no son cosas que yo deba oír. Y menos resolver en el curso de un guateque.

—Es verdad, no podemos disiparnos en fruslerías. El tiempo apremia —dijo el marido de Reinona. Y volviéndose a su mujer, añadió—: ¿Qué acabo de decir, cariño?

—No te esfuerces, ratoncito, no te vayas a lesionar —repuso ella.

En aquel momento se acercó al grupo un caballero y dirigiéndose al alcalde, dijo:

—Señor alcalde, le vendo una partida de diez mil faroles al precio de catorce mil faroles. Una ganga.

—Por favor —respondió el alcalde sin despegar los labios—, éste no es momento ni lugar.

—Habrá un pellizco para usted y también para estos señores —agregó el diligente proveedor abarcando a todos los presentes con gestual magnanimidad.

—¿Cuánto? —pregunté.

—Éstas no son cosas que yo deba oír —dijo el alcalde.

El abogado de Pardalot hizo señas al joven recepcionista y cuando éste acudió a su llamada le dijo:

—Llévese a este señor a la cocina y que le den un plátano.

El joven recepcionista se llevó a rastras al inoportuno proveedor. Esto creó un instante de confusión que aprovechó Reinona para susurrar a mi oído:

—He de hablar contigo a solas. Si no esta noche aquí, mañana en otro sitio. Desconfía de todos y no digas nada.

Iba a pedir aclaraciones cuando nos interrumpió de nuevo otro personaje. Provenía, como el anterior, del conjunto de los invitados, pero se distinguía del resto por ser el hombre más orejudo que yo jamás había visto. El cual, tomando al alcalde por el brazo como si lo quisiera para sí, le dijo:

—Señor alcalde, debería dirigir la palabra a estos ilustres ciudadanos, que llevan rato poniéndole verde a usted como institución y como ser humano.

—¿Ve como el tiempo se nos echa encima? —dijo el marido de Reinona.

—Está bien —asintió el alcalde—. Hablaré a estas buenas gentes. ¿De qué va el tema?

—De nada, señor alcalde, como de costumbre —repuso el orejudo.

—Está bien —dijo el alcalde—. Anúncieme, Enric —y dirigiéndose a nosotros añadió—: Tengan la bondad de disculparme. Estaré con ustedes de nuevo en un plis-plas.

El orejudo se subió a un velador y desde allí hizo sonar varias veces lo que yo hasta entonces había tomado por sus orejas y no eran sino unos platillos que la Orquesta Ciutat de Barcelona i Nacional de Catalunya le había prestado para la ocasión. Y atraída sobre sí con semejante estruendo la atención de los presentes, dijo:

—Señoras y señores, a continuación el excelentísimo señor alcalde les dirigirá unas palabras tan breves como mi permanencia sobre este velador.

Dicho lo cual perdió el equilibrio y se vino al suelo. De inmediato las voces se acallaron, convergieron en nosotros las miradas y yo, aun consciente de ser mi rostro de una desesperante vulgaridad, procuré ocultarme detrás de Reinona, cuya estatura aventajaba la mía, y desde allí ver, escuchar y tomar nota.

Mientras tanto el alcalde se frotaba las manos, expectoraba y se concentraba. Luego empezó diciendo:

—Ciudadanas y ciudadanos, amigos míos, permitidme interrumpir vuestra vacía cháchara para explicaros el motivo de esta convocatoria intempestiva y del sablazo que la acompaña. Hace un momento nuestro gentil anfitrión, el amigo Arderiu, a quien tanto debemos, sobre todo en metálico, me decía que el tiempo vuela. Al amigo Arderiu Dios no le ha concedido muchas luces; todos estamos de acuerdo en que es un imbécil. Pero a veces, pobre Arderiu, dice cosas sensatas. Es cierto: el tiempo vuela. Acabamos de guardar los esquís y ya hemos de poner a punto el yate. Suerte que mientras nos rascamos los huevos la bolsa sigue subiendo. Os preguntaréis, ¿a qué viene ahora esta declaración de principios? Yo os lo diré. Se avecinan las elecciones municipales. ¿Otra vez? Sí, majos, otra vez.

El señor alcalde hizo una pausa, miró a la concurrencia, y luego, animado por el silencio respetuoso con que aquélla hacía ver que le escuchaba, prosiguió diciendo:

—No hace falta que os diga que me presento a la reelección. Gracias por los aplausos con que sin duda recibiríais este anuncio si no tuvierais las manos ocupadas. Vuestro silencio elocuente me anima a seguir. Sí, amigos, vuelvo a presentarme y volveré a ganar. Volveré a ganar porque tengo a mis espaldas un historial que me avala, porque lo merezco. Pero sobre todo porque cuento con vuestro apoyo moral. Y material.

»No será fácil. Nos enfrentamos a un enemigo fuerte, decidido, con tan pocos escrúpulos como nosotros, y encima un poco más joven. Arderiu tenía razón: el tiempo vuela, y hay quien pretende aprovecharse de esta enojosa circunstancia. Los que pretenden tomar el relevo alegan que ya hemos cumplido nuestro ciclo, que ahora les toca a ellos el mandar y el meter mano en las arcas. Tal vez tengan razón, pero ¿desde cuándo la razón es un argumento válido? Desde luego, no es con razones con lo que me moverán de mi poltrona.

Hizo una pausa por si alguien deseaba aplaudir o decir hurra y viendo que no era así, continuó:

—No, amigos, no nos moverán. Al fin y al cabo estamos donde estamos porque nos lo hemos ganado a pulso. Hubo una época en que el poder nos parecía un sueño inalcanzable. Éramos muy jóvenes, llevábamos barba, bigote, patillas y melena, tocábamos la guitarra, fumábamos marihuana, íbamos salidos y olíamos a rayos. Algunos habían estado en la cárcel por sus ideas; otros, en el exilio. Cuando finalmente el poder nos tocó en una rifa, voces se alzaron diciendo que no lo sabríamos ejercer. Se equivocaban. Lo supimos ejercer, a nuestra manera. Y aquí estamos. Y los que nos criticaban y dudaban de nosotros, también. El camino no ha sido fácil. Hemos sufrido reveses. Algunos de los nuestros han vuelto a la cárcel, bien que por motivos distintos. Pero, en lo esencial, no hemos cambiado. De coche, sí; y de casa; y de partido; y de mujer, varias veces, gracias a Dios. Pero seguimos con las mismas convicciones. Y con más morro.

»Sin embargo, las palabras, por inspiradas que sean, como son siempre las mías, de poco sirven. Necesitamos actos. Y algo más: hombres capaces de llevarlos a cabo. Porque los actos no se hacen solos, salvo las poluciones nocturnas y algunos proyectos urbanísticos. Y ésta es la razón, queridos ciudadanos y ciudadanas de mi alma, de que os haya convocado en esta noche de inciertos luceros. El verdor descolgaba su fronda de rocío amarillo. Perdonadme si en momentos como éste me dejo llevar por la lírica. Dicen que estoy loco, pero no es verdad. A veces se me va el santo al cielo, nada más. Es este zumbido incesante y estas jodidas alucinaciones. Enric, ¿le importaría volver a tocar los platillos? Ay, gracias, ya estoy mejor.

»Os iba diciendo, queridos ciudadanos y ciudadanas, que necesitamos un hombre para una misión. Pensaréis en una misión espacial. No. No pido ir a Marte, ni a Venus, ni a Saturno. La mía es una misión terrestre, pero igual de difícil y trascendental.

»Al decir esto, me viene a la memoria un recuerdo infantil. Me veo a mí mismo, con el desdoblamiento de personalidad propio de los esquizofrénicos, en el aula de la escuela donde hice mis estudios de bachiller. En mi pupitre tengo abierto el libro de Historia Universal, y en la página de la izquierda, arriba, en un recuadro, hay una ilustración. Esta ilustración pinta un soldado romano, con aquella minifalda que tanto excitaba mi incipiente lascivia, y con una espada en la mano, guardando un puente de las hordas bárbaras que intentaban cruzarlo. Vete a saber dónde estarían los demás. Un hombre solo, un simple soldado, un legionario, quizá un hijo de puta, defendiendo el Imperio Romano. Nunca olvidaré esta imagen. En cambio he olvidado por completo lo que os estaba diciendo. Y mi nombre. Ah, sí. Este soldado valiente nunca llegó a alcalde de Roma. Ya sabéis cómo funcionan estas cosas en Italia. Pero su gesta sirvió para algo, supongo.

* * *

Estaba escuchando con embeleso el discurso de nuestro primer mandatario y ponderando con emoción cómo gracias a un sistema social abierto y democrático como el nuestro (tan distinto del hindú, por ejemplo), un ser de mi abyecta extracción e infame trayectoria podía llegar a codearse con aquellos despreciables figurones, cuando la imagen de Magnolio brincando y reclamando mi atención con vehementes gesticulaciones me recordó el verdadero motivo de nuestra presencia allí y el cúmulo de falsedades que la había hecho posible. Abandoné mi escondite y aprovechando la general distracción me reuní con él en el recibidor previo al salón.

—¿Ha averiguado algo? —me preguntó.

—Varias cosas —dije—. El señor que está disertando es el alcalde. Esto lo pone por encima de toda sospecha. Los otros, en cambio, no parecen trigo limpio. El joven recepcionista era guardia de seguridad en la empresa de Pardalot, y tal vez lo sigue siendo en horas libres. Y la dueña de la casa me ha hecho insinuaciones.

—No le extrañe —dijo Magnolio—. Según he oído decir al personal de servicio, la señora de la casa tenía un lío de faldas, al parecer las suyas, nada más y nada menos que con el difunto Pardalot. En los últimos meses, sin embargo, la relación entre ambos se había enfriado. El personal de servicio no sabe a ciencia cierta quién dejó a quién o si la ruptura se produjo de común acuerdo. Todos coinciden, sin embargo, en que a raíz de la ruptura la señora estaba muy abatida, lo que podría indicar, siempre según el personal de cocinas, que fue Pardalot quien la dejó. Ésta podría ser la causa del asesinato, si nos apuntamos a la hipótesis del crimen pasional. Menudo lío, ¿no le parece?

—Sí, amigo mío —convine con él—, así de interesante es la vida de los ricos. Pero no hagamos sociología. ¿Ha registrado las habitaciones?

—Sólo una.

—¿Y qué ha encontrado?

—Poca cosa: era el váter.

—Está bien —dije—. Lo intentaré yo, a ver si tengo más suerte. Usted quédese aquí y avíseme cuando se acabe el discurso o antes si pasa algo.

—¿Y cómo le aviso?

—Dé un grito.

—¿Como el del señor Tarzán?

—Eso.

Del propio recibidor arrancaba una escalera, de

caoba u otra madera noble los peldaños, a la planta superior. Llegado por esta escalera a ella, donde todo parecía pensado para el confort como en la inferior para el boato, me metí en la primera habitación que me salió al paso. Estaba a oscuras y a tientas no encontré el interruptor, de modo que salí. El crujido de los nobles peldaños de caoba me indicó que alguien subía o bajaba por ellos. Por si era lo primero, me volví a meter en el cuarto oscuro (o de las ratas) y por una rendija de la puerta vi pasar al joven recepcionista. En una mano llevaba una botella de cava que se debía de haber agenciado en un descuido del maestresala y a la que iba dando largos tientos. En la otra mano llevaba una Beretta 89 Gold Standard calibre 22. El arma y la acidez de estómago lo hacían doblemente peligroso. Cuando hubo desaparecido en un recodo del pasillo, exhalé el aliento contenido, volví a salir y me colé en la habitación contigua. Una cama con cobertor de raso, un grácil camisón de encaje, y unas zapatillas con floripondios me hicieron suponer que estaba, salvo prueba en contrario, en el dormitorio de una mujer, y más particularmente en el de la señora de la casa, llamada por sí misma y los demás Reinona. Sobre la mesilla de noche había un libro de Saramago y unas gafas. En el cajón de la mesilla, dos tubos iguales de fármacos distintos, un pañuelo de encaje, un paquete de pilas, un broche de clip (para el pelo) y cuatro caramelos. Me los metí en la boca, pero los escupí de inmediato porque eran de anís. No lo soporto. Había que ser expeditivo, así que dejé el resto por explorar y pasé a otra habitación comunicada con el dormitorio. Era un cuarto más pequeño, aunque habría cabido allí mi apartamento entero y la mitad del de Purines, destinado a ropero, vestidor o buduar (¿vuduar?) según la de vestidos de las más reputadas marcas que allí había. Unas gavetas deslizantes me presentaron una embarazosa y perturbadora colección de ropa interior. Por fortuna el vestidor comunicaba con un cuarto de baño en el que me alivié metiendo los pies en agua fría con zapatos y todo. Regresé al vestidor. En un tocador, entre frascos de perfume y tarros de crema, había una fotografía en un sencillo marco de madera clara. En la foto se veía a Reinona a horcajadas sobre un caballo, o sea, a caballo. En el cajón del tocador había otra foto sin enmarcar, la de una niña de pocos años, junto a un árbol. La foto había sido hecha en el extranjero, a juzgar por las casas que se veían al fondo, bien distintas de las nuestras. La sombra del árbol no permitía apreciar las facciones de la niña. Tal vez fuera Reinona de pequeña o tal vez no. Lo volví a colocar en el cajón. En el siguiente cajón había grageas de valeriana para los estados de nerviosismo y, por si las grageas de valeriana no surtían el efecto deseado, un muestrario completo de barbitúricos y opiáceos. También había anfetaminas (en cápsulas y en inyectables), anticonvulsivantes, rifampicina, ampicina, una crema antioxidante a base de algas marinas que contienen aminoácidos naturales y una pistola Walter PPK calibre 7,65, pequeña y ligera, ideal para llevar en el bolso a todas partes.

Al pasar por el cuarto de baño repetí la operación de alivio por si sufría una recidiva y me adentré en la habitación siguiente. Era un gabinete o estudio provisto de librería (con más obras de Saramago) en un paño de pared, un escritorio o buró, un tresillo, varias lámparas y otros muebles prescindibles. El escritorio ofrecía un surtido botín: cartas, extractos de cuentas de diversas entidades bancarias, cada una en su peculiar galimatías, un directorio de teléfonos, una agenda. Me lo habría llevado todo, pero no quería dejar constancia de mi visita, así que me limité a hojear la agenda.

Lunes: tenis.

Martes: llamar a Nicolasete.

Miércoles: descanso.

No era gran cosa ni probaba nada, pero tampoco cabía esperar más. Ni el criminal más obtuso anota en su agenda los delitos que se propone cometer. En las cuentas bancarias se apreciaba un saldo magro. En el escritorio había una fotografía más, esta vez en un marco de piel clara. La fotografía mostraba de nuevo a una Reinona más joven, vestida de novia, del brazo del marido de Reinona, el bondadoso Arderiu, vestido de novio, con cara de idiota. Todos los novios ponen cara de idiota, pero aquélla era de concurso.

* * *

Por el conducto del aire acondicionado llegaron aplausos y vítores. El alcalde debía de estar finalizando su discurso. No podía seguir allí sin que mi ausencia se hiciera notar. Abandoné la estancia, salí al pasillo y me dirigí de nuevo a la escalera por donde había subido. Me habría gustado echar un vistazo a las habitaciones del marido de Reinona, pero no había tiempo. Antes de iniciar el descenso miré por el hueco de la escalera para ver si el camino estaba expedito. No lo estaba. Al pie de la escalera montaba guardia pertinaz el joven recepcionista. Recorrí el pasillo en sentido contrario hasta encontrar otra escalera. Cuando creí haberla encontrado miré por el hueco de la escalera y volví a ver al mismo joven recepcionista en la misma postura, lo que me hizo concluir que había dado la vuelta a la casa y regresado a la misma escalera. Para no perder tiempo fui sacando esta conclusión mientras probaba puerta tras puerta en busca de salida. Finalmente, tras una puerta, igual a las demás por respeto a la simetría, encontré una escalera más angosta, de mampostería con grietas, destinada a la discreta circulación de la servidumbre. Por ella bajé y desemboqué en una especie de alacena en cuyo interior había un filipino sentado en un escabel. Pasé por su lado, crucé otra puerta y me encontré en el salón, justo cuando el alcalde concluía por cuarta vez su discurso y recibía una salva de aplausos. Recuperé mi posición a espaldas de Reinona y uní mis palmas a las del público. Reinona se volvió y me dijo algo al oído que casi no oí a causa del bullicio y no entendí porque el recuerdo de su lencería interfería en el proceso y me agolpaba la sangre en las mejillas.

—¡Una auténtica pieza oratoria! —exclamé para disimular.

—Te estoy diciendo que te largues si en algo valoras el pellejo —dijo Reinona—. Detrás de aquella cortina hay una puerta vidriera que da al jardín.

Está cerrada, pero sólo con un pasador. Al fondo del jardín encontrarás el muro y allí, oculto bajo unas matas, un portillo. Nunca se usa. Si consigues abrirlo, tal vez puedas escapar.

Al pronunciar esta última palabra me dio algo parecido a un abrazo o un achuchón y susurró a mi oído:

—No trates de ponerte en contacto conmigo. Yo me pondré en contacto contigo. Y pase lo que pase no le cuentes a nadie lo nuestro. Corre.

Esta última admonición sobraba. Con el rabillo del ojo vi venir derechamente hacia mí al joven recepcionista con una expresión en el semblante que dejaba pocas dudas respecto de sus intenciones. Busqué con la mirada a Magnolio, en vano. Reinona se apartó de mí y trabó conversación con otra persona. Por fortuna se había armado un gran revuelo alrededor del alcalde. Todos querían hacer oír sus solicitudes: éste reclamaba la rescisión de un contrato del Ayuntamiento con una empresa rival, aquél quería ser nombrado director del Louvre, un tercero pedía permiso para circular por la izquierda porque se había comprado un coche inglés, y así sucesivamente. Aproveché la confusión para salvar la distancia que me separaba de la cortina. Detrás estaba la puerta de cristal anunciada por Reinona. La abrí y salí al jardín. Una vez allí corrí como un galgo, procurando no pisar las flores, hasta chocar con el muro. Como la luz era escasa busqué a tientas el portillo. Estaba cerrado con llave y no se me había ocurrido pasar las herramientas al traje prestado. Por fortuna la cerradura estaba oxidada y saltó al golpearla con un pedrusco. Me pregunté cómo a todas éstas el joven recepcionista no me había dado alcance. Más tarde supe que al salir al jardín había metido el pie en un hoyo y se había luxado un tobillo. También me pregunté si a alguien podía interesarle el relato de estos inverosímiles sucesos. En la calle no había nadie, por ser distinta a aquélla, ya descrita, donde esperaban los coches de los invitados y sus respectivos guardaespaldas. Por un desmonte fui a parar a una avenida de intensa circulación rodada. Por el momento estaba relativamente a salvo.

* * *

Era tarde cuando me apeé del autobús. Todos los establecimientos del barrio estaban cerrados, salvo algún bar de copas y puterío y una farmacia de turno. Como no había cenado se me ocurrió comprar en la farmacia un bote de potitos, pero no andaba sobrado de dinero, así que opté por un piscolabis más frugal (nada) y me fui a casa. Había una sombra agazapada en el rellano.

—Sal sin miedo —dije—, soy yo.

—¿Cómo te ha ido? —dijo Ivet.

Le temblaba la voz, como si estuviera a punto de llorar. Se enderezó y anduvo con dificultad. Subimos la escalera hasta la puerta de mi apartamento y le dije:

—Entremos.

Abrí la puerta de mi apartamento y entré. Me siguió medio encorvada. Debía de llevar un buen rato en la misma postura y tenía las articulaciones agarrotadas. Cuando estuvimos dentro cerré la puerta sin encender la luz. Fui hasta la ventana, bajé la persiana y corrí los estores de percal. Regresé junto a la puerta y encendí la lámpara. Aunque no soy manirroto en la luminotecnia, el resplandor deslumbró a Ivet. Se tapó los ojos con la mano. Estaba pálida. Se había puesto un vestido veraniego estampado no sé si holgado o ceñido (desde que leo tantas revistas femeninas me hago un lío con la nomenclatura) que acentuaba sus atractivos y le sentaba muy bien.

—¿Qué ha pasado? —le pregunté.

—Estoy asustada —respondió—. ¿Y a ti, cómo te ha ido en casa de Reinona?

—Regulín —dije—. Reinona es una mujer. Su marido se llama Arderiu. ¿Has cenado?

—No.

—En la nevera no hay nada, pero puedo bajar en un salto y comprar potitos —sugerí.

—No, déjalo estar —dijo.

Flexionó brazos y piernas para desentumecerse y pidió permiso para utilizar el cuarto de baño, que le concedí sin trabas. En su ausencia me quité el traje, que de buena mañana debía devolver a la tintorería del señor Sapastra en perfecto estado, lo sacudí y colgué con sumo cuidado en el respaldo de una silla (*la* silla), arrimé la silla a la ventana para ventilar el traje (olía un poco mal) y yo me puse una camiseta de la Unió Esportiva Lleida que había encontrado años antes junto a un albañal, pero aún en buen estado, a raíz de haber bajado dicho equipo a segunda división después de haber hecho el papelón en primera toda la temporada, y que me cubría hasta los pies si doblando las rodillas apretaba los talones contra los glúteos y echaba el tronco hacia adelante. Postura en la cual me encontró Ivet cuando salió del baño algo más animada y recompuesta, se sentó en el sillón (habiendo yo ocupado el suelo), me preguntó si tenía algo de beber, declinó amablemente el agua del grifo que le ofrecí y a renglón seguido pasó a contarme lo que sigue.

Aquella misma tarde, de regreso a su casa después de haberse entrevistado conmigo en el bar y haber luego paseado de mi brazo (en mi engañoso recuerdo, amartelada), no había ocurrido nada. Con posterioridad, sin embargo, se había visto obligada a salir de nuevo a la calle para efectuar una compra en el supermercado más próximo o conveniente y había tenido la sensación de que alguien la seguía. Al pronto, dijo Ivet, no había hecho caso (del hecho), pues, como ella misma me explicó, estaba acostumbrada a que los hombres la siguieran en silencio, a que corretearan a su lado gritándole requiebros e incluso a que los más audaces la precedieran andando hacia atrás y mostrándole el pirindolo, pero al cabo de un rato algo en la conducta esquiva de aquel individuo y también, dijo Ivet, en la forma de proyectar su sombra en el pavimento, le había indicado que no se trataba de un vulgar ligón. Al llegar a este punto le pedí que describiera someramente al hombre y dijo Ivet haberle parecido de estatura regular, más bien alto, delgado, algo torcido de cuerpo, de andar sesgado y ademanes de espía. Vestía traje oscuro, gabardina negra, sombrero de ala ancha y guantes del mismo color y a pesar de ser de noche llevaba gafas de sol.

En todo lo cual, dijo Ivet, se le notaba el deseo de pasar inadvertido. El individuo en cuestión, siguió diciendo, la había seguido hasta la puerta misma del supermercado, la había esperado allí y había seguido siguiéndola hasta la puerta de la casa de Ivet, donde había entrado Ivet precipitadamente, quedándose él de guardia junto a la farola (cuya luz mortecina daba un aire siniestro a su figura), según había podido comprobar la propia Ivet atisbando por la ventana de su dormitorio. Aquello estaba haciendo, continuó diciendo Ivet, cuando había sonado el teléfono. Ivet había contestado a la llamada y había oído una voz neutra, ni de hombre ni de mujer, proferir las más terribles amenazas contra ella si ella no devolvía de inmediato la carpeta azul y yo no abandonaba también de inmediato la investigación del caso. Tras lo cual, y sin darle tiempo a decir nada, el arisco llamador había colgado. Entonces, presa de miedo y alarmada por el más pequeño ruido, Ivet había aprovechado la ausencia momentánea del hombre de la gabardina negra y había venido a buscarme para contarme lo ocurrido y buscar mi apoyo y protección.

* * *

Sin maquillaje y despeinada Ivet parecía aún más joven: a la tenue luz que arrojaba mi lámpara (a media luz) aparentaba tener a lo sumo veinte años, como ocurre con todas las mujeres que aún no los han cumplido y con algunas (muy pocas) a partir de los cuarenta. Estaba pensando estas cosas (y también en los potitos) cuando advertí que Ivet entornaba los párpados.

—Es evidente, por lo que me cuentas —dije—, que han descubierto que fuiste tú y no yo quien se apoderó de la carpeta. Tarde o temprano tenía que pasar. Algo habrá que hacer al respecto, pero no ahora. Los dos estamos cansados y necesitamos dormir. Aquí estarás a salvo, al menos por esta noche. Dadas las dimensiones de la vivienda, sólo dispongo de un camastro muy estrecho y desfondado. En el colchón, las sábanas y la almohada más vale no fijarse. Con todo, sigue siendo el mueble más cómodo para acostarse. Te lo cedo. Yo dormiré en la butaca o en el plato de la ducha.

—De ningún modo —repuso Ivet—, no quiero causarte más molestias. Dormiremos los dos en la cama. Es decir, si no tienes inconveniente.

La proposición me dejó como el lector podrá fácilmente imaginar (si le apetece) y también profundamente conturbado. Desde mi más tierna infancia he procurado conducirme con arreglo a los dictados del entendimiento, la compostura y la estricta legalidad. Y si en alguna ocasión (reiterada) he conculcado estas directrices (de mi vida) dejándome llevar por mis impulsos emocionales y cometiendo, por ejemplo, alguna falta contra la propiedad, la honestidad, la integridad física de las personas, las normas civiles o penales, el código de la circulación, la ley de tasas o el orden público, las consecuencias han sido desproporcionadamente negativas para mí, al menos desde mi punto de vista. En vista de lo cual me había propuesto rehuir situaciones como la que acabo de describir. Temía zambullirme de nuevo en un remolino o mar gruesa que hiciera zozobrar la frágil barca de mi existencia y me ocasionara penas del alma, daños del cuerpo y problemas profesionales. A estas consideraciones, por si fueran pocas, se unía el temor a hacer daño sin querer a Ivet, por quien seguía sintiendo la misma atracción del primer instante, pero por quien ahora, por añadidura, iba sintiendo una ternura que no auguraba nada bueno. Todo esto por no hablar del temor al gatillazo. Sin embargo, y como Ivet, mientras yo perdía el tiempo en reflexiones, ya se había puesto en paños menores, opté por dejar aquéllas por el momento y no desaprovechar la única ocasión de mojar que el destino había tenido a bien brindarme en lo que iba de quinquenio.

Mas cuando me aprestaba a desvestirme, se puso a sonar el timbre del interfono con una persistencia que no admitía desaire.

—Será una equivocación —dije para tranquilizar a Ivet—. La aclararé y en un santiamén volveremos a lo nuestro.

Descolgué el auricular del interfono y pregunté:

—¿Quién?

—La policía —respondió una voz de trueno—. Abre ahora mismo o echamos abajo la puerta y la escalera.

Pulsé el botón de apertura automática y dije a Ivet:

—Más vale que no te encuentren aquí. Escóndete en el armario y yo me desharé de ellos. No te inquietes: sé cómo tratarlos.

Y ellos a mí, agregué para mis adentros. Ivet recogió del suelo el vestido, se metió en el armario, cerré con llave, escondí la llave en un bote de Cucal y acudí a la puerta del piso, donde ya sonaban estrepitosos golpes, dispuesto a mostrar la máxima firmeza y, si esto no funcionaba, la más impúdica y babosa sumisión. Ni esta elección me dejó hacer la pareja, compuesta de un número de la policía nacional y un mosso d'esquadra, que irrumpió en el piso. En virtud de sabe Dios qué pacto, habló éste antes que aquél diciendo:

—Que nadie se bellugue. Venimos a escorcollar.

—Habl'n'cristian, cag'n Ceuta —dijo el otro.

—¿Traen ustedes el correspondiente mandamiento judicial? —pregunté. Y acto seguido, viendo su expresión y sus intenciones, añadí—: Es para que no se molesten en exhibirlo. Porque yo, siempre al servicio de sus cuerpos. ¿De qué se me acusa?

—De robatorio.

—Con agravantes.

—Sin duda se trata de un error, señores. Yo no he robado nada.

—No le hagas caso, Baldiri —dijo el policía, más resabiado—. Tós icen lo mesmo. Tú escorcóllalo bien escorcollao y verás como algo sale.

El mozo de escuadra fue directamente al traje de alquiler que se oreaba en la silla, le rasgó las costuras y extrajo del bolsillo un anillo de oro con brillantes engarzados.

—Ajá —dijo.

Reconocí al punto el anillo y comprendí demasiado tarde que Reinona me lo había puesto allí cuando unas horas antes en el salón de su casa y en una muestra exagerada de cortesía me había dado un abrazo entre fraternal y pechugón. Tras lo cual, según se echaba de ver, me había denunciado a la policía. Y encima me había dicho que no me fiara de nadie.

—¿Niega haberse expropiado debidamente de este valioso objecto de valor?

No valía la pena negarlo. Por otra parte, si seguían registrando encontrarían a Ivet en braguitas dentro del armario, y yo no estaba en condiciones de justificar dos hallazgos de semejante magnitud y precio en un apartamento de protección oficial.

—Cumplan ustedes con su deber —dije—. Todo se aclarará. Tengo plena confianza en la equidad y rapidez de nuestros tribunales.

Me retorcieron los brazos, me pusieron las esposas y me propinaron la media docena de capones reglamentarios. Luego dijeron:

—¡En marcha!

Pero he aquí que al abrir la puerta del piso apareció en el rellano, como por arte de magia, la figura imponente de un hombre corto y grueso, ataviado con el uniforme de gala de la Guardia Civil, el cual exclamó con grandes voces:

—¡Cuádrense, capullos! ¡Soy el teniente coronel Díaz-Bombona!

Los dos agentes se llevaron las respectivas manos a las gorra con entrechocar de tacones y de dientes.

—¿Adónde se llevai a este hombre? —bramó el recién llegado.

—A las dependencias, mi teniente coronel.

—Por presunto sospechoso de haber chorizao una joya, mi teniente coronel.

—¿Y a vosotros quién os ha dado permiso para responder, so capullos? Veamos a ver, ¿dónde coño está esa joya de los cojones?

—Aquí, en el meñique me la había puesto, mi teniente coronel, a ver cómo me quedaba.

—Pues devolvérsela a su dueño, quitarle las esposas y salir de aquí pitando si no queréis que os caiga un puro de maría santísima. ¿Estáis sordos o sordos o qué?

Obedecieron los agentes y al instante se perdió escaleras abajo el ruido de sus pasos precipitados. Se frotó las manos satisfecho el desconocido y sonó una voz familiar a sus espaldas que decía:

—Lo has hecho muy bien, Marcelino.

Tras lo cual entró en el apartamento mi vecina Purines, muerta de la risa. Iba vestida de institutriz, con falda plisada de franela gris, rebeca de angorina, moño y gafas. En una mano llevaba una regla y en la otra, un catón. Por lo visto, estando ella en el suyo con un asiduo de sus servicios, allí presente, oyeron primero el timbrazo y luego los golpes y las imprecaciones. De esto y de lo oído aplicando la oreja al tabique dedujeron que me encontraba en una situación comprometida. Entonces Purines, llevada de su espíritu filantrópico y con la gentil colaboración de su cliente, montó el número que acababa de ser representado allí. Le di a ella las gracias más sinceras y a su espontáneo colaborador unas palmadas en las espalda que hicieron tintinear sus condecoraciones.

—Te felicito, macho —le dije—. La farsa ha sido

estupenda y este disfraz tan chusco te cae que ni pintado.

—Bah, no tiene mérito —rió él—. En realidad soy teniente coronel de la Guardia Civil y el uniforme es mío. Me lo pongo cuando vengo a ver a mi bomboncito. ¿Por qué lo llevaban preso?

—Por algo que no he hecho.

—Sí, sí. Lo mismo le digo yo a Garzón, y ya ve los resultados.

—Siento mucho no poder ofrecerles nada —dije.

—No te preocupes —dijo Purines—, ya nos vamos. Hoy Marcelino no me ha hecho los deberes y la señorita le va a poner un castigo muy, muy, muy severo.

Reiteré a ambos mi agradecimiento, quedamos en vernos más adelante y organizar una cena de vecinos y se dirigían ellos hacia la puerta del piso cuando sonaron en ésta unos discretos golpes.

—Vaya —mascullé—, ¿quién será ahora?

Y alzando la voz pregunté quién iba. Respondió alguien desde fuera:

—Soy el alcalde.

Reconocí, en efecto, su voz inconfundible y carismática. Algo confuso ante aquel inesperado honor, volví a preguntar:

—¿Quién le ha abierto el portal?

—Dos guardias muy simpáticos que salían a todo correr.

—Preferiría que no me encontrara aquí —susurró a mi oído el teniente coronel Díaz-Bombona—. No es por nada, pero...

—Lo comprendo. Métase en el armario —le sugerí—. Purines puede esconderse en el aseo. Usted no cabe.

Recuperé la llave, abrí el armario y antes de que pudiera salir Ivet empujé dentro al teniente coronel Díaz-Bombona. Purines se metió en el aseo y yo fui a abrir. El alcalde entró derrochando cordialidad.

—Me gusta ver cómo viven los ciudadanos a las cuatro y veinte de la madrugada —dijo consultando su reloj de pulsera.

—¿Cómo me ha localizado?

—Oh, llevo el padrón municipal en la cabeza. ¿Le molesto?

—Todo lo contrario. ¿En qué puedo servirle, señor alcalde?

—¿A mí? No, no. Soy yo quien está al servicio de la ciudadanía. No te preguntes lo que tu ciudad puede hacer por ti, sino lo que tú puedes hacer por tu ciudad, como dijo no sé quién. ¿Utiliza los transportes públicos? ¿Practica el basureo selectivo? ¿Satisface puntualmente la contribución? Esto es lo único que me importa. No tengo ambiciones políticas, ni personales. Con no acabar en chirona me doy por satisfecho. Pero no he venido a hablarle de mí, sino de mí. Usted estaba esta noche en casa de Reinona. Lo recuerdo perfectamente. No sé si usted se acuerda de mí: soy el alcalde. Dicen que no estoy bien de la azotea y a veces me pregunto si no tendrán razón. Ahora mismo, por ejemplo, me ha parecido oír a alguien cantar *Tom Dooley* dentro de aquel armario. En fin, dejemos eso. He venido a recabar su ayuda. Soy un hombre honrado, pero mi diario quehacer discurre entre volcanes, arenas movedizas y everglades. No me quejo: un alcalde ha de ser un artista del equilibrismo. Hasta cierto punto. ¿Quién mató a Pardalot? Si lo sabe no lo diga: éstas no son cosas que yo deba oír. Pero en caso afirmativo póngase la mano izquierda en la rodilla derecha y en caso contrario, la derecha en la izquierda. No se caiga. Pardalot tenía tantos amigos como enemigos y unos y otros eran las mismas personas. Una sociedad compleja como la nuestra no funciona si no se untan de cuando en cuando los engranajes. Pardalot se ocupaba de esto. No pregunto la identidad de su asesino. No interferiré con el poder judicial. He leído a Montesquieu. Pero quien haya dado la orden se ha metido en un lío. No sé si me explico. Todos querían liquidar a Pardalot, pero a todos les convenía que siguiera vivo. Si no me entiende tóquese la oreja izquierda con el pie derecho.

* * *

Las revelaciones de mi egregio visitante despertaban vivamente mi interés y gustoso le habría incitado (con el debido respeto) a seguir desembuchando, si en aquel momento no hubiera sonado el timbre del interfono. Descolgué el auricular y me lo puse en su sitio.

—¿Quién va? —pregunté.

—Soy Reinona, ¿te acuerdas de mí?

Dirigí al señor alcalde una mirada inquisitiva y el señor alcalde expresó con otra su resuelto asentimiento.

—Me acuerdo —dije pulsando el botón de apertura automática—. Suba.

—Esta mujer —dijo apresuradamente el señor alcalde— sabe más de lo que aparenta. Sería estúpido por nuestra parte desaprovechar la oportunidad de sonsacarla. Con todo, es mejor que no me vea. En mi presencia no dirá nada. Dígame dónde me puedo esconder. Y a ella, ni una palabra de lo que hemos hablado.

—Métase en el aseo —dije—, y no haga ruido pase lo que pase adentro o afuera.

Guardé al señor alcalde en el aseo y corrí a recibir a Reinona. Entró muy decidida en el apartamento y dijo:

—Cierra. No quiero que nadie sepa que he venido.

Llevaba una elegante bata de terciopelo rojo y chinelas. Con estas hogareñas prendas y una novela de Saramago bajo el brazo había hecho creer a su marido y a la servidumbre que se iba a dormir. Después, sin ser vista de nadie, había salido al jardín y allí, por el portillo, a la calle, donde había cogido un taxi. Esto me contó antes de disculparse por lo intempestivo de la hora. Los invitados, dijo, se habían ido tarde. Sin embargo, agregó, no había querido postergar nuestro reencuentro.

—Tenía que verte cuanto antes —siguió diciendo—. Sé que andas metido en el asunto de Pardalot. Te vi en el funeral. Alguien me dijo que eras el principal sospechoso del asesinato. No lo niegues.

—No lo niego —dije—, pero yo no fui.

—Tanto da —replicó—. No he venido a resolver el caso. No es que no me interese. Pardalot y yo éramos amigos. No... Bueno, dejémoslo en amigos. Pero no he venido a decirte esto, que, en definitiva, no es asunto tuyo. He venido a una cosa más importante para mí. Por otra parte, el ejecutor material del crimen es un simple peón. Un asesino a sueldo. Alguien le dio la orden. Posiblemente nadie le dio la orden. En una sociedad civilizada como la nuestra todos dan su aquiescencia y nadie da las órdenes. A un buen subalterno no hace falta decirle lo que ha de hacer. Basta con pagarle luego. Ay de mí.

Se dejó caer sobre la silla no sin antes haber hecho de mi traje alquilado un rebuño y haberlo arrojado al suelo y haberlo pateado con saña. Era una mujer de temperamento apasionado, que había aprendido a no exteriorizarlo, salvo en los momentos más inoportunos y de la peor manera.

—Dígame en qué puedo servirla —dije para que dejara en paz el traje.

Se puso a llorar con desconsuelo. Fui a la cocina y llené un vaso con agua del grifo.

—Bébase esto —le dije—. Agua tibia y maloliente de las termas de San Higinio, muy buenas para los estados de congoja.

Con este incentivo se bebió el vaso entero sin protestar y se calmó un poco.

—¿Por qué no me cuenta lo que me ha venido a contar? —le dije.

—No puedo —respondió—, sé demasiado. Si hablo, se armará la gorda.

—Creí que no le importaba.

—Si fuera por mí no me importaría, pero...

Guardó silencio. Tenía la mirada clavada en el suelo, las cejas fruncidas, los labios apretados, en suma, la expresión crispada de quien está hondamente preocupado. Al cabo de un rato levantó la cara y dijo:

—¿Puedo ir al cuarto de baño?

—No.

—Es que el agua termal me está haciendo efecto.

—Lo siento. El aseo está inutilizado. Pero puede hacer pis en el suelo: aquí no es Pedralbes.

—No importa —dijo con resignación—. Cuando se está en grave peligro, lo demás es secundario. ¿Me ayudarás? En mi casa dijiste que eras abogado y los abogados están para ayudar a sus clientes. Y subsidiariamente al género humano.

—Le mentí. No soy abogado.

—Ayúdame como si lo fueras —imploró—. Soy una pobre mujer acosada y desvalida. No hay más que verme.

—¿Por qué no acude a la policía?

—Ah, no. Eso no. Sobre todo, nada de acudir a la policía. Júrame que tú tampoco acudirás a la policía. Júramelo.

—Por mí pierda cuidado —la tranquilicé—. Yo soy el principal sospechoso, usted misma lo ha dicho.

—Es verdad —admitió—. Pero no creo que seas un asesino. Déjame ver tus manos. ¿Ves? Las manos no engañan, y tú no tienes manos de asesino. Tienes unas manos delicadas, como de peluquero.

Era indudable que trataba de ganarse con halagos mi voluntad y así obtener mi colaboración. Al cabo de un par de intentos, advirtiendo mi natural modestia, decidió dejarse de tonterías, se puso en pie, se quitó la bata y la arrojó al otro extremo del apartamento. Llevaba un camisón tan exiguo y trasparente que nada justificaba llevarlo salvo el llevarlo.

—Haz lo que yo te diga —dijo cambiando súbitamente de voz y de actitud— y no te arrepentirás.

Este argumento me pareció irrefutable.

—Dígame de qué se trata.

—Escucha —susurró a mi oído—, me han llegado rumores de que en este asunto, quiero decir en el asunto de Pardalot, no en el nuestro, está metida una chica. Más joven que yo y más guapa que yo, pero no tan expeditiva. Quiero que la encuentres. Encuéntrala. Tienes que encontrarla. Es preciso. Il le faut!

Vacilé. Habría podido quedar muy bien revelándole que no sólo conocía a Ivet, sino que en aquel preciso momento la tenía encerrada en el armario en compañía de un teniente coronel de la Guardia Civil, pero ni siquiera a cambio de las delicias que de palabra y obra me ofrecía aquella dama de personalidad distinguida y aún más distinguida estampa quería traicionar la confianza que Ivet decía haber depositado en mí.

—Dígame antes cuál es el motivo de su interés por esa chica —balbucí.

—Lo haré —respondió ella con voz trémula— cuando acabemos. Antes bésame, sáciame y quítate la camiseta de la Unió Esportiva Lleida.

Con incredulidad primero y asombro luego me di cuenta de que lo que había empezado como un zafio intento de seducción había acabado por hacer perder la chaveta a aquel ser de espíritu impetuoso. Y no siendo yo de los que se hacen de rogar, sin duda se habrían producido allí escenas cuyo recuento haría las delicias del lector adulto, si el áspero sonido del interfono no me hubiera obligado a postergar la satisfactoria consumación de mis deseos (y mis empeños) y a volverme a poner la camiseta.

—Disculpe. Voy a ver quién llama.

Descolgué, hice la pregunta pertinente y una voz masculina respondió:

—Soy Arderiu, el marido de Reinona. ¿Puedo entrar?

Cubrí el auricular con la mano e informé a la interesada, que dio muestras de contrariedad.

—Maldito aguafiestas —masculló mientras se ponía la bata—. Si no le abres sospechará que estoy aquí. Quizá me ha hecho seguir por un detective. Recíbelo y dile lo primero que se te ocurra. Se lo tragará: es tonto. ¿Puedo esconderme en el armario?

—No. En el armario, no. La cerradura está averiada. Métase debajo de la cama.

Lo hizo con tal precipitación que se olvidó las chinelas que un minuto antes había lanzado contra el techo con ardor. Como ya sonaban golpes en la puerta, me las puse y fui a abrir. El marido de Reinona hizo su entrada diciendo:

—Buenas noches. ¿Se acuerda usted de mí? Nos hemos conocido hace unas horas. Soy Arderiu. Abelardo Arderiu. Puede llamarme Arderiu o Abelardo Arderiu, pero no Abelardo.

—Coño, Arderiu, cómo no te voy a reconocer, si estás igual. Para ti no pasa el tiempo —dije con cierto nerviosismo, porque no acababa de hacerme con el control de la situación.

El afable marido levantó la mano para atajar estas finezas y dijo:

—Le hablaré sin rodeos. Como usted sabe, soy tonto, y los tontos no podemos dar rodeos, porque nos perdemos. Mi mujer se ha ido de casa esta noche subrepticiamente y tengo motivos para pensar que usted conoce su paradero. Le hablaré sin rodeos: Reinona está en peligro. Todas las mujeres están en peligro, habiendo como hay tanta violencia contra las mujeres. Pero en Reinona a la violencia general se superpone otra particular y específica de ella. Le hablaré sin rodeos. Tengo motivos para pensar que Reinona forma parte de una conjura. Esto a mí me trae sin cuidado. Yo no soy de los que creen que toda mujer ha de estar en la cocina. En mi casa siempre ha habido una mujer en la cocina y meter allí a todas las demás me parece innecesario. A Reinona siempre le he dejado hacer su voluntad. Sale caro, pero con mi patrimonio y mis rentas me lo puedo permitir. Por ejemplo, si hubiera querido dedicarse a la expresión artística, yo no le habría puesto cortapisas. Acuarela, pastel, óleo, guache o buril, me habría dado lo mismo. Es sólo un ejemplo ilustrativo de mi liberalismo. Y si lo que la hace sentirse útil es participar en una conjura, por mí que participe. ¿Me entiende?

Le dije que sí y aprovechó esta muestra de entendimiento para bajar la mano. Luego agregó:

—Ahora, sin embargo, las cosas se han complicado. ¿Puedo hablarle sin rodeos? Por lo visto nuestra ciudad atraviesa por momentos difíciles. No sé en qué consisten, así que deberá aceptar mi palabra de caballero: momentos realmente difíciles. ¿En qué me afecta a mí esta situación? Lo ignoro, pero no soy de los que se quedan con los brazos cruzados. Me pidieron que participara en una conjura y yo, sin pensarlo ni un minuto ni preguntar de qué se trataba, di un paso al frente. Con los dos pies a la vez. Yo no me ando con rodeos. Ahora, sin embargo, me encuentro en una difícil situación, que yo calificaría de auténtica tesitura si supiera lo que significa esta palabra. Yo soy parte de una conjura y mi mujer es parte de una conjura y tengo motivos para pensar que mi conjura y la conjura de mi mujer son dos conjuras diferentes. Yo las calificaría sin rodeos de antitéticas. Si sólo se tratara de pagar dos cuotas, no me importaría. Pero tengo motivos para pensar que actuamos en bandos opuestos. Bandos que yo no vacilaría en calificar de antitéticos. Permítame que interrumpa un attimo mi discurso para quitarme el abrigo de mohair: con este calor estoy a punto de transpirar. Ayer comí pavo y pensé que estábamos en Navidad. ¿Tiene una percha?

Le dije que no, pero que con gusto le sujetaría el abrigo.

—Está bien —siguió diciendo una vez concluida la maniobra—, en tal caso le hablaré sin rodeos. Tengo motivos para pensar que alguien está planeando asesinar a alguien. Quizá a mi esposa. Incluso tengo motivos para pensar que pretenden encomendarme a mí esta tarea. Naturalmente, si me propusieran asesinar a mi esposa, me negaría. Con firmeza, si hiciera falta. Pero esto no resolvería el problema. Otro se ocuparía de darle «el pasaporte». Se lo digo en lenguaje velado por si las paredes cantan, como se suele decir. Sea como sea, estoy en una tesitura francamente antitética. Con respecto a mi esposa y con respecto a todo lo demás. Mi esposa se llama Reinona. Se lo digo por si lo ha olvidado. Yo soy el marido de Reinona. Nos conocimos anoche. No es mucho tiempo, pero el suficiente para hablarle sin rodeos. No estoy dispuesto a que nadie asesine a mi esposa. Las relaciones conyugales son complicadas, sobre todo entre marido y mujer, pero un hombre ha de resolverlas por su cuenta, de puertas adentro, sin interferencia de terceros. ¿Adónde nos conduce todo esto? No lo sé. Reinona se ha fugado de casa y tengo motivos para pensar que usted conoce su paradero.

—¿Qué le hace pensar tal cosa?

—¿El qué?

—Que yo tengo algo que ver con la desaparición de su esposa.

—No disimule. En casa vi cómo ella le metía la mano en el bolsillo del pantalón. Del pantalón de usted. Lo hace con todos, pero siempre se fuga con el último. No tenga ningún miedo. No soy un moro. Ya le he dicho que no me opongo a las expresiones artísticas de mi mujer. Pero en este caso es distinto, por lo del peligro que le comentaba antes. Y usted también es distinto, ahora que me fijo. ¿Éste es su picadero?

—Mi domicilio.

—Oh. Parece cómodo. Todo al alcance de la mano.

—Volvamos al tema de Reinona. ¿Por qué dice que la quieren matar? ¿Quién la quiere matar? ¿Y cuál es el móvil?

—¿Qué es un móvil?

—Conteste sólo a la primera pregunta. ¿Cómo sabe que alguien trata de matar a Reinona?

—¿Ha oído hablar del caso Pardalot?

—Ya lo creo: soy el principal sospechoso. Pero yo no lo hice.

—Por supuesto, por supuesto. No se lo decía por esta causa. Tampoco esperaba una confesión en regla. Estamos entre caballeros. Si lo he mencionado es porque viene al pelo. Entre mi mujer y Pardalot había una relación muy especial. Reinona había estado a punto de casarse con Pardalot. Al final no se casó con Pardalot, sino conmigo. Me llamo Arderiu. Ella quería a Pardalot y Pardalot la quería a ella, pero en resumidas cuentas hizo bien casándose conmigo, porque si se hubiera casado con Pardalot ahora sería viuda. Viuda de Pardalot.

—¿Por qué no se casó con Pardalot?

—¿Quién? ¿Yo?

—No. Reinona. Por qué no se casó Reinona con Pardalot.

—Ah. No haga elipsis, que descarrilo. ¿Por qué no se casaron Reinona y Pardalot, pregunta usted? Pues no lo sé. Sus razones tendrían. Razones posiblemente antitéticas. Pregúnteselo a Reinona si la ve.

—¿A usted nunca se lo dijo?

—Nunca se lo pregunté. Ya conoce la máxima: si te quieres casar, no hagas preguntas.

—Pues para no haber hecho preguntas, sabe usted muchas cosas.

—Saber, lo que se dice saber, no sé nada. Sólo los rumores que me han llegado. Y no siempre por orden cronológico. De todos modos, los hechos se produjeron como le venía diciendo. Se iban a casar y de pronto las cosas se torcieron. Al final Pardalot se casó con la viuda de Pardalot y yo, con Reinona. Pardalot tuvo una hija: Ivet Pardalot. Reinona y yo no tuvimos hijos, aunque lo intentamos. Pero no lo hicimos bien o lo que sea. Finalmente consultamos al mejor especialista en ginecología de esta ciudad: el doctor Sugrañes, hijo del célebre psiquiatra del mismo nombre. De las pruebas resultó que Reinona era estéril. Mala suerte. Pensamos adoptar un niño hawaiano, pero un día por una cosa y otro por otra, pasaron los años y no hicimos nada. ¿Hay alguna relación entre lo que le estoy contando y lo que le estoy contando?

—Depende. ¿Pardalot y Reinona se siguieron viendo después de sus respectivos matrimonios?

—Sí, claro. En esta ciudad es difícil no coincidir con todo el mundo cuando todo el mundo se reduce a media docena de familias. También se veían en privado. A escondidas.

—¿Cómo lo sabe?

—Me lo dijeron los detectives.

—¿Hizo seguir a Reinona?

—No, no. Ya le dije que yo no interfiero en la vida privada de mi mujer. Mi actitud es liberal, por no decir libertaria. Pero a veces he contratado detectives para que investigaran las actividades de mis socios. Uno se cansa de que le estafen, ¿sabe? Luego en los informes salía Reinona. Entrando y saliendo de un hotel o en un aeropuerto, camino de algún sitio. Ella me decía que había ido con unas amigas al festival de Salzburg o algo por el estilo. Lo habitual. Por supuesto, los detectives no sabían que Reinona es mi esposa, o habrían omitido su nombre por delicadeza, digo yo.

—Señor Arderiu o amigo Arderiu, responda con sinceridad. ¿Cree usted que Reinona pudo haber matado a Pardalot?

Tardó un rato en comprender el sentido de la pregunta, pero finalmente suspiró y dijo:

—Es una pregunta difícil de responder.

—Diga sólo sí o no. ¿Mató Reinona a Pardalot?

—Le diré lo que pienso al respecto. Pero ha de prometerme que mis palabras quedarán entre estas cuatro paredes, si no me he descontado.

—Hable usted con toda confianza —dije.

—Pues verá...

Pero en aquel momento un timbrazo interrumpió sus confidencias.

* * *

—¿Quién va? —pregunté.

—Soy Magnolio —dijo una voz por el interfono—. Acabo de librar y he venido a rendir cuentas, como quedamos.

—¿No es un poco tarde, Magnolio?

—Lo siento, pero me ha costado mucho aparcar el coche en este barrio.

—Está bien, suba.

Pulsé el botón de apertura automática y respondí a la muda interrogación del marido de Reinona diciendo que el recién llegado era un ayudante mío al que había colocado en su propia casa (la de él y Reinona) para ver si averiguaba algo sobre el asesinato de Pardalot.

—No me gusta que todo el mundo meta las narices en mi vida privada —rezongó.

—Sólo en la de su esposa —dije para tranquilizarle.

—¿Y eso no es humillante? —preguntó.

—No, hombre, qué va —le respondí.

—De todos modos —replicó—, preferiría que ese individuo no me viera aquí. No suelo confraternizar, ¿sabe? Despáchelo pronto; mientras, me esconderé en el cuarto de baño. ¿No? Bueno, pues en el armario. ¿Tampoco? Entonces debajo de la cama.

—Métase detrás de la cortina, bien pegadito a la pared y no se mueva ni haga ruido —le ordené señalando el suntuoso cortinaje (de percal) que enmarcaba la ventana.

Se escondió Arderiu y entró Magnolio. Ya no llevaba el uniforme de camarero, sino su habitual uniforme de chófer.

—Disculpe la tardanza —empezó diciendo—, pero cuando se hubo ido el último borrachuzo tuvimos que recoger, vaciar los ceniceros, pasar la aspiradora, lavar las copas, sacar la basura y no sé cuántas cosas más. Eso sí, no habían dejado ni un maldito canapé.

—Pronto abrirán los bares y podrá desayunar —le consolé—. Hasta entonces, dígame qué más ha visto y oído.

Se sentó en la cama para quitarse las botas, alegando tener los pies destrozados. Bajo su peso se flexionó el somier del camastro hasta el suelo y exhaló Reinona un lastimero gemido.

—Ha de engrasar estos muelles —comentó Magnolio. Luego, en respuesta a mi requerimiento, dijo—: De la conversación con el personal de servicio, aparte lo que ya le conté en la casa, no saqué mucha más información. En general el personal de servicio se muestra poco inclinado a comentar las interioridades de sus amos con un desconocido, lo cual, si bien se piensa, es lo decente. El personal de servicio está compuesto por un mayordomo, una cocinera, dos chicas para todo y un jardinero. El mayordomo es asturiano, al igual que la cocinera, si bien no existe entre ambos ninguna vinculación de otro tipo. Las dos chicas son dominicanas, residentes en España desde hace diez años, las dos con permiso de trabajo y en trámites de nacionalización. El jardinero es pakistaní, lleva dos años en Barcelona y es el único que habla catalán. El mayordomo ejerce funciones esporádicas de chófer, aunque tanto el señor Arderiu como su esposa, la señora Reinona, prefieren conducir ellos mismos sus respectivos automóviles, un Porsche Carrera plateado de 3.600 centímetros cúbicos y un Saab TS Coupé de 205 caballos, de color granate metalizado. Por cierto, hay un Porsche y un Saab idénticos mal aparcados frente a esta casa, ¿no es coincidencia? Al jardinero, como iba diciendo, compete, además del cuidado del jardín, la puesta a punto y regularización estacional de la calefacción, el aire acondicionado y el riego por aspersión, así como el mantenimiento y limpieza de la piscina y otras instalaciones. La cocinera cocina y las chicas para todo hacen el resto. De todas formas, el señor y la señora están muy poco en casa. A mediodía comen fuera y salen casi todas las noches, impelidos por una vida social intensa. Viajan con frecuencia al extranjero. Por este motivo, el personal de servicio se pasa las horas viendo la televisión, hablando por teléfono y cotorreando, salvo en contadas ocasiones, cuando hay fiestas, como la de anoche, si bien entonces se contrata personal de refuerzo. Con estas condiciones laborales y un buen salario, no abundan las críticas ni las hablillas. Sólo la cocinera alimenta un rescoldo de animadversión contra sus amos a raíz de un desagradable incidente ocurrido hará cinco o seis años. En aquella ocasión, según me ha contado ella misma, desapareció del joyero de la señora Reinona un abalorio de elevado precio. La policía interrogó al personal de servicio y las sospechas recayeron sobre la pobre cocinera, que casualmente acababa de comprarse un Renault Clío 1.2 RT, tres puertas, dirección asistida, frenos de disco, etcétera. La policía relacionó la compra del Clío 1.2 RT con el robo, pero la cocinera pudo demostrar la honrada procedencia de sus ahorros y el asunto fue sobreseído. No obstante, en palabras de la propia cocinera, el mal rato ya no se lo quitaba nadie. Incluso le había cogido manía al coche, de cuyos resultados, por otra parte, no tenía queja.

—¿Reapareció la alhaja? —pregunté.

—No lo sé —respondió Magnolio—. El relato de la cocinera iba más por el lado psicológico y mecánico.

—¿Y no se ha vuelto a repetir desde entonces un suceso de similares características?

—No, señor.

—Qué raro —dije—. Tendría que haber desaparecido al menos un anillo de brillantes. ¿Qué más ha podido averiguar?

El chófer abrió los brazos y se dejó caer de nuevo sobre el somier.

—Nada más —exclamó—. No ha habido tiempo para dar palique. Si supiera usted el tute que nos hemos dado... En fin, que no sirvo para espía. Soy cegato, soy negro y soy enorme. Suerte que me han pagado bien.

—¿Quién le pagó? —pregunté.

—El mayordomo.

—¿Sacó usted la impresión de que el mayordomo administra las finanzas de la casa?

—Obraba con seguridad y diligencia en el manejo de los caudales.

Medité unos instantes y luego dije:

—Voy atando cabos, pero son más aún los que me quedan sueltos. Y no podemos esperar a la próxima fiesta para entrar en esa casa. Magnolio, ¿se vería usted con ánimos de entablar amistad con algún miembro del personal de servicio? Ya los conoce y ellos a usted. Y con su simpatía y su don de gentes no ha de serle difícil.

Sonrió agradecido el chófer y dijo:

—No sé. Podría probar con una de las dominicanas. La verdad es que no me importaría seguirla viendo. Es más, le voy a proponer matrimonio. Se llama Raimundita y es un bombón. No lo digo por el color. No soy racista. ¿Tanto interés tiene para usted esa casa?

—Sí, amigo mío —repuse—. Ahí está la clave de todo el misterio. Pero es preciso andar con pies de plomo. Quienquiera que mueva los hilos de este asunto es astuto y no se para en barras.

Iba a decir algo el chófer, bien a propósito de

esta afirmación, bien en relación con Raimundita, cuando sonó imperioso el interfono. A la pregunta ritual respondió una voz varonil.

—Abra, soy Santi.

—No conozco a ningún Santi —dije.

—A este Santi, sí —replicó la voz a través del interfono—. Nos hemos visto en casa de Reinona.

—¿Y qué se le ofrece?

—Hablar con usted.

Tras una corta vacilación opté por abrir. En aquel momento cualquier información adicional podía serme útil. Pulsé el botón de apertura automática e indiqué a Magnolio que se escondiera detrás de la cortina de la izquierda, toda vez que Arderiu tenía ocupada la de la derecha, y le encarecí que se mantuviera ojo avizor por si las intenciones de Santi no eran apacibles. Prometió hacerlo y desapareció detrás del percal cuando ya golpeaban la puerta del apartamento los nudillos (supongo) de Santi. Abrí y me vi en presencia del joven recepcionista de casa de Reinona, antes guardia de seguridad en la empresa de Pardalot, y en todo momento porfiado perseguidor mío.

—Si lo sé —dije—, no le abro.

El joven recepcionista lanzó una carcajada sarcástica y juvenil y entró empujando la puerta y a mí.

—Pues haberlo pensado antes —dijo—. Varias veces se me ha escapado usted cuando estaba a un tris de echarle el guante y otras tantas se ha prevalido de la presencia de extraños para impedirme emplear mis métodos habituales. Pero ahora, señor mío, las tornas han cambiado. Por fin estamos a solas usted y yo.

Con el rabillo del ojo lancé una mirada a la cortina que ocultaba a Magnolio y al ver que se movía al ritmo acompasado de su respiración comprendí que se había dormido.

—Pues sea bienvenido a esta su casa y dígame en qué puedo servirle, amigo Santi.

—En primer lugar, en responder a una pregunta sin efugio —dijo Santi—. ¿Mató usted a Pardalot?

—No, hombre.

—Pues todo Barcelona lo dice.

—Esto no significa nada —alegué—. En esta ciudad hasta nuestros políticos y sus familiares más próximos son víctima de infundios.

—Sí —admitió—, pero, en este caso, los infundios coinciden con la verdad. No lo niegue: la noche del crimen, mientras yo cumplía con mi deber montando guardia en el vestíbulo, se introdujo usted en la sede de *El Caco Español*, seguramente por la puerta del garaje. Una vez dentro, desconectó el sistema de alarma y anduvo por los despachos en busca de dinero contante u otro botín. En uno de dichos despachos fue sorprendido por el señor Pardalot, que se encontraba allí fuera de horas, y lo despachó de siete tiros. Como las paredes, suelo y techo del despacho del citado señor Pardalot están forrados de plomo para evitar escuchas, nadie oyó las detonaciones. Luego se fue por donde había venido.

—Amigo Santi, si fuera como usted dice, me habrían arrestado y procesado hace días —dije—. Pero no lo han hecho.

—Por falta de pruebas materiales o fehacientes —repuso—, lo que nos lleva justamente al motivo de mi visita.

Sacó de un bolsillo de la americana una hoja de papel doblada en cuatro y me la dio.

—Es una confesión —dijo—. Léala y verá cómo se ajusta a los hechos punto por punto. Sólo falta la firma del causahabiente, o séase, la suya.

Fui hasta la mesa donde había una lámpara encendida, me senté en la silla, desplegué el papel en el cono de luz y leí:

> Estimado juez:
>
> Por la presente confieso en términos irrevocables y sin que medie coacción alguna que fui yo quien mató al señor Manuel Pardalot a quien Dios tenga en su santa gloria con una pistola y en pleno ataque de psicoterapia. Las circunstancias del crimen son las ya sabidas: lo de la puerta del garaje y todo lo demás que omito para no alargarme. Estoy arrepentido pero si lo volviera a hacer lo haría de la misma manera.
>
> Un saludo afectuoso.

—No pretenderá usted —dije al concluir la lectura— que yo firme esta patraña.

Por toda respuesta, Santi se puso a mi lado, sacó de otro bolsillo la Beretta 89 Gold Standard calibre 22 que ya le conocía, le quitó el seguro y me apuntó con ella.

—Verá cómo cambia de opinión —dijo entre dientes.

—Está bien —respondí—, no discutamos. Sólo dígame: ¿a qué viene tanto interés por demostrar mi culpabilidad?

—¿Y aún tiene el tupé de preguntármelo? —dijo Santi—. Por su culpa mi carrera de segurata se ha ido al traste. No sólo dejo que un ladrón de pacotilla se pasee tranquilamente por el edificio confiado a mi vigilancia, sino que permito que asesinen al gerente en su propio despacho. Todo esto en mi primera semana de trabajo y con un contrato temporal. Mire si no cómo he acabado: de joven recepcionista en guateques de postín. De milagro no me han hecho sacar al caniche a hacer popó.

Mientras él ponía de manifiesto las causas de su descontento, yo iba calculando distancias, riesgos y posibilidades. Por más que comprendía sus razones, aquel sujeto no acababa de inspirarme simpatía, como me ocurre con todos los que me apuntan con una pistola. Pero no veía forma de librarme de él. Del silencio reinante, apenas roto por algún ronquido suave, deduje que todo el mundo, salvo nosotros dos, dormía a pierna suelta. No iba a ser yo quien se lo reprochara. La noche había sido larga y pródiga en emociones. Por lo demás, en pedir auxilio a voces no había ni que pensar. Aunque alguien las oyera y estuviera dispuesto a ayudarme, el sobresalto o el enojo podían provocar una reacción fatal por parte de Santi, a quien ya sin necesidad de jalearle le temblaba el pulso.

—Santi, amigo mío —dije en un tono tan apaciguador y firme como logré impostar—, te confieso que en otras circunstancias me habría resistido a tu propuesta. ¿Puedo tutearte? El que hayamos tenido algún roce involuntario no implica que no podamos ser amigos. Tú también puedes tutearme...

—Cállese. Yo no quiero ser amigo suyo. Ni que nos tuteemos. Yo sólo quiero que eche aquí una firma y se vaya a la mierda. Y no trate de ganar tiempo, que conmigo este truco no le vale.

—Vale, Santi, cariño, no te lo tomes así. Ya firmo, pero no tengo a mano recado de escribir. ¿Me prestas un bolígrafo?

Sacó una pluma estilográfica Montblanc y me la ofreció. La situación era seria: si persistía en mi negativa a firmar, aquel exaltado podía pegarme un tiro pero si firmaba, habiendo conseguido él su propósito, aún era más probable que me liquidara. Pensé de prisa.

La lámpara que en aquel momento alumbraba la escena había sido adquirida, como buena parte del mobiliario y menaje de mi hogar, en los contenedores de basura del barrio y tanto su aspecto externo como su conformación interna adolecían de ciertas imperfecciones. Decidí jugar esta baza. Me incliné sobre el papel, como si me dispusiera a estampar allí mi firma, y tapando con el hombro los movimientos de la mano metí la plumilla de la estilográfica entre los cables repelados del cordón eléctrico confiando en que fuera de metal y no de plástico. Hubo una mansa explosión y nos quedamos a oscuras. Quise hacerme a un lado, pero Santi fue más rápido. Sentí aumentar la presión de la pistola en mi cráneo, se oyó un chasquido y brilló la tenue llamita de un encendedor.

—¡No se mueva! —mascculló—. ¿Qué ha pasado?

—Nada, nada —balbucí—. Han debido de saltar los fusibles por sobrecarga en la red. Y sin luz no puedo firmar. Subiré la persiana. Ya es de día y entrará luz a raudales.

—Ni hablar. Al primer movimiento le dejo seco.

—Vale, vale, no me muevo —me apresuré a decir—. Pero si yo no me muevo y usted tampoco, nadie subirá la persiana, se nos harán las tantas y encima se le acabará la carga del mechero.

—Firme a ciegas —propuso.

—No puedo. Soy medio analfabeto: con luz ya me cuesta un triunfo firmar; imagínese así. Además se me ha caído el papel al suelo y no lo encuentro.

Santi meditó en silencio.

—Está bien. Yo subiré la persiana. Usted quédese aquí y no haga ninguna tontería. Al menor movimiento, disparo a bulto y seguro que le doy. Con esta lucecita me sobra para hacer diana.

Desapareció el duro contacto del arma y vi alejarse lentamente la llamita.

—Por favor —dije—, tenga cuidado con el televisor.

—Cállese y no se mueva.

—Yo no me muevo —dije—. Es usted el que se mueve y por eso le parece que estoy más lejos. ¿Ha encontrado la correa de la persiana? No tire muy fuerte: la correa está podrida, y la madera de la persiana, también.

—Sé subir una persiana perfectamente —dijo Santi.

Para demostrarlo, tiró con suavidad de la correa y la persiana fue subiendo al compás de sus tirones. La luz de la mañana irrumpió en el apartamento. Al mismo tiempo se oyó una detonación y Santi se desplomó sin decir oste ni moste.

* * *

Yo también me eché al suelo. Allí esperé un rato y luego, como el ataque no se repetía, repté con extrema cautela, procurando no entrar en el ángulo de visión del francotirador ni tropezar con el televisor, hasta llegar junto al cuerpo de Santi.

—Santi —susurré—, ¿está vivo?

—Naturalmente —respondió con gallardía—, sólo es un rasguño. Pero me parece que estoy malherido. ¿Ha sido usted?

—No. Alguien ha disparado desde la azotea de la casa de enfrente creyendo que la silueta en la ventana era la mía.

—Qué mala suerte —comentó—. Asómese y mire si ese cabrón sigue ahí.

Me asomé esforzándome por no ofrecer más blanco que el estrictamente necesario y escudriñé el edificio en cuestión hasta que un vecino airado me gritó:

—¡Si continúas espiando a mi mujer en la ducha, te rompo la crisma, degenerado!

Comprendí que la ciudad se había despertado e iniciaba su épica andadura cotidiana y que, de resultas de ello, el francotirador debía de haber huido inmediatamente después del atentado. Me incliné para darle a Santi la buena nueva. Se había desvanecido y un charco de sangre se extendía por la moqueta. Me indigné. De todas las personas que aquella noche se habían dado cita en mi apartamento, Santi era el que menos había hecho para congraciarse conmigo, pero aun así no me producía ningún regocijo la visión de sus despojos y la idea de tener que deshacerme de ellos.

Cavilaba sobre este punto cuando sonó el timbre del interfono.

—¿Y ahora? —pregunté con un deje de irritación en la voz.

Una voz conocida dijo:

—Soy Cándida. ¿Molesto?

Abrí sin contestar a una pregunta tan estúpida. Al cabo de nada Cándida introducía en mi apartamento su aparatosa forma. En la mano traía algo envuelto en un pañuelo de hierbas. La noche antes, me dijo, Viriato había hecho un bizcocho y le había salido tan bien que no quería que yo me quedara sin probarlo. En el pañuelo de hierbas venía un trozo.

—Se puede comer solo, pero es mejor si lo dejas reblandecer en agua media hora o tres cuartos...

Dejó la frase colgada al ver junto a la ventana el cuerpo exánime de Santi, la sangre y la Beretta 89 Gold Standard calibre 22. Gruesas lágrimas inundaron sus ojos.

—Oh, no, otra vez no —dijo con un hilo de voz—. Me habías prometido...

—No nos pongamos retóricos, Cándida —la atajé—. Todo esto tiene una explicación muy sencilla. Y muy divertida. Te vas a reír mucho. Pero antes, ayúdame a sacar de aquí este espécimen.

Cándida dejó el envoltorio sobre la mesa y se acercó modosamente al objeto de nuestra conversación.

—¿Lo has matado tú? —preguntó.

—¿Cómo puedes imaginar una cosa semejante? —la reprendí—. Un desaprensivo le disparó desde la azotea de la casa de enfrente. Y ni siquiera sabemos si está muerto.

—Sería una lástima —comentó—. Es joven y bien parecido. Y aún respira. Pero de un modo lento, y como desganado. Habría que trasladarlo con urgencia al hospital.

—No puede ser, Cándida —dije—. Me harían dar unas explicaciones que, aun siendo sencillas, como te acabo de decir, preferiría ahorrarme por ahora. Lo llevaremos a una farmacia de guardia y allí le darán curso. ¿Dispones de algún vehículo?

—El carrito de la compra. No sé si servirá: parece corpulento. Y si lo sacamos a cuestas, llamaremos la atención.

En vez de escuchar el parloteo de mi hermana, yo iba pensando. Finalmente le hice callar y le pregunté si se había cruzado con alguien en la escalera. Respondió que no.

—Entonces quítate la ropa —le ordené—. Y no hagas preguntas. El tiempo apremia.

La pobre Cándida se quedó en refajos mientras yo desvestía a Santi. Luego le pusimos a Santi la ropa de Cándida y a Cándida la de Santi. Como con los zapatos no había manera, consentí en que cada cual conservara los suyos. Con el pañuelo de hierbas que envolvía el bizcocho hicimos una toquilla que tapaba las facciones viriles del recepcionista. Lo sentamos en la silla y con grandes esfuerzos lo bajamos hasta el zaguán y lo dejamos en una zona umbría. Si uno no se fijaba mucho, parecía la portera. Le dije a Cándida que esperara media hora y diera aviso de haber visto al pasar frente a un portal una mujer indispuesta.

—Vestida de hombre no sé si me harán caso —objetó.

—Ay, Cándida, ¿por qué te empeñas siempre en complicarme la vida? —le reconvine.

—Está bien, haré como tú dices —dijo con un suspiro de resignación—. Y recuerda: es mejor remojar el bizcocho antes de hincarle el diente. A Viriato se le fue un poco la mano con el gluten.

Salió a la calle y se alejó rodeada de una hilaridad no mayor de la habitual y yo volví a subir a mi apartamento a la carrera. Escondí en la nevera la pistola, la pluma estilográfica y el bizcocho (daba asco) y rompí en mil pedazos la confesión que Santi me había querido hacer firmar.

En el aseo dormía Purines sentada en el bidet, con la cabeza del señor alcalde en el regazo. Los desperté con delicadeza y les insté a evacuar. Se intercambiaron papelitos con sus respectivos teléfonos directos y el señor alcalde prometió enviarle dos invitaciones para el Festival de Música Papú. Apenas se hubieron ido, saqué del armario al teniente coronel y a Ivet. Ivet le devolvió la casaca, el fajín y el tricornio, y el teniente coronel, después de despedirse con laconismo castrense, se fue. Ivet se puso el vestido y me miró con una mezcla de cansancio y melancolía.

—La cosas no salen siempre como uno desearía —le dije—, pero todo se arreglará. Ve a tu casa y espérame allí. No salgas ni recibas a nadie. No contestes al teléfono ni hagas llamadas. Como sabes, no puedo disponer de las horas del día, pues me reclaman graves obligaciones, pero en cuanto cierre la peluquería te llevaré algo de comer y te pondré al corriente de lo sucedido.

El marido de Reinona estaba en estado cataléptico. Le puse el abrigo y lo saqué al rellano.

—Baje la escalera por los peldaños, salga a la calle y coja un taxi. Si está libre, mejor. No hace falta que salude a la portera: es muy hosca.

—Gracias por todo —dijo él—. Una velada deliciosa. Verdaderamente deliciosa.

Reinona también salió algo contusa de debajo de la cama.

—Me parece que se me ha sentado encima un elefante —comentó.

Le devolví las chinelas, no sin pesadumbre, porque eran de una gran comodidad y para estar por casa me habrían venido de perlas. Luego le mostré el anillo de brillantes.

—Esto —dije— es suyo. No sé cómo, vino a parar a mi bolsillo.

—Yo lo puse —admitió—. Guárdalo en lugar seguro y no permitas que nadie se apodere de él. Cuando lo necesite, enviaré a alguien a buscarlo. Este anillo es vital para mí.

Se fue con el taconeo cansino de quien a su edad, con su belleza, su inteligencia, su posición y su clase, se ve obligada a confiar en un tipo como yo.

Sólo quedaba Magnolio. Lo zarandeé hasta que recordó dónde estaba y quién era. Le pregunté qué planes tenía para la jornada a cuyo inicio estábamos asistiendo y dijo que trataría de reanudar la vida ordenada y el digno oficio de chófer de alquiler.

—Eso puede esperar —le dije—. Todavía necesito su ayuda.

—Ni por pienso —protestó—. Entre pitos y flautas llevo varios días sin currar y por ende sin ver un chavo.

—No exagere. Acaba de ganar un buen pellizco en casa de la señora Reinona. Usted mismo me lo ha dicho. Y de lo nuestro puede depender la vida de la señorita Ivet.

—Ah, en este caso..., dígame qué he de hacer.

—Es muy sencillo: vigilar la casa de la señorita Ivet. Instálese delante del edificio y tome nota de quién entra y quién sale y de cualquier incidente, episodio o circunstancia, por insignificante que sea. Si la señorita Ivet, contraviniendo mis instrucciones, sale a la calle, sígala a donde vaya sin que ella se dé cuenta. Y mire de vez en cuando hacia atrás: es probable que no sea usted el único seguidor. Yo iré a relevarle cuando acabe.

—Descuide —repuso el chófer.

Al salir había una ambulancia parada frente a la casa y un par de enfermeros entraban en la portería empujando una camilla. Magnolio y yo nos hicimos a un lado para dejarlos pasar, nos despedimos en la acera y echamos a andar en direcciones opuestas.

No llevaba ni media hora en la peluquería cuando entró Viriato hecho una furia. Había hablado con Cándida, ésta le había referido su visita a mi apartamento y ahora él exigía una explicación cumplida. Procurando quitar importancia a lo ocurrido, le referí el atentado y cómo había salido yo indemne del mismo por error y cómo nos habíamos desembarazado de la víctima, pero él me interrumpió diciendo que todo aquello le traía sin cuidado y que en realidad venía a conocer mi opinión sobre el bizcocho.

—Oh, exquisito —mentí—. Has de darme la receta.

—Bueno, los cocineros, ya sabes..., improvisamos un poco sobre la marcha... En arte cuenta más la intuición que la ciencia. Dos y dos no siempre suman cinco.

Manifesté mi total conformidad con sus afirmaciones y mi desmedida admiración por sus dotes, y cuando lo tuve a punto de caramelo, le pedí un favor. No supo negármelo y partió al trote a cumplir su cometido.

5

En toda la mañana sólo tuve dos trabajos: lavar y desenmarañar el pelo de unos mellizos para que pudieran vivir por separado y expulsar un ratón, al que sorprendí pimplándose un bote de leche corporal al PH5 (estabiliza el manto ácido de la piel, le da flexibilidad y tersura y gusta mucho a los ratones), a escobazo limpio. Esto y pensar en lo sucedido me tuvo ocupado hasta la hora de comer.

Me habría gustado ir a la pizzería, porque había faltado la víspera a la cena y habría sido considerado por mi parte compensar este abandono haciendo allí las dos pitanzas del día, pero no me pareció prudente alejarme de la peluquería, de modo que acudí al bar de enfrente, me senté junto a la vidriera, a través de la cual y después de rascar la grasa acumulada podía ver la puerta de la peluquería e incluso sus inmediaciones, y pedí al camarero un bocadillo de calamares encebollados. Mientras esperaba acertó a pasar Viriato por la acera, lo llamé y se reunió conmigo. El camarero regresó diciendo que se les habían acabado los calamares encebollados, así que hube de conformarme con un bocadillo (también muy bueno) de bacalao encurtido con salsa de tomate. Viriato pidió un pepito con mejillones.

—Te advierto que vamos a escote —dije.

Refunfuñó por lo bajo y alzando la voz ordenó al camarero suprimir de su comanda los mejillones. Luego dijo:

—Me he pasado la mañana trabajando para ti y tus crímenes. Podrías tener un detalle, leñe.

* * *

Efectivamente, Viriato había estado haciendo indagaciones, como yo le había pedido, acerca de la empresa del difunto Pardalot, y el resultado de estas indagaciones se podía resumir del siguiente modo:

La empresa denominada *El Caco Español, S.L.* figuraba inscrita en el Registro Mercantil (con un número que no viene a cuento) desde hacía únicamente cinco años. Sin embargo, con anterioridad, el propio Pardalot había fundado, inscrito y disuelto otras seis sociedades de las mismas características. Los socios de estas sociedades habían sido siempre los mismos, a saber, Manuel Pardalot, ahora difunto Pardalot, un tal Horacio Miscosillas y un tal Agustín Taberner, alias el Gaucho, ambos vecinos de Barcelona. Adicionalmente, Viriato había podido averiguar que el llamado Horacio Miscosillas era un abogado de cierto prestigio, con bufete en la Diagonal, probablemente el caballero maduro y canoso que se había presentado a sí mismo como abogado de Pardalot la noche anterior en casa de Reinona, aunque el Registro Mercantil no recogía ningún dato referente a su madurez ni a la tonalidad de sus cabellos ni a lo que había hecho la noche anterior ni a nada de interés, de resultas de lo cual, dicho sea de paso, el índice de lectura del Registro Mercantil es y seguirá siendo bajísimo. El otro socio, llamado, como queda dicho, Agustín Taberner, de sobrenombre el Gaucho, de quien Viriato no había podido averiguar nada, había dejado de serlo (socio) en la última de las sociedades inscritas en el Registro, esto es, *El Caco Español, S.L.*, siendo sustituido en el accionariado por Ivet Pardalot, la hija del difunto Pardalot, a la que no había que confundir con la falsa Ivet Pardalot, con la que unas horas antes yo había estado a punto de pasar a mayores, aunque al final todo había quedado por desgracia en agua de borrajas.

En cuanto al objeto social de las sucesivas empresas, siempre al decir del Registro Mercantil, continuó Viriato, era invariable y, a juicio de Viriato, un tanto vago, a saber, la comercialización de actividades diversas con ánimo de lucro. En realidad, nadie sabía, ni en el Registro Mercantil ni fuera del Registro Mercantil, de dónde procedían los ingresos de las empresas de Pardalot, si bien todos daban por hecho que habían sido cuantiosos. Tampoco se conocían los motivos de las reiteradas transformaciones registrales de lo que de hecho era una misma empresa, siendo los resultados buenos, aunque todo parecía indicar un deseo manifiesto de no permanecer demasiado tiempo en escena sin cambiar de identidad. Fraude fiscal, blanqueo de dinero, tráfico ilegal de personas o cosas o una mezcla de todo lo antedicho, en opinión de Viriato.

Quien concluyó su informe diciendo que la sede social había ido cambiando con cada empresa, habiendo adquirido la última el edificio por mí conocido, de cinco plantas y garaje, con un total, según constaba inscrito en el Registro de la Propiedad (otro rollo de mucho cuidado), de 1.830 metros cuadrados, que al precio actual de mercado de 250.000 el metro cuadrado en aquella zona, tirando por lo bajo, arrojaba el suculento guarismo de pesetas 457.500.000, imputables al activo inmovilizado de nuestra (por así decir) empresa.

—Hum, ¿qué deduces tú de todo esto, Viriato? —le pregunté cuando hubo acabado.

Abrió la boca para mostrar a un tiempo su perplejidad y el conjunto de alimentos allí triturados a la espera de la deglución y dijo:

—Yo, nada, ¿y tú?

—Tampoco —respondí—. Pero no hemos de dejarnos confundir por estos datos. Cuando lleguemos al final adquirirán sentido. Hasta entonces, muchas gracias. Has sido tan amable como eficaz. Si tuviera dinero, te invitaría a comer, pero ya sabes cómo van las cosas últimamente por la peluquería. ¿De veras no crees que valdría la pena ampliar el negocio?

—¿Abortos?

—No, yo estaba pensando en algo más moderno: liposucción, amniocentesis. O, cuando menos, un secador eléctrico.

—No me compliques la vida —repuso—, que

bastante tengo ya con tu hermana, mi madre y mi tractatus. Anda, vuelve al trabajo y no te pases de la raya, que bastante hago con dejar que te ganes el sustento a mi costa.

* * *

Regresé a la peluquería y aproveché la escasa afluencia de parroquianos para descabezar un sueñecito. Me desperté con la boca seca y pastosa y la sensación de llevar ausente del mundo mucho rato. Fuera estaba oscuro. Salí a preguntar la hora a un viandante y descubrí que había dormido menos de una. Era pronto y la oscuridad se debía a haberse cubierto el cielo de nubarrones mientras yo dormía. Me acordé de Magnolio, que en aquel momento montaba guardia a la intemperie, y deseé que no se pusiera a llover o que si en contra de mis deseos se ponía a llover, no se le ocurriera abandonar su puesto.

A eso de las seis entró una clienta. Era una mujer joven, vestida con un traje camisero de corte depurado, algo fea. Le dediqué la mejor sonrisa que permitía mi boca seca y pastosa, pasé el plumero por el sillón y le ofrecí asiento mientras doblaba obsequioso el espinazo. Ella se sentó y se me quedó mirando como si hubiera olvidado el motivo de su presencia allí.

—¿Estilismo? —le propuse.

—Lo que sea —respondió con desánimo.

—Déjelo en mis manos y por un precio muy ajustado cuando salga de aquí no la reconocerá ni su padre.

—Yo no tengo padre —repuso— y a mí no me reconoce nadie, empezando por ti. Soy Ivet Pardalot, la verdadera hija del difunto Pardalot. Tú me abordaste en mitad del entierro de mi padre para decirme no sé qué impertinencias.

—Excuse mi despiste inexcusable —me excusé—. Tenía puesta toda la atención en su voluptuosa cabellera, a la que, sin embargo, no le vendría mal un tratamiento cosmetológico.

—Es igual —atajó—. De sobra sé que no valgo nada. Físicamente, quiero decir. Desde otros puntos de vista, el panorama es muy otro. Soy multimillonaria, pero éste no es mi único atractivo: también soy una mujer inteligente y tengo una sólida formación académica. Al ser hija única, mi padre me preparó para llevar sus empresas cuando él se retirara, como acaba de hacer prematura e involuntariamente. Estudié en varias universidades, aquí y en el extranjero, hablo seis lenguas, puedo ir sola por el mundo y nada me asusta ni me escandaliza, salvo aquel asqueroso ratón amorrado a un bote de leche corporal.

Suspiró mientras yo le daba escobazos al ratón y continuó luego en los siguientes términos:

—Pero todos estos méritos, ¿de qué me sirven? Los hombres no se fijan en mí o se fijan primero y luego lo lamentan. Sólo mi padre me encontraba la más agraciada de las mujeres. Pero ahora él ya no está y me he quedado sola. Con mis millones, mis diplomas y mis lenguas.

—Oh, vamos, no diga estas cosas.

—Lo que yo diga no tiene importancia —replicó—. Lo que cuenta es lo que dicen los demás, o lo que piensan, aunque no lo digan. Mira tu caso. La falsa Ivet es falsa, como su nombre indica, te ha engañado, no ha dejado de meterte en líos y aún te meterá en más. Pero cuando te mira, tú te derrites. Por mí, en cambio, no moverías un dedo aunque ejecutara la dansa de Castelltersol sólo para tus ojos.

—Señorita Pardalot —respondí cuando hubo finalizado la filípica precedente y antes de que pudiera poner en práctica su velada amenaza—, yo no sé si sus problemas, que comprendo, le han permitido a su vez fijarse en mí. Si lo ha hecho habrá advertido que no me parezco precisamente a Tom Cruise, por citar sólo un ejemplo de donosura. Además estoy en la miseria. Siempre lo he estado y, al paso que llevo, siempre lo estaré. De modo que si ha venido a buscar conmiseración, se ha equivocado de local y de persona. En El Tocador de Señoras se lava, se marca, se corta, se hacen mechas y masajes y, en términos generales, se saca el máximo partido de lo que a cada cual le sale del cuero cabelludo, sea lo que sea, y sin hacer remilgos. Todo esto a usted seguramente le trae sin cuidado, porque usted no ha venido a poner en mis manos su pelambrera. Usted sin duda va a los salones de cuafur más caros y elegantes de Barcelona, o incluso se desplaza a París, a Milán o a Londres para un moldeado, un crepado o un flequillo. Pues bien, señorita Pardalot, déjeme decirle una cosa: no se lo hacen mejor. Y ahora, si quiere hablar del otro tema, hablemos.

Me miró de hito en hito, como si le costara un esfuerzo asimilar aquel duro alegato y finalmente dijo:

—Para ser el presunto asesino de mi padre, podrías tratarme con más respeto.

—Yo no lo maté. Y usted lo sabe. Por eso ha venido.

—No —replicó—. He venido porque esta mañana un tipo muy raro, de nombre Viriato, y casado por más señas con la petarda de tu hermana, ha estado metiendo las narices en el Registro Mercantil, el Registro de la Propiedad, el Registro de Patentes y Marcas, la Sociedad General de Autores y otros centros de inscripción y asiento con el propósito no disimulado de fisgonear las empresas de mi padre, ahora mías. Por supuesto, los funcionarios me lo han comunicado sin tardanza, por si deseaba dar parte de esta intrusión a la policía o, por si, contrariamente, prefería no dar parte de esta intrusión a la policía, según y cómo.

—Ah —dije.

—Yo no sé —continuó— si verdaderamente mataste a mi padre o no. Hasta no disponer de pruebas irrefutables he decidido no hacer al respecto juicios precipitados que no conducirían a nada. De las correrías de tu cuñado deduzco que andas investigando y esto me hace suponer que no debes de ser tú el asesino, aunque tus actividades bien podrían responder a otro objetivo. A efectos prácticos y en forma provisional, consideraré, de todos modos, que no eres culpable y que tienes tanto interés como yo en descubrir al auténtico culpable. Por eso he venido.

—¿A decirme esto?

—A proponerte un trato.

—Me imagino el trato —repliqué—. Yo le cuento lo que he averiguado y usted me cuenta lo que sabe y de este modo los dos avanzamos a pasos agigantados por el camino de la verdad. Pues no, señorita Pardalot, no hay trato. Y no lo hay porque si lo acepto yo le contaré lo que sé, pero usted no soltará prenda. Una vez me haya sonsacado, me soltará cuatro embustes en el mejor de los casos, y en el peor, enviará a Santi a que me elimine. O a otro Santi si el Santi original todavía sigue en la UVI.

—Me infravaloras —dijo ella—. Yo no venía a pactar contigo. Yo venía a ofrecerte dinero a cambio de información. Y no sé quién es Santi, ni qué está haciendo en la UVI, aunque me lo puedo imaginar.

Reflexioné unos instantes apoyado en el mango de la escoba. Luego dije:

—Guárdese su dinero. La información de que dispongo no lo vale.

—Eso lo decidiré yo —dijo ella—. Aún no te he dicho qué tipo de información busco.

—Ah, ¿no es sobre el asesinato de su padre?

—Eso también. Pero por ahora me interesa más lo que puedas contarme sobre Ivet. No sobre mí, sino sobre la otra Ivet.

—¿De qué la conoce? —pregunté.

—Las preguntas las hago yo —respondió.

—Sólo si llegamos a una entente. ¿De qué conoce a Ivet?

—Estudiamos juntas de pequeñas. Éramos amigas. No teníamos secretos la una para la otra. Yo quería ser modelo y ella, teniente de la División Acorazada Brunete. Se pirraba por Tejero, hasta que descubrió que era calvo. Como ves, éramos dos criaturas. Yo soñaba con parecerme a una modelo llamada Lauren Hutton, ¿la recuerdas? Salía cada dos por tres en la portada de *Vogue, Cosmopolitan* y *Vanity Fair*.

—A donde yo vivía en aquellos años felices sólo llegaban *El Caso* y *Cadeneta*, la revista del preso diligente. ¿Dónde estudiaron Ivet y usted?

—En un internado. De monjas. Esto aún te resultará más raro.

—Sí, pero menos de lo que usted se imagina. Siga hablándome de Ivet. ¿Cuál es su verdadero nombre?

—¿El de Ivet?

—Sí.

—Ivet.

—Continúe e inclúyase en el relato.

—Ivet tenía un año más que yo. La admiraba mucho. En el fondo yo pensaba que ella acabaría siendo modelo y yo no. Algo así sucedió, pero a Ivet nunca le interesó la pasarela. Es raro, porque le sobraban cualidades y el dinero no le habría venido mal. Según decían y se echaba de ver, su familia era pobre, al menos para los estándares del internado. Un curso dejó de venir.

—Pero ustedes dos se siguieron viendo.

—Poco, y siempre por casualidad. Yo no sabía cómo localizarla y ella, que sí sabía, nunca lo intentó. Aun así, coincidíamos a veces en la calle, en las tiendas, en un cine o en actos sociales. En estas ocasiones ella se mostraba muy reservada respecto de su propia vida. Nunca me dijo lo que hacía, ni si tenía novio, ni ninguna de estas cosas. Finalmente yo me fui a estudiar al extranjero y dejamos de vernos.

—Hasta que...

Ivet Pardalot sonrió con amabilidad por primera vez y movió la cabeza.

—Ya he hablado bastante. Si te lo cuento todo, no habrá trato.

—No habrá trato en ningún caso. No se ofenda. Yo tampoco quiero hacer juicios precipitados. Todavía no sé si puedo fiarme o no de usted. El otro día me pusieron una bomba, cuyos efectos sobre el local aún se echan de ver, y esta misma mañana alguien me ha tirado un tiro en mi propia casa. Ya ve que no me sobran motivos para confiar en la primera persona que se me acerca con una proposición. Si desea mi colaboración, primero habrá de demostrar que está de mi parte.

Pensé que se enfadaría, pero no se enfadó.

—Entiendo tu postura —dijo—, pero cometes un error. Si cambias de opinión, házmelo saber. No te digo dónde ni cómo: no te faltan medios cuando te quieres comunicar con la gente. ¿Qué te debo?

—Nada. Ni siquiera le he tocado un pelo.

—Todos hacen lo mismo. Pero aun así, te he hecho perder un buen rato. A una clienta normal le cobrarías.

—Si quedara satisfecha, sí. Si no, no.

Se fue y al llegar a la puerta se dio media vuelta para mirarme a la cara y dijo:

—Los negocios de mi padre no eran del todo limpios, pero esto no explica por qué lo mataron. Si hubieran querido perjudicarle habrían cursado una denuncia o habrían filtrado información a los periódicos. Muchas personas se habrían visto implicadas en los trapicheos de la empresa, pero nada habría llamado tanto la atención como un asesinato. Si buscas un móvil, no lo busques en el Registro Mercantil. Considera este consejo como un pago en especie. Y una cosa más: todos necesitamos que nos quieran y nos cuiden.

—Esto último no sé a qué viene —dije yo.

—A nada —dijo ella—, es la propina.

* * *

Cuando salí el cielo estaba negro y por la parte de la derecha, conforme se mira al puerto, podían percibirse truenos y otros fenómenos. Hube de recorrer media docena de establecimientos comerciales (el videoclub del señor Boldo, el quiosco del señor Mariano, la mercería de la señora Eulalia, la agencia de viajes El Bisonte, la farmacia del licenciado Vermicheli) hasta encontrar quien me prestara un paraguas (todos aducían necesitar el suyo), provisto del cual cogí tres autobuses y fui a donde estaba Magnolio ejerciendo la vigilancia que yo le había encomendado. Un espectáculo de relámpagos acompañó nuestro encuentro.

—Mucho le agradezco que venga a relevarme —dijo Magnolio—, ya tenía el corazón en un puño.

—¿Le asustan las tormentas y su aparato? —le pregunté.

—No, señor. Pero he aparcado el coche en la calle Bruc y una riada se lo podría llevar.

Le tranquilicé al respecto asegurándole que la calle Bruc disponía de un sistema de recolección de aguas pluviales a prueba de aguaceros y le rogué me hiciera un resumen de lo ocurrido en el decurso de la jornada.

De buena mañana, empezó diciendo, se había apostado tras el tronco añoso de un viejo plátano (que en su país llamaban por error banano) frente a la casa de la señorita Ivet y desde allí, protegido de la curiosidad de los viandantes por el tronco y de los rayos del sol por la frondosa copa (del árbol añoso) había estado observando el portal de la casa de la señorita Ivet hora tras hora. Durante las cuales, agregó, el misterioso, amenazador y seguramente ficticio personaje de la gabardina que había seguido a Ivet no había dado señales de vida ni, en términos generales, había ocurrido nada digno de mención. Sólo a las diecisiete horas y veintidós minutos, prosiguió Magnolio, Magnolio había visto salir de la casa a la propia señorita Ivet y caminar por la calle Mallorca hasta llegar al Paseo de Gracia y por el Paseo de Gracia abajo en dirección a la Plaza de Cataluña. Como no se podía poner en contacto conmigo para recabar instrucciones, continuó relatando Magnolio, Magnolio decidió tomar la iniciativa de seguirla, siempre guardando las debidas precauciones para no ser avistado por la señorita Ivet. El haber perdido Magnolio un tiempo precioso en estas reflexiones y el haber en aquella zona céntrica de nuestra ciudad transeúntes y árboles añosos que sortear casi le habían hecho perder el rastro de la señorita Ivet. Finalmente empero, dijo Magnolio, Magnolio la había vuelto a vislumbrar cuando la señorita Ivet en persona desaparecía por las escaleras que conducían a la estación subterránea de ferrocarril «Plaza de Cataluña», situada precisamente en el subsuelo de la Plaza de Cataluña, de la que tomaba su nombre. Allí (en la estación «Plaza de Cataluña» de la Plaza de Cataluña) la señorita Ivet se había dirigido a una ventanilla de información al usuario (del ferrocarril) y dialogado brevemente con el empleado de adentro. Luego había consultado un panel electrónico indicador de los horarios, destinos y otras características de los ferrocarriles. Por último la señorita Ivet se había dirigido a una máquina expendedora de billetes de ferrocarril (al usuario) y había examinado la lista de precios. Satisfecho su interés a este respecto, la señorita Ivet había emprendido el camino de regreso a su casa (o inverso), siempre seguida de Magnolio, adonde ella se había reintegrado a las diecisiete horas y cincuenta y seis minutos, aproximadamente, no sin antes haberse proveído de víveres en una charcutería. Después de esta excursión a la Plaza de Cataluña, no había pasado nada más, salvo que estaban cayendo goterones mientras él hablaba, concluyó Magnolio.

Abrí el paraguas y como bajo su escaso diámetro no teníamos cabida los dos sin incurrir en posturas licenciosas, le dije que se fuera, no sin antes felicitarle por lo acertado de su actuación y la claridad de su informe y encarecerle que a la mañana siguiente fuera a la peluquería a la hora de apertura por si había que hacer algo más. Prometió cumplir y se fue corriendo.

Los pocos peatones que aún deambulaban por allí le imitaron en lo de irse y pronto me quedé sin otra compañía que la circulación rodada. En previsión de una larga espera bajo la lluvia, recogí una bolsa del plástico del suelo (había muchas), la abrí por las costuras y la extendí sobre la acera a fin de proteger de la humedad el culo. Sobre esta elemental pero eficaz esterilla me senté, apoyé la espalda en el tronco del árbol añoso, encogí las piernas para quedar todo yo cubierto por el paraguas y fijé mi atención en la ventana de la vivienda de Ivet. Al cabo de un rato el progresivo oscurecimiento del cielo producido por la puesta del sol activó el alumbrado público y los escaparates y rótulos de las tiendas. En muchas ventanas y balcones se encendieron luces. Más tarde cerraron las tiendas las puertas. Disminuyó mucho la circulación rodada y amainó la lluvia. Pensé en la pizzería con añoranza y carpanta. De buena gana habría entrado en cualquiera de los bares que proliferaban en el sector terciario (propicio al ocio) de nuestra ciudad y adquirido un bocadillo de calamares encebollados u otra especialidad, pero no andaba sobrado de fondos y la investigación del caso podía prolongarse varios días, cuando no meses, con la consiguiente acumulación de gastos, siempre difíciles de afrontar y más cuando el capital inicial asciende a casi nada.

A las once o así paró de llover, se abrieron las nubes y compareció la luna en el firmamento. En la ventana del piso de Ivet me pareció distinguir la silueta de la mitad superior de Ivet. Luego desapareció esta silueta y apareció la silueta de la mitad inferior de Ivet. Por un momento pensé que Ivet se proponía dejar constancia ante un observador externo de que seguía entera, pero pronto rechacé esta idea absurda y colegí que debía de estar haciendo gimnasia. Mientras resolvía este enigma desaparecieron las dos siluetas complementarias y se apagó la luz, dejando la ventana a oscuras. Otras ventanas hicieron lo mismo. Pasada la medianoche no quedaban luces en las ventanas de aquel edificio ni en los restantes. Era una noche de recogimiento. Hasta los bares cerraban sus puertas temprano. La tranquilidad reinante me produjo un sueño invencible. Dormí un rato.

Me despertó un estruendo y una sacudida que me hizo dar varias volteretas por la acera. Era un estornudo, con el que mi organismo anunciaba su voluntad de resfriarse a causa de la lluvia, del relente y de que me habían robado el plástico mientras dormía. No así el paraguas, que había tenido la precaución de colgar por el mango de una rama del árbol alta y añosa. Clareaba y circulaban los primeros autobuses. Recogí el paraguas y en uno de aquéllos emprendí el camino de regreso a mi apartamento.

Antes de entrar llamé a la puerta de al lado. Abrió Purines, a quien pregunté si durante mi ausencia había pasado algo digno de mención.

—Nada de tu incumbencia —respondió—. Tú, en cambio, vienes hecho un san Isidro labrador. Calado, ojeroso, pálido y tiritando. ¿Te has echado al mar?

—No es nada, Purines —quise decirle. Pero un estornudo, que me lanzó al otro extremo del rellano, desmintió mi diagnóstico.

Conque me hizo entrar en su piso, aprovechar el agua de la bañera que había utilizado un cliente y aún guardaba su tibieza y propiedades para darme un baño de espuma, relajante y profiláctico, y ponerme ropa limpia y seca, mientras ella me preparaba un té. El baño me dejó como nuevo, pero la ropa que me prestó, cuando me la vi puesta en el espejo, me alarmó un tanto.

—Oye, ¿de qué voy vestido? —quise saber.

—¡De Edita Gruberova en *La fille du régiment*! —respondió a gritos desde la cocina.

—¡No sé qué es eso!

—¡Ni falta que te hace! ¡Tu ropa está en el tendedero y con esta humedad no se secará hasta dentro de unas cuantas horas! ¡Y con la que llevas no podrás golfear!

Como por nada del mundo quería ofender a Purines (ni abusar de los signos de exclamación, que detesto), volví a mirarme al espejo y pensé que no había mal que por bien no viniese y que aquel disimulado atavío era muy adecuado para mis planes. De modo que me bebí tres tazones de té (no me gusta) que me calentaron el estómago pero no engañaron el hambre, y luego, tras reiterar mi gratitud a Purines y sacar el polvo de mi apartamento, me fui a la peluquería, adonde llegó también, con admirable puntualidad, Magnolio.

—Vaya con el modelito —exclamó al verme—. No le sabía estas aficiones.

—No piense mal —dije—. Es un disfraz. ¿Ha desayunado?

—Sí, señor. Opíparamente.

—Ah, por eso se le ve tan risueño.

—Por eso y por otro motivo no menos importante —dijo Magnolio.

Acto seguido y en tono confidencial me refirió que aquella mañana se había levantado temprano, había limpiado el coche y lo había aparcado a la puerta de la mansión de los señores Arderiu con la esperanza de trabar contacto con una de las dos criadas dominicanas de dichos señores, pues a su paso fugaz por aquélla (casa) alguien le había dicho que la encargada de ir a comprar el pan y los cruasanes para el desayuno de los señores Arderiu era precisamente Raimundita, por quien Magnolio sentía, como me había confesado con anterioridad el propio Magnolio, una afición muy acorde, por lo demás, con nuestros intereses. La suerte había favorecido a Magnolio y a eso de las seis horas y cuarenta y ocho minutos Raimundita en persona había salido a la calle con una bolsa de tela, a la sazón vacía, en la que, según todos los indicios, luego confirmados, se proponía meter el pan y los cruasanes. Entonces Magnolio había salido del coche y, dejando la puerta abierta, así como el capó, para que ella pudiera admirarlo en su totalidad, la había saludado con sobria dulzura y le había preguntado adónde iba. Ella, que casualmente se protegía de la serena con una caperucita roja, había respondido que iba a la panadería a comprar pan y cruasanes para sus amos (los señores Arderiu) como todas las mañanitas. ¿Y no le daba miedo andar sola por aquellas calles solitarias etcétera, etcétera? No; sólo se asustaba cuando le salía al paso un negrazo chango, canilludo y tutumpote. Y él: que no fuera malpensada, m'hija, que sólo había venido a acompañarla en coche por si llovía, no se fuera a mojar.

—¿Le importaría dejar las estampas costumbristas para mejor ocasión y decirme si ha averiguado algo pertinente al caso? —le interrumpí.

—Pues la verdad es que nada —respondió un poco dolido—. Tampoco era cosa de propasarme en nuestra primera cita. Sólo, platicando de esto y de aquello, me contó Raimundita que anoche los señores Arderiu no salieron y que recibieron la visita del abogado señor Miscosillas, hombre maduro y canoso, a quien ella conocía de haberlo visto en la casa otras veces. El señor Arderiu y el abogado señor Miscosillas estuvieron hablando un buen rato, a solas. También durante el día habían recibido una invitación del señor alcalde para un mitin preelectoral, aunque este dato es poco significativo, ya que todos los censados en Barcelona hemos recibido la misma invitación para el mismo mitin.

—Poco es, en efecto —admití—, pero no está mal. Lo importante es que tenemos acceso a la casa a través de Raimundita.

—Perdone: el acceso lo tengo yo —atajó Magnolio—. Mi Raimundita no es un llavín. Claro que así vestido no parece usted un rival temible. ¿Para qué dice que se ha vestido?

—Aún no se lo he dicho —repliqué—, ni se lo voy a decir por ahora. Pero mi plan me exige abandonar la peluquería durante unas horas y había pensado que usted podría reemplazarme.

—¿Reemplazarle yo? —exclamó Magnolio—. ¡Amos, anda! Yo no sé nada de peluquería. Y los clientes no me conocen y no se pondrán en mis manos: tengo pinta de caníbal.

—No menosprecie su sex-appeal. Ya ve qué buenos resultados le ha dado con Raimundita.

Protestó un rato pero acabó cediendo como hacía siempre. Era un encanto de persona. Pensé que si yo fuera Raimundita no dudaría en casarme con él, tanto si él me lo proponía como si no. Pero el tiempo iba pasando y había mucho por hacer, de modo que postergué para mejor ocasión estas consideraciones y me limité a iniciar a Magnolio en los secretos del corte, el marcado y la mise en plis, dejando para más adelante otros trabajos de más fuste.

—Cuidado con las orejas —dije a modo de colofón—; siempre aparecen donde uno menos las espera. Y no se meta en camisa de once varas: si le lían con los tintes, écheles agua y dígales que vuelvan mañana. En la pared está la lista de precios, pero sólo son indicativos. Procure cobrar el doble y no acepte menos de la mitad. Las propinas son para usted.

—Y el sesenta por ciento de la recaudación.

—¿Está loco? El treinta y va que arde.

—Pongamos el fifty-fifty y no discutamos más.

—Está bien.

* * *

Por precaución decidí no devolver el paraguas (el cielo seguía cubierto) hasta el regreso y así provisto, pero sin desayunar, me dirigí a la Plaza de Cataluña y me situé frente a la boca de la estación subterránea de ferrocarril «Plaza de Cataluña» por la que la tarde anterior, conforme al relato de Magnolio, había entrado Ivet. Para evitar ser visto de ella cuando llegara, hice como que miraba con detenimiento (y persistencia) un escaparate de El Corte Inglés, cuya bruñida superficie me permitía vigilar por reflejo la boca de la estación (y por transparencia la mercancía) sin llamar la atención de los apresurados viajeros (al tren) que por aquélla apresuradamente entraban. La plaza estaba muy animada y también del almacén entraba y salía una febril muchedumbre adquisidora.

La espera se me hizo angustiosa. El té resulta ser diurético y yo, sin saberlo, me había bebido tres tazas colmadas en casa de Purines. Este problema, de suyo molesto, venía agravado en la ocasión por una vestimenta cuyo procedimiento me era ajeno y por la afluencia de turistas que, so pretexto de retratar tal o cual edificio, pretendían animar con una instantánea de mis frecuentes desahogos la insoportable vaciedad de sus álbumes de fotos. En estas escaramuzas andábamos cuando vi cruzar a Ivet la Ronda de San Pedro en dirección a la estación y a mí. Con la punta del paraguas me abrí paso y la seguí escaleras abajo, a corta distancia para no perderla y confiando en que el disfraz le impidiera reconocerme aunque me viese, pues soy de la opinión (aunque ellas lo nieguen) de que las mujeres, de los hombres, se fijan sobre todo en la ropa y en el pelo. Ivet, por lo demás, iba con prisa y sin recelo. De cuando en cuando echaba una ojeada a su reloj de pulsera y aceleraba el paso. Al pasar frente a un quiosco compró un periódico. Yo la seguía por la estación muy de cerca, sin prestar atención al cambio experimentado por aquel noble recinto, otrora museo de la cochambre y ahora rutilante centro de ocio, cultura y comunicaciones, provisto de una variada y aceitosa oferta gastronómica. Tan cerca de ella iba que estuvimos a pique de tropezar cuando se paró a comprar en la máquina expendedora un billete de ida y vuelta a Mataró. Mi peculio sólo alcanzaba para un billete de ida, provisto del cual, y siempre pisando los talones de Ivet, obtuve acceso al andén y luego al tren de cercanías allí puesto. Apenas hecho esto, se cerraron las puertas y arrancó el tren. Si no me agarro, me caigo.

A aquella hora el tren no iba lleno, si bien en el vagón al que subí no había ningún asiento libre ni nadie me cedió el suyo, a pesar del baño de sales, el vestuario y mi actitud recatada. Este detalle y el no haber recibido en todo el día ni un piropo me hicieron pensar que si de repente, por un capricho de los genes, me convirtiera en mujer, las cosas no me irían mejor, porque la vida no ofrece a nadie una segunda oportunidad y si la ofreciera, siendo los mismos que somos, no nos serviría para nada.

Y así, recostado contra la puerta y arrullado por esta filosofía, me quedé dormido mientras el tren circulaba por el subsuelo de la ciudad. Me despertó la luz del día al salir el tren del túnel. Ivet seguía en su asiento, enfrascada en la lectura del periódico. En el cristal vi transcurrir el paisaje sobre la transparencia de mi cara mustia. El tren circulaba junto a un muro corrido de unos dos metros de altura, totalmente cubierto de graffiti de colores. Detrás del muro se veían almacenes de ladrillo rojo, vacíos y desvencijados. Las paredes de estos almacenes también estaban cubiertas de graffiti. No había un palmo de pared sin graffiti. Ponderé con respeto la diligencia y constancia de una generación dedicada a pintarrajear todo el trayecto de Gibraltar a la frontera. En la suave cadena de montículos, bloques de viviendas destinados a la cría del pobrete violentaban el horizonte. En todas las ventanas había ropa tendida. Al cabo de un rato avistamos el mar. Como el cielo seguía opaco, en la playa no había nadie. Aparté la vista, porque el mar me deprime. La montaña también. En general me deprime el paisajismo. Todo lo que está a más de diez metros de distancia me produce desasosiego. Por suerte, al otro lado de la vía discurría la carretera y, más allá, la autopista. Con esto me distraje un poco. Los almacenes vacíos dejaron paso a desmontes y pilas de detritus. Luego fueron apareciendo urbanizaciones y centros comerciales entre espacios verdes. Unas veces había grandes bloques de apartamentos, todos iguales, otras veces, casitas bajas, también iguales, dispuestas en forma lineal o caprichosa, como si la organización general del territorio se hubiera ajustado a varios planes, todos distintos entre sí, todos malos y todos dejados a medio hacer. En los trozos no construidos, donde antes había habido huertos en bancales con higueras y almendros y una carretera sinuosa que subía por la ladera hasta llegar a una torre vigía o una ermita, ahora había césped, palmeras, pozuelos de alabastro y riegos de aspersión, en un intento de convertir aquel otrora honesto paraje suburbano en una California de segunda mano.

De esta apática contemplación me sacó inesperadamente Ivet, al levantarse, dirigirse a la puerta del vagón y salir por ella al parar el tren en una estación anterior a Mataró, denominada Vilassar. Tuve que brincar como una rana para que la puerta no se cerrara y el tren continuara viaje conmigo adentro, dejándola a ella atrás y afuera.

En la estación, abierta a la playa, cuyas arenas hollaba, soplaba un viento que de poco se me lleva la cofia de encaje. Me ajusté las cintillas y seguí a Ivet, que cruzaba la vía por un paso subterráneo alfombrado de arena y tapizado de salitre. Salimos al andén opuesto. Otro pasadizo de análogas características nos permitió cruzar la carretera sin parar el tráfico ni ser muertos por él.

Ivet caminaba por la acera de la carretera deteniéndose aquí y allá, como si, sabiendo adónde quería ir pero no cómo, buscara un punto de referencia u orientación. Al doblar la primera esquina se abría una plazuela inhóspita, expuesta al viento húmedo del mar, en un extremo de la cual había una fila de taxis con las puertas abiertas y los taxistas fuera charlando entre sí. Ivet subió al primer taxi, el cual partió al punto enfilando una calle perpendicular a la carretera que llevaba monte arriba. Como yo no tenía dinero para hacer seguir el taxi a otro taxi (conmigo adentro), hube de tomar nota mental de la matrícula, licencia y características del vehículo usado por Ivet y esperar a que volviera a la parada con o sin ella.

Mientras esperaba di una vuelta por la plazuela y sus inmediaciones. Había algunas casas nuevas y altas, junto a otras antiguas, de una sola planta. En éstas, donde a juzgar por algunos distintivos debía de haber habido antiguamente un herrero, un zapatero y un carpintero había ahora una agencia inmobiliaria, una tienda de souvenires y un barucho que llevaba por nombre El Carajillo Jovial. Como la actividad económica de la población estaba íntegramente consagrada a los meses de verano, ahora, fuera de temporada, todo parecía fruto de una grave equivocación.

En el barucho pregunté qué me darían por las doscientas pesetas a que ascendían mis posibles. Me dieron una bolsa de virutas de porex con sabor a gallinejas que me supieron a gloria. Salí de nuevo a la plazuela. El taxi de Ivet aún no había regresado. Un moro que regaba concienzudamente las plantas me dejó aplacar la sed bebiendo de la manguera. Luego me senté a la sombra de un árbol para resguardarme del viento húmedo y a ratos arenoso hasta que regresó el taxi que había llevado a Ivet. Entonces me acerqué al taxista, le pregunté de dónde venía y él me respondió que de la residencia. No pregunté más para no despertar sus recelos.

Eché a andar por la calle perpendicular a la carretera por donde había ido y vuelto el taxi y al primer peatón que se cruzó conmigo le pregunté cómo se iba a la residencia. Resultó ser un forastero tan despistado como yo. Los dos siguientes, también. Al final una señora me dijo que fuera subiendo por aquella calle o carretera secundaria, como ya hacía.

—En la primera curva encontrará el Instituto de Formación Profesional; usted siga. Luego encontrará la urbanización El Garrofer. Siga. Luego encontrará el Centro de Asistencia Primaria. Siga. Unos kilómetros más arriba encontrará la Piscina Municipal y el Complejo Deportivo. Siga un kilómetro más, siempre cuesta arriba, y ya verá la residencia.

Animado por esta perspectiva, agradecí a la señora su amabilidad y su exactitud y emprendí la ascensión a buen paso.

* * *

Por el apelativo que todos le aplicaban (la residencia) y por su privilegiada situación, en lo alto del cerro, rodeada de pinos y de buenas vistas, me había hecho a la idea de estar yendo a un hotel de lujo. Pero cuando sudoroso y derrengado me detuve frente a la cancela, después de una caminata de tres cuartos de hora, advertí que aquella ostentosa denominación encubría un triste asilo de ancianos.

Antes de que mis ojos se acostumbraran a la penumbra del hall percibí el olor, para mí tan familiar, de berzas hervidas, desinfectante a granel y heces fecales. Luego distinguí un mostrador vacío, una peana con una imagen policromada de Songoku y un orinal de loza olvidado en un rincón. Había contemplado una escenografía idéntica demasiados años seguidos y no estaba preparado para introducirme de nuevo en ella por propia voluntad, de modo que giré sobre mis talones y me dirigí a la puerta con el propósito de poner pies en polvorosa. De lo que me disuadió una voz proveniente de la zona más sombría del hall, que entre jovial e intimidatoria me preguntó:

—¿Buscas a alguien, querida?

Traté de improvisar una evasiva, pero sólo conseguí articular una especie de gorjeo. La persona que me interrogaba se hizo visible: era una enfermera con bata blanca, fonendo y porra. Por su edad, su forma de conducirse y sus bíceps supuse que sería la enfermera jefa. Al copioso sudor de la excursión se sumó otro frío e igual de pestilente.

—No te agobies, querida —añadió al advertir mi confusión—. Es natural sentir un poco de aprensión cuando se franquea este umbral por primera vez y quién sabe si por última vez, ¿verdad? Pero no hay motivo de alarma. Se cuentan tantas cosas de estas residencias..., ay, querida, y todas falsas, créeme, todas falsas... Huy, y qué vestidito tan precioso te han puesto tus familiares para dejarte aquí abandonada. ¿Sabes si ya han pasado por caja?

Me hizo unas mamolas y me pareció advertir que sus colmillos eran desmesuradamente largos, aunque es posible que fuera una ilusión óptica provocada por la incierta luz y la digestión de los pseudodoritos. Por si acaso, di un paso atrás. La enfermera siguió sonriendo.

—No pareces tener la edad mínima para... —dijo—. Claro que siempre podemos hacer una excepción.

—No estoy aquí por mí —conseguí decir.

—Oh, perdona, querida —rió la enfermera—. Un error humano harto comprensible: el vestuario, el comportamiento atrabiliario, los rasgos fisiognómicos, todo hacía pensar en una precoz demencia senil... En fin, dejemos eso y vayamos al grano. ¿Un familiar cercano? ¿Un ser muy querido a quien deseas proporcionar largos años de bienestar en alegre compañía? Sí, querida, sí. Todo es poco cuando una ama de veras y está harta de que se lo hagan todo encima, ¿verdad? Hombre viejo, retablo de duelos. ¿Tu marido, tal vez? Me lo imagino. No hace falta que me cuentes nada. Pobrecita, cuánto habrás sufrido estos últimos tiempos. O quizá desde antes, quizá desde la noche de bodas. Los hombres son unos animales, querida. Animales y además irracionales. Si no fuera por el cipote, ¿de qué servirían? Mi maestro siempre lo decía. No te cases, Maricruz, me decía; pero si te casas, no te cases nunca con un hombre. Mi maestro era un caballero y un gran médico; con un gran cipote. El doctor Sugrañes, psiquiatra eminente, especialista en rehabilitación de psicópatas con tendencias delictivas, hoy felizmente retirado, presidente vitalicio de la Fundación Sugrañes, de quien tuve la suerte de ser aventajada discípula. A lo mejor has oído hablar de él.

Hice una respetuosa genuflexión y luego, impostando la voz para imprimirle un timbre femenil y un ligero acento batueco dije:

—Disculpe la ignorancia de esta pobre rucia, pero una servidora no viene para una egresión, sino a visitar un pariente. El pobrecín ha extraviado los anales, pero conocer, conoce. Si me permite allegarme... Le traigo unos Kinder Sorpresa en las pedorreras, pero me paice que se me han fundido con las calores.

La enfermera jefa arrugó la nariz y apartó la vista de mí con patente desagrado.

—Vaya, para esto no hacía falta que me hicieras perder el tiempo —dijo señalando una puerta al fondo del hall—. Ve tú misma. A esta hora los encontrarás a todos revueltos en el jardín.

Una escalera y su correspondiente rampa conducían a un jardín sin árboles ni hierba, cubierto por un cañizo, donde una veintena de guiñapos de uno y otro sexo, unos de pie y otros sentados, todos demacrados, contrahechos y estupefactos, babeaban y retozaban. En una esquina, apartada del grupo, vi a Ivet en compañía de un inválido. Para poder observarla sin estorbo ni suspicacia elegí a un pobre hombre que dormía en una tumbona atracada al muro con un pijama a rayas y una gorra de papel hundida hasta los ojos. La suciedad del pijama y la concreción calcárea de sus mocos daban a entender que nadie desperdiciaba en él tiempo, dinero y cariño. Arrastré hasta su vera una silla de hierro cubierta de orín (y de orina), me senté y compuse una imagen bastante verosímil de la abnegación filial. Huelga decir que aquellas precauciones eran de todo punto innecesarias, porque allí nadie prestaba atención a nadie ni a nada, ni había enfermeras que velaran por los pacientes, ni Ivet tenía ojos para otra cosa que el ser demacrado en cuya compañía estaba. Un examen de éste me indicó que no se trataba en rigor de un anciano, sino de una persona de mediana edad gravemente enferma. Debía de haber sido en tiempos no lejanos hombre guapo y de buena planta, dos cualidades que ahora había trocado por un rostro consumido, de ojos afiebrados y piel amarillenta, y un cuerpo quebrantado, prisionero de una silla de ruedas. Su expresión parecía despierta, unas veces airada, otras, ansiosa. Escuchaba en silencio lo que le contaba Ivet y luego pronunciaba frases cortas. Al cabo de un rato dejó caer la cabeza sobre el esternón y prorrumpió en algo parecido a sollozos o suspiros. Ivet le reprendió. Parecía decirle: no te dejes vencer por el desaliento. O quizá: todavía no te dejes vencer por el desaliento. Pero también en sus ojos se intuía el brillo de las lágrimas. Por último los dos juntaron las cabezas y estuvieron cuchicheando unos minutos, al término de los cuales Ivet se despidió del inválido y se dirigió con paso vivo a la salida. El inválido la siguió con la mirada y cuando ella se volvió desde lo alto de las escaleras para dirigirle un saludo con la mano, alzó la voz para decir:

—Recuerda lo que me has prometido. En ningún caso, ¿queda claro? En ningún caso.

Ella asintió con la cabeza, sonrió y le volvió a saludar, pero él se hizo el distraído, como si no se viera con ánimos de afrontar con entereza la separación. En conjunto había sido una escena tan conmovedora como aparentemente improductiva a los efectos de mi investigación.

Restañé mis propias lágrimas y me levanté con el propósito de seguir a Ivet. Pero cuando me disponía a salir tras ella se despertó el vejete del pijama de cuyo desmedrado bulto me había servido para espiar el encuentro de Ivet con el inválido, y agarrándose a un pliegue de mi falda tiró de él con inusitada energía y gruñó:

—¿Se puede saber qué coño haces a mi lado? So guarra. Y fea.

Habría reconocido aquella voz en cualquier parte, pero no podía dar crédito a mis oídos. Escudriñé sus facciones, reparó él en las mías y abrimos ambos las dos bocas desmesuradamente. El vejete del pijama a rayas fue el primero en recobrar el don del habla y usarlo para exclamar:

—Arsa la leche. Esta vez sí que son alucinaciones.

A lo que yo, vencido en parte el inicial asombro, respondí con manso tono:

—No sabe cuánto me alegro de volver a verle, comisario Flores. Sobre todo en circunstancias tan gratas para usted.

* * *

Mi relación con el comisario Flores se remontaba a tiempos tan lejanos que habría podido decirse sin temor a exagerar que ya formaba parte de la Historia de España, si en la Historia de España tuvieran cabida semejantes pequeñeces y miserias, cosa que está por ver. En los recovecos más oscuros de mi memoria se pierden las causas y circunstancias de nuestro primer encuentro, aunque no sus efectos. Para entonces yo era un simple aprendiz de descuidero y él iniciaba lo que había de ser una brillante carrera al servicio de la ley y el orden.

El destino nos unió, sin el menor deseo por mi parte, hasta hacer de nosotros un dúo inseparable. A falta de mejor instructor, él me enseñó cuanto sé: la eficacia del trabajo (no compensa), la importancia de ser honrado (si eres imbécil), la trascendencia de la verdad (nunca decirla), lo aborrecible de la traición (y su rendimiento) y el verdadero valor de las cosas (ajenas), así como, por inducción, lo indicado de la tintura de yodo para heridas, arañazos, hematomas, rasguños y excoriaciones. A su sombra me hice riguroso en la planificación de mis actos, cauto en la realización, meticuloso en la ocultación posterior de todo rastro. En vano: de poco me valieron estas mañas enfrentadas a su sagacidad, sus conocimientos prácticos, su ciencia y la ventaja que otorga disponer de muchos medios y carecer de control y de escrúpulos. Siempre me engañó y nunca se dejó engañar de mí, llegando incluso, en ocasiones contadas, con falsas promesas, a valerse de mi esfuerzo y mi persona en provecho suyo, para dejarme luego en la estacada. A menudo me preguntaba si tanto encarnizamiento y tanto encono no ocultarían, en el fondo de su alma, un rescoldo de afecto mal tramitado, pero después de sopesar cuidadosamente los indicios a la luz de las más acreditadas teorías sobre los actos fallidos y otras meteduras, acabé resolviendo que nanay. Aún ahora, de regreso al redil y en tan distinta coyuntura, no podía caminar por una calle oscura y silenciosa sin temor a oír el ruido de sus pasos a mi espalda.

—¿A qué has venido? ¿Quién te envía? No me engañes que te parto la cara, eh —dijo.

Hice amago de esquivar el golpe y salir de naja. En sus años mozos, convencido de la conveniencia de cultivar el cuerpo y el espíritu, el comisario Flores gustaba de practicar una modalidad de boxeo basada en la pasividad del contrincante y en la cual él y yo nos lucimos incontables veces. Ahora, avanzado de edad, desprovisto de toda jurisdicción, endeble, mortecino y sujeto a la silla por una correa de cuero, recuerdos del ayer todavía me inspiraban temor.

—Una sola visita —siguió diciendo—, una sola visita en tantos años... y habías de ser tú.

—No se haga ilusiones —respondí—, no he venido a verle. No sabía que hubiera acabado aquí sus días. Si lo hubiera sabido, no habría venido.

El comisario Flores encogió sus descarnados hombros y se escupió en la rodilla.

—Yo tampoco quería venir, muchacho —dijo—. Me engañaron. Verás cómo fue: Estaba yo un día en mi despacho y entraron cuatro tipos de Madrid. Compañeros, hacían ver que eran. Camaradas. Hablaban como si lo supieran todo. Oyéndoles yo pensaba: joder, éstos se la meten cada día al ministro y luego el ministro se la mete a ellos. Ya sabes cómo funcionan estas cosas en Madrid. No nos conocíamos de nada, pero ellos nada más verme me tutearon. En esto hemos ido a dar, me dije. Yo ya se lo había advertido, primero a Carrero Blanco, después a Arias Navarro, y por último al Rey. Ni caso. Me enseñaron el BOE, me citaron no sé qué reglamentos hechos por maricas para maricas. Me dijeron: hemos encontrado un sitio ideal para tu retiro, macho. Estarás divinamente. Tócate los huevos. Me dijeron: hecho a tu medida, joder. El paraje, la gente, todo. Aire puro, pajaritos y tú tranquilo, tío, relajado. Conectado al mundo entero vía satélite, y la próstata, a tomar por el saco. El servicio, de puta madre, un médico siempre de guardia con un par de cojones, y las enfermeras, joder, niñas en tanga. ¿No te jode? Alcánzame aquella piedra.

—¿Para qué la quiere?

—Anda, sé buen chico y alcánzamela.

—Si no me dice para qué la quiere, no se la doy.

—Para darle en la cabeza a aquel moribundo. Venga, hombre, que nos podemos reír un rato. Oye, ¿no tendrás un caliqueño escondido, por casualidad?

—Siga contándome lo que le dijeron.

Con una uña larga, sucia y astillada se rascó las mejillas secas, hundidas, que unidas a una barba rala y descuidada le conferían aspecto patibulario, mientras seguía diciendo:

—Me dijeron: amigo Flores, ha llegado el momento de dejar el servicio activo. Pero eso no significa vegetar, coño. No tienes familia ni nadie que te cuide. Vete a este hotel que te hemos buscado y dedícate a escribir tus memorias, joder. Con las cosas que has visto y has oído, te saldrá un best-seller como un par de cojones. Y yo: coño, no sé si sabré, y ellos: nada, hombre, treinta folios, lo que te salga de las pelotas; luego unos muertos de hambre te ponen las comas en su sitio y te conseguimos el Planeta. Cincuenta kilos y lo que cuelga. Anda, dame esa piedra. ¿Un caliqueño no tendrás? En fin, que me presentaron unos papeles a la firma y los firmé. Apenas lo hube hecho, entre los cuatro me cogieron en volandas y me trajeron aquí. Y ya está, joder. No me dejan salir. No me quieren dar lápiz y papel. Por si la angustia de la página en blanco me afloja los esfínteres, dicen. Además me han robado mi identidad: me han quitado el arma, la documentación y la ropa. Y estos viragos, como saben que no me puedo defender, se dirigen a mí en catalán. Hasta para ir al excusado he de pedirles permiso. *Que puc anar a l'excusat?* ¡Pues no señor! El Alcázar no se rinde. Me lo hago todo encima: pis y caca. Y el primero de abril, me la pelo. Y así no sé ni cuántos años llevo. Pero tú no me has dicho aún a qué has venido.

—Estoy en un caso, comisario, y no me vendría mal su ayuda.

Suspiró, bajó la frente, entornó los párpados enrojecidos y la nariz, larga, afilada y torcida, se le descolgó como la trompa de un mosquito.

—Pobre de mí —gimoteó—, yo ya no puedo ayudar a nadie.

—A mí, sí —repuse—. ¿Ve aquel hombre?

Señalé al inválido a quien acababa de visitar Ivet. El comisario Flores hizo un gesto afirmativo con la cabeza.

—Me interesa saber quién es, cuánto tiempo lleva recluido en este asilo, a qué se dedicaba antes y qué relación tiene con la chica que estaba con él hace unos minutos. No le habrá pasado inadvertida. Es de las que a usted le gustaban cuando aún servía para algo.

—Hombre, vista sí la tengo. A poco que enseñe los muslos, me la como con los ojos, menudo soy yo con las tías. Pero de todo lo demás no sé nada. No me trato con esta gentuza, ni esta gentuza conmigo. Claro que lo podría averiguar. En eso nadie me gana: fui el mejor. Todavía lo soy, huevos aparte.

—Pues demuéstrelo, comisario —le sugerí—, pero con mucho tacto. Nadie debe saber que alguien se ha interesado por este sujeto. Esto es fundamental, ¿lo entiende?

Clavó en mí una mirada acuosa, en la que a la malicia se sumaba el fulgor evanescente de la idiocia.

—Claro —balbució—. Pero yo, a cambio, ¿qué sacaré?

—Conozco gente ahí fuera. Gente influyente. El alcalde de Barcelona y yo, sin ir más lejos, uña y carne —dije—. Podría mover algunos hilos para que revisaran su caso.

—No te creo —respondió.

—Haga como le plazca —dije—. Le dejaré un número de teléfono. Es un bar. Pregunte por el señor de la peluquería y me avisarán. Eso si averigua algo y me lo quiere contar. Y si no averigua nada o no se fía de mí, pues no me llame y tan amigos. Si pasa algo, yo le llamaré a usted.

Uno de sus ojos se volvió una rendija.

—¿Seguro que podrías sacarme de aquí? —preguntó mientras yo le escribía el teléfono en el faldón del pijama—. Bah, no me lo creo. Tú no puedes hacer nada y si pudieras, no lo harías. A mí no me engañas.

—A usted no le engaña nadie, comisario Flores —respondí levantándome y dejándolo con la palabra en la boca desdentada.

Al salir busqué a la enfermera jefa y le anuncié que a lo mejor volvía y a lo mejor no.

—He encontrado a mi pariente muy consentido y muy gordo —añadí—: póngalo a dieta, y si protesta, duro con él.

Cuando salí de la residencia el cielo se había despejado y el sol del mediodía proyectaba la sombra de cada cual debajo de sus zapatos. Deshice el camino, ahora todo él cuesta abajo, hasta la estación. En la playa se habían instalado unos pescadores de caña. Se protegían del viento con unos capotes de hule y cada uno tenía tres o cuatro cañas plantadas en la arena por ver si picaban varios peces al mismo tiempo. Mientras esperaba el tren no picó ninguno.

Subí sin billete al último vagón y me coloqué junto a la puerta trasera para poder apearme si subía el revisor. En el vagón de al lado iba un gitano de pelo ensortijado y grandes patillas tocando el acordeón para no dejar leer en paz a los viajeros. En la primera parada salió el gitano del vagón donde viajaba, se metió en el mío y se puso a tocar con brío el acordeón. Debía de ser extranjero, porque en vez de un pasodoble tocaba una canción melancólica y rara. A lo mejor tocaba un pasodoble y le salía así de mal. Le ofrecí pasar la gorra si me pagaba el billete cuando pasara el revisor. Se avino al trato y como el revisor no pasó en todo el trayecto y la gente es dadivosa, el negocio le salió redondo. Al apearnos en la Plaza de Cataluña me propuso que nos asociáramos en forma permanente.

—Yo toco y tú pasas la gorra y echas la buenaventura. Lo que saques de la quiromancia, para ti.

Lo de la gorra, para mí —dijo el gitano. Hablaba arrastrando las eses o las erres, según se le antojaba.

—¿Y yo qué gano en el trato? —le pregunté.

—La protección de un hombre —respondió.

Le dije que tenía otros planes. Y churumbeles. Nos despedimos y yo salí corriendo a coger el autobús, porque se había hecho tardísimo.

En la peluquería encontré a Magnolio tranquilo y dueño de la situación. Con las primeras clientas, me dijo, se había puesto un poco nervioso y había cometido lo que él mismo calificó de «estropicios». Luego, sin embargo, le había ido cogiendo el tranquillo a la cosa y a la clienta número doce ya se sentía un profesional hecho y derecho.

—¿La clienta número doce? —dije yo—, ¿pues cuántas han venido?

—Veintidós.

—No diga tonterías —le reprendí—. Aquí no vienen veintidós personas en todo el año.

—Pues veintidós han sido. Mire la caja y se convencerá.

Abrí la caja registradora y salieron volando billetes de banco. Los contamos e hicimos el reparto convenido. A continuación le dije a Magnolio que ya no le necesitaba y que podía irse. Magnolio se mostró remiso.

—Verá —acabó diciendo entre carraspeos—, mientras usted no venía yo iba pensando... A mí esto de la peluquería no se me da mal... en cambio lo de aparcar y los semáforos...

—Está bien —le atajé—. Tengo su ficha. Si le necesito ya contactaré.

—No, mire —insistió Magnolio—, es que se me ha ocurrido... Yo para el modelado tengo mano, y labia con las señoras. Naturalmente, ajustaríamos el porcentaje al rendimiento de cada cual. Pero si usted se acoge a los beneficios de la jubilación anticipada...

—Esto es el colmo —exclamé—. Le permito estar aquí dos horas en régimen de aprendizaje y ya pretende quitarme la titularidad. ¿Cómo se atreve? Usted es un pelagatos y un don nadie.

—Mi padre tenía un cebú.

—Hablo del gremio.

—Bueno, no se enfade, ya me voy. Pero si cambia de idea, llámeme. Conmigo el negocio daría un subidón, y Raimundita me podría ayudar.

—Eso, encima tráigase a su novia. Hala, fuera de aquí. Y si le veo rondando por el barrio le denuncio por no tener papeles.

* * *

Como es natural, las inadmisibles pretensiones de Magnolio me sulfuraron sobremanera, pero no tanto como para hacerme perder el apetito, de modo que hice un vale de caja por mil pesetas, cogí dinero en metálico por este importe y me planté en el bar de la esquina con la intención de engullir un bocadillo de calamares encebollados. Al empezar a mordisquearlo hube de volver corriendo a la peluquería, porque a través de la vidriera vi cómo varias clientas se congregaban allí y se daban tanda. Las cuales, al verme llegar derramando sonrisas y lisonjas, me preguntaron si las podía atender Magnolio, y al responderles yo que no, que Magnolio sólo había sido un episódico suplente al que no volverían a ver, pero que ya estaba yo para servirlas, se fueron todas. Esto me permitió comerme el bocadillo en santa paz, pero sumido en perplejidades.

A las seis y media vino Cándida. Llevada de su natural bondad (e inconsciencia), había rondado todos los hospitales de Barcelona preguntando por Santi, el alevoso recepcionista. Finalmente había dado con él en Can Ruti y un interno la había tranquilizado respecto de su estado: no era grave y en dos o tres días podría abandonar el hospital y reanudar sus actividades criminales, le había dicho el interno. Una herida de bala, le había explicado, era una risa en comparación con la salmonela, que tanto trabajo les daba. Si antes de ingerir una mayonesa equívoca la gente se pegase un tiro, otro gallo les cantara, había acabado diciendo el buen doctor. Reproché a Cándida su imprudencia, pero no pude por menos de agradecer el interés que mostraba por mis asuntos. Replicó que mis asuntos la traían al fresco, pero que la suerte de aquel muchacho galán y desventurado había despertado sus instintos maternales.

Estuvimos charlando (sin que viniera a impedírnoslo ninguna clienta) hasta la hora de cierre y ella se fue a su casa y yo a la pizzería, donde fui recibido con una justificada mezcla de estima y desabrimiento. Me disculpé alegando imprevistos y compromisos y prometí no alterar nunca más mis hábitos ni mi horario ni mi dieta.

—Ya veremos —dijo la señora Margarita—. Desde que empezaste a salir con aquella gachí de revista estás irreconocible.

—Si se refiere a mi vestuario, es un camuflaje —le dije.

6

Encontré otra vez el apartamento vandalizado. Purines, a quien pregunté al respecto, dijo haber oído ruidos a media mañana, pero no haber hecho indagaciones por precaución. Le devolví el vestido y ella a mí mi traje seco y planchado (era de fibra) y nos reintegramos cada uno a su hogar. Del inventario del mío sólo eché en falta la Beretta 89 Gold Standard calibre 22 de Santi. Lamenté no haberla escondido bien, no tanto porque deseara tener una pistola (me dan miedo) como por las huellas digitales u otros indicios que hubieran podido resultar de un examen pericial. En cambio no habían encontrado el anillo de brillantes de Reinona, que yo había incrustado en la ciclópea masa del bizcocho de Viriato. Lo extraje de allí, me lo eché al bolsillo y salí a la calle.

Aún había luz en el taller de la relojería del señor Pancracio. Di unos golpes al escaparate con los nudillos y a la llamada acudió el señor Pancracio, me reconoció, descorrió el cerrojo y me invitó a pasar.

El señor Pancracio era un viejecito menudo y humilde. Tenía una tienda pequeña, muy limpia y ordenada, llena de relojes de cuco, que a las horas y las medias le obligaban a salir a la acera. El señor Pancracio había dedicado su vida a la relojería, pero en las últimas décadas, desde la aparición de los relojes de cuarzo, su actividad había disminuido mucho. Ya no había piezas que reponer ni maquinarias que ajustar y engrasar para que funcionaran con exquisita precisión. Ahora su trabajo consistía en sustituir pilas gastadas y correas rotas y en ayudar a los tontos a cambiar la hora dos veces al año, cuando tocaba. Sin embargo, como había enviudado, sus hijos habían emigrado a América y sus costumbres eran por demás frugales, lo poco que ganaba en la relojería le bastaba para vivir con decoro. Y para apostar en las peleas de perros se sacaba un dinero extra haciendo de perista.

—Una señora cuyo nombre desea mantener en el anonimato me ha rogado poner a la venta este anillo de brillantes de incomparable grosor, perfección y voltaje.

El señor Pancracio se ajustó la lupa y examinó brevemente el anillo de Reinona.

—Culos de botella —dictaminó arrojando la alhaja sobre el mostrador y clavando en mí su ojo, que a través de la lupa se veía muy pequeño y lejano, como si la persona que en aquel momento tenía yo delante se hubiera dejado el ojo en casa.

—Imposible —repliqué—, la señora en cuestión pertenece a uno de nuestros más ilustres y antiguos linajes. Y me consta que necesita el dinero en forma acuciante.

—Ni siquiera de vidrio, hijo —insistió con suavidad el señor Pancracio—. Botellas de plástico.

Aquí lo dice bien claro: agua mineral natural, envase reciclable. Yo por mí, con mucho gusto ayudaría a esta amiga tuya, pero los polacos con los que estoy en tratos no tienen ningún sentido del humor. ¿Te lo llevas o lo tiro yo mismo a la basura?

Volví con la baratija a mi apartamento, me serví un vaso de agua del grifo, me tumbé vestido en el camastro y dejé pasar varias horas contemplando las grietas del techo y tratando de poner orden en los sucesos del día. De este arrobamiento me sacó el timbre del interfono. Respondí molesto y extrañado: no esperaba visitas aquella noche. Una voz cantarina dijo ser Raimundita, sirvienta de los señores Arderiu y objeto de las atenciones del ambicioso Magnolio. La dejé entrar y al cabo de un minuto estaba siendo sometida por mí a una severa inspección ocular, de la que no quedé mal impresionado. Era graciosa de rasgos, actitud y movimientos sin perder por ello la compostura propia de su condición de doncella (en una casa buena) y parecía alegre de carácter. Al abrir la boca mostraba muchos dientes blancos, y al cerrarla fruncía los labios en un simpático mohín. Ante mí, y ajena al escrutinio, alternaba ambas posturas de la boca (abierta y cerrada) como suele hacer la gente al hablar. En su caso diciendo que se disculpaba por haberme venido a importunar a horas tan avanzadas, pero que se trataba de un asunto importante.

—Ya le he dicho a Magnolio que en la peluquería me basto y me sobro —dije en tono taxativo.

—Ah, no señor, no es por eso —se apresuró a

decir Raimundita—. Yo vengo de parte de mi ama, la señora Reinona, a pedir que le devuelva el anillo de brillantes que la señora Reinona le dejó en depósito. La señora Reinona le dijo a usted que enviaría a alguien a buscarlo cuando lo necesitara. Ahora la señora Reinona lo necesita y ese alguien soy yo.

—Ah, el anillo —murmuré como si me costara recordar la existencia de la joya que acababa de someter a tasación y aún llevaba en el bolsillo—. ¿Y no ha dicho para qué lo quiere en este preciso momento?

—La señora Reinona me dijo que le pidiera el anillo, no que le diera explicaciones —replicó Raimundita.

—Ciertamente no es de mi incumbencia —admití—. Sólo lo he mencionado porque, según tengo entendido, hace unos años hubo un asunto en casa de los señores Arderiu relacionado con el robo de una alhaja. En aquella ocasión las sospechas recayeron sobre la cocinera, aunque al final todo se aclaró satisfactoriamente.

—Sí —reconoció Raimundita—, conozco la historia, pero sólo de oídas. Cuando sucedió este sucedido yo todavía no había entrado a servir en casa de los señores Arderiu.

—Bueno —dije—, esto a nosotros no nos concierne.

Le di el anillo y le pregunté cómo pensaba volver a casa de los señores Arderiu llevando encima un objeto tan valioso. Se coloreó levemente su pigmentación y confesó que Magnolio la estaba esperando en la calle para llevarla en coche.

—No ha querido subir porque dice que usted le tiene tirria —dijo Raimundita—. Él, en cambio, le tiene a usted mucho cariño y mucha admiración. Y también un poco de lástima, porque lo ve muy solo y muy pendejo. No le diga que yo se lo he dicho.

—Descuida —dije, y acto seguido, debilitada mi firmeza por aquella revelación, añadí—: Dile a Magnolio que si le viene bien, le espero en la peluquería mañana por la mañana. Puntual como un clavo, porque las clientas lo reclaman. Del prorrateo, ya hablaremos.

Al irse ella volví a mi anterior postura y actividad (mirar al techo) sin desvestirme, en lo que hice bien, pues no tardó en sonar nuevamente el timbre del interfono. Eran, dijeron, los dos agentes de la policía (nacional a nivel del Estado y autonómica) que ya me habían visitado la antevíspera con el propósito de llevarme preso por el robo del anillo de Reinona, hallado en mi poder. Subieron y me mostraron una orden judicial debidamente estampillada.

—Vamos a registrar su guarida hasta encontrar el anillo —dijo el mosso a quien el otro, en su anterior personamiento, había llamado Baldiri—. Si nos dice dónde está escondido, nos ahorraremos la feina de buscarlo y así lo haremos constar en el atestado.

—Como cosa buena —apostilló el otro.

—Ahórrense el registro y la palabrería —dije—. El anillo ya no está en mi poder.

—Entonces lo arrestaremos igual por ocultación de pruebas —dijo Baldiri.

—En virtud de la legislación vigente —apostilló el otro.

Me volvieron a esposar y se me llevaron a la comisaría. Allí se inhibió Baldiri y entró el otro conmigo y me dejó a cargo de un funcionario de paisano. Éste leyó dos o tres veces el mandamiento judicial y preguntó si había sido informado de mis prerrogativas como ciudadano y como reo. El guardia dijo habérseme señalado la parte pertinente del código penal y de la ley de enjuiciamiento y la jurisprudencia básica y se fue a continuar su ronda de noche. El funcionario de paisano me abrió ficha, tomó mis huellas dactilares y con una Polaroid me retrató de frente y de perfil.

—Antes de ingresar en el calabozo —me dijo— puede efectuar una llamada telefónica. Si es interprovincial o a un teléfono erótico, con cargo a su VISA.

Le di las gracias, pero decliné el ofrecimiento: no quería implicar en el asunto a quienes ninguna relación tenían con él, y menos aún a quienes estaban directamente relacionados con la aventura del anillo. Siempre estaba a tiempo de repartir responsabilidades. En cambio la intervención de la policía en el caso, por demás tímida y tardía, abría nuevas perspectivas que ardía en deseos de explorar.

* * *

El calabozo de la comisaría, lugar antaño por mí frecuentemente visitado, reflejaba ahora la evolución del país: amplio, limpio, bien ventilado, bien iluminado y provisto de un jergón ergonómico. Dormí un rato. Un guardia vino a despertarme con delicadeza, le pregunté la hora, eran las tres y cinco.

—Ha venido tu abogado, ha depositado la fianza y le está montando un pollo al comisario —me informó.

No dije nada. En el vestíbulo de la comisaría estaba plantado el caballero maduro y canoso a quien había tenido el gusto de conocer en casa de los Arderiu. A pesar de la hora iba impecablemente vestido y calzado. Con la mano izquierda sostenía una cartera de cocodrilo y de ejecutivo. En su mirada no vi amor.

—Andando —dijo.

—¿Desde cuándo es usted mi abogado, señor Miscosillas? —le pregunté.

—Desde que alguien me paga para serlo —repuso—, y mientras dure la provisión de fondos.

No esperaba que fuera más explícito ni más amable. En realidad sólo quería saber si su nombre era Miscosillas.

Después de despedirnos del comisario y de toda la plantilla de la comisaría, salimos a la calle el abogado señor Miscosillas y yo. El abogado señor Miscosillas señaló un coche oscuro (BMW Z3) estacionado a unos metros de la comisaría.

—Le está esperando —dijo.

—¿Usted no viene?

—Voy en moto.

Se alejó sin decir más (ni buenas noches) y yo me encaminé hacia el coche oscuro siguiendo sus instrucciones. Cuando llegué a la altura del coche advertí que no era oscuro, sino claro, pero que parecía oscuro por ser todavía de noche. En el asiento del conductor había una mujer cuyo rostro no me resultaba desconocido. Dentro del coche no había nadie más ni fuera tampoco. La mujer encendió el motor, hizo ademanes imperativos y exclamó:

—Soy Ivet Pardalot. Deja de mirarme como un idiota.

—Ah, sí, por supuesto. La he reconocido de inmediato.

—Qué va. Sube.

Subí. Llevaba un pantalón pirata y un simple jersey de manguita corta.

—¿Por qué te han detenido? —preguntó.

—Si ha sabido que estaba detenido, también sabrá el porqué —respondí.

—No te hagas el gracioso conmigo —respondió ella—. Un contacto informó a Miscosillas de tu detención y Miscosillas me informó a mí. Por tu vinculación al caso, todo lo que te sucede me concierne. Pero si no me quieres decir la causa de tu detención, no me la digas. Me trae sin cuidado.

—Entonces, ¿por qué...?

—¿Por qué he hecho que te pusieran en libertad?

—Sí.

—No pretenderás que conteste a tus preguntas cuando tú te niegas a contestar a las mías. Limítate a darme las gracias y a ponerte el cinturón de seguridad: conduzco como una loca.

Era cierto. Recorrimos media ciudad a la velocidad del sonido sin respetar semáforo ni señal viaria alguna. Por fortuna el coche era de buena factura y ella conducía como lo que en mis años mozos se llamaba un as del volante. Detuvo el coche en la calle Ganduxer, una calle residencial, ancha y arbolada. Se abrió sola la puerta de un garaje al accionar Ivet el dispositivo destinado a tal fin, entramos, paró el motor, salimos del coche. En un ascensor de latón dorado, alfombra negra, techo de espejo y música cadenciosa subimos hasta un recibidor austeramente decorado con panoplias y cornamentas de ciervo. Le pregunté dónde estábamos.

—En mi casa —respondió—. ¿Tienes miedo?

—Yo siempre tengo miedo —le contesté.

—La servidumbre no está —dijo—. Esta mañana los he despedido a todos o les he dado vacaciones, no recuerdo. Mañana los volveré a contratar. Esta noche quería estar sola.

—Entonces me voy —dije.

—Sola contigo —dijo ella—. Sígueme.

Echó a andar sin volver la vista atrás y yo me demoré dubitativo en el recibidor.

—¿Puedo saber adónde me lleva? —pregunté.

—A la cama —respondió sin dignarse girar el cuello para mirarme—. Para eso he pagado la fianza y te he sacado de la trena.

Tenía razón. La seguí por un pasillo amplio y suntuoso. Conforme avanzábamos por él iba encendiendo las luces. Ante una puerta cerrada de dos batientes se detuvo un instante, hizo una profunda aspiración y abrió. Esta vez no encendió ninguna lámpara. La luz del pasillo permitía ver una cama antigua, grande y algo recargada de ornamentación, con balaustres y garras de águila en vez de patas. En conjunto, un mueble estrafalario. La mueca del santocristo de talla que pendía sobre la cabecera parecía reflejar la misma opinión. Al entrar advertí que el aire de aquella habitación estaba impregnado de un olor empalagoso, como de caramelo chupado. Ivet guardaba un silencio tenso. Por romperlo, dije:

—¿Es su cuarto?

—El suyo de él —aclaró—. De mi difunto padre.

—¿De Pardalot?

—Sí. Mi dormitorio está en otra ala. La casa es grande. Vivíamos juntos, pero con independencia. Ésta es su habitación y su cama. La cama a la que me he referido hace un momento. No habrás pensado que te invitaba a la mía.

—De ningún modo. ¿Y su madre?

—Mi madre y mi padre se separaron hace muchos años. Mi madre se fue de Barcelona. Yo estaba en un internado y la ciudad no le ofrecía aliciente alguno. Amigos le aconsejaron un cómodo exilio en París o Londres, pero ella prefirió establecerse en Jaén, donde reside. Mi padre se volvió a casar varias veces más, pero todos sus matrimonios acabaron en otros tantos fracasos.

Mientras iba desgranando su historial familiar había entrado en la triste alcoba y encendido las velas de un candelabro. A la luz vacilante de las velas mejoraba su aspecto pero en sus ojos había destellos de demencia. Se sentó en el borde de la cama y me hizo señas para que me reuniera allí con ella.

—No creo que deba —me disculpé—. En el calabozo puedo haber cogido ladillas.

Ivet Pardalot se encogió de hombros y fijó la vista en la pared tapizada de seda carmesí.

—Mi padre —dijo— fue un hombre muy desgraciado. Por este motivo hizo desgraciada a mi madre, y ambos me hicieron desgraciadísima a mí. Toda una familia catalana sumida en la desgracia por culpa de una sola persona. Esta persona todavía vive. Y aunque ha pagado parte del mal que nos hizo, todavía le queda mucha deuda por saldar.

—Escuche —dije aprovechando una pausa en su disertación—, yo soy peluquero, no psiquiatra. Para mí no tiene sentido alimentar rencores cuando ya es tarde para remediar las cosas. Bastante difícil es ganarse los garbanzos cada día, luchar contra los achaques y tratar de darse un gusto cuando se presenta la ocasión. Usted es joven, inteligente, rica y, a la luz de las velas, hasta resulta agraciada. Si quisiera, podría conseguir cualquier cosa: un marido, un amante, un maromo. Incluso varios, si le gusta la bulla. Una vida sentimental satisfactoria no implica necesariamente una goleada. ¿No ha visto aparearse los caracoles y otros fósiles en los documentales de la televisión? Uno los ve y piensa, yo con ésa no lo haría. Pero a ellos se los ve felices. Es lo que cuenta, y todo lo demás, perder el tiempo. Bien sé que estos consejos son vulgares. En modo alguno cubren el monto de la fianza y los honorarios del letrado. Si supiera cómo saldar el resto de la deuda, lo haría sin renuencia ni demora, pero no tengo nada ni creo que lo vaya a tener a corto, medio o largo plazo. Ya le he dicho que la encuentro atractiva, y aún la encontraría más si en lugar de hacerse mala sangre alegrara esa cara. Incluso es posible que no desdeñara un revolcón, aunque no en este escenario truculento. Ahora bien, si lo que pretende es hacer de mí un instrumento de su venganza, la respuesta es no. Búsquese a otro.

Un largo silencio siguió a estas ponderadas razones. En la quietud de la noche se oía el lejano tictac de un reloj, el crujido de las maderas, el susurro del viento y el acongojado trasiego de las ánimas benditas del purgatorio.

—Yo creía —dijo Ivet con voz ronca, apenas perceptible en medio de tanta algarabía— que te interesaba resolver el caso.

—El caso no —respondí—, sólo *mi* caso. Yo no pertenezco a ningún estrato social. Que no soy rico, a la vista está, pero tampoco soy un indigente ni un proletario ni un estoico miembro de la quejumbrosa clase media. Por derecho de nacimiento pertenezco a lo que se suele denominar la purria. Somos un grupo numeroso, discreto, muy firme en nuestra falta de convicciones. Con nuestro trabajo callado y constante contribuimos al estancamiento de la sociedad, los grandes cambios históricos nos resbalan, no queremos figurar y no aspiramos al reconocimiento ni al respeto de nuestros superiores, ni siquiera al de nuestros iguales. No poseemos rasgos distintivos, somos expertos en el arte de la rutina y la chapuza. Y si bien estamos dispuestos a afrontar riesgos y penas por resolver nuestras mezquinas necesidades y para seguir los dictados de nuestros instintos, resistimos bien las tentaciones del demonio, del mundo y de la lógica. En resumen, queremos que nos dejen en paz. Y como no creo que después de esta exposición haya coloquio, me marcho a mi casa, a descansar. Si vuelven a detenerme, no hace falta que me envíe a su abogado. Tampoco hace falta que me acompañe a la puerta, yo solo encontraré el camino.

Le tendí la mano para demostrarle que no me caía mal. Seguramente por la misma causa ella la aceptó.

—Veo —dijo— que me he equivocado contigo. Pensaba que no interpretarías un gesto de amistad en términos puramente monetarios. La culpa del malentendido es mía: por tener demasiado dinero no valoro lo que doy y calculo mal el efecto de la generosidad en la sordidez ajena. Ya iré aprendiendo. Por lo demás, no te preocupes: no pienso presentarte factura por mi intervención y no necesito de tus servicios, ni para llevar a término mis planes ni para aliviarme los picores. Habríamos podido acabar mejor, pero al menos nos hemos entendido. Si quieres te pido un taxi.

—Gracias —respondí—. La red de autobuses de nuestra ciudad es inmejorable.

Desanduve el pasillo cuidando de apagar las luces en el recorrido, de modo que dejé la casa sumida en la oscuridad, salvo por el distante reflejo anaranjado del candelabro en el dormitorio y la suave luminiscencia proveniente del ascensor cuando éste acudió a mi llamada y abrió educadamente sus compuertas. Dejé que se cerraran. La luz del ascensor se redujo a una raja vertical, que menguó de prisa, de arriba abajo, y desapareció tragada por la horizontal del suelo.

Durante un largo rato no pasó nada. Si creyéndome ido, Ivet hacía algo, no era algo que yo pudiera percibir con el oído a la distancia que mediaba entre la lúgubre alcoba y el tenebroso recibidor. Me puse muy nervioso. Finalmente el resplandor de las velas se agitó, bailó una sombra en las paredes del pasillo y salió Ivet llevando el candelabro en una mano, como una fantasma. Habría sido fatal para mí si se hubiera dirigido a donde yo estaba, pero tomó la dirección contraria. Para seguirla con sigilo me quité los zapatos y los dejé junto a la puerta del ascensor con la intención de recuperarlos al salir, porque sólo tenía (y sigo teniendo) aquel par. Ivet acabó de recorrer el hondo pasillo, entró en un aposento y cerró la puerta, dejándome en tinieblas. Me aplasté contra la pared de la derecha para no chocar contra la pared de la izquierda y seguí avanzando con exasperante lentitud. Por la parte inferior de la puerta que acababa de cerrar Ivet se filtró una rayita de luz eléctrica. Apliqué el oído a esta rayita y percibí un murmullo. Supuse que Ivet estaría haciendo lo que, según tengo entendido, hacen las mujeres cuando la agitación les quita el sueño y nadie las ve comer pero me equivocaba, porque de inmediato oí su voz clara y sin tropiezos decir:

—Soy yo. ¿Dormías? Lo siento... Sí, el pazguato se ha ido... No, el pazguato se muestra remiso a colaborar. Ni se lo he planteado. Sólo un tanteo... Un tanteo verbal, tontín. Sí, de capirote, como tú decías... No importa: acabará cooperando y sin cobrar un duro... No, dinero no, pero le he insinuado que me acostaría con él si se avenía... Sí, con el pazguato. No, tontín, lo decía en broma... Que no, tontín... ¿Y a ti qué te importa?... Oh..., oh..., oh... No, tontín, estoy vestida..., un vestido sin mangas, con frunces, de Sonia Rykiel... ¿Mañana? No sé. He de mirar la agenda... No, ahora no me hagas decidir nada. Me caigo de sueño, tontín. Llámame si quieres. Si no, te llamaré yo. Buenas noches. Que duermas bien, tontín.

Colgó (supongo) y retrocedí a gatas (cosa difícil siempre; más a oscuras; pruébelo si no me cree) por si salía por aquel lugar, pero debió de tomar otra ruta o quedarse donde estaba, porque se apagó la luz y ya no pasó nada más. Todavía permanecí un rato en el pasillo, a la espera de nuevos acontecimientos, hasta que me di cuenta de que yo también me estaba durmiendo, como tontín. Regresé a donde me esperaban los zapatos, llamé al ascensor, bajé sin novedad a la portería, salí a la calle. Había amanecido en la ciudad y el tráfico era denso. Fui a la parada del autobús. Lo que le había dicho a Ivet sobre nuestros transportes públicos de superficie había sido una bravata. Por fin llegó el autobús, subí, conseguí sentarme. Me di cuenta de que aún llevaba los zapatos en la mano. No se puede estar en todo.

* * *

Magnolio me encontró delante de la peluquería, donde me había quedado dormido sin darme cuenta, despatarrado en la acera, cuando me disponía a abrir. Temeroso del qué dirán, me introdujo en el establecimiento a rastras y me metió la cabeza bajo el grifo del lavabo.

—Anoche me detuvieron —dije al despertar, no fuera Magnolio a formarse de mí un concepto innoble— y casi no pegué ojo. Ni anteanoche. La verdad es que me alegro de haberlo readmitido como subalterno interino, porque esta mañana, mientras usted hace prácticas, me tomaré un merecido descanso en un rincón.

—Ah, no, señor —respondió Magnolio—, justamente venía a decirle que esta mañana no cuente conmigo. Me ha salido un trabajillo de chófer y no he podido negarme. Vendré esta tarde.

—¡Cómo! El segundo día y ya empezamos con éstas —rugí con sobrados motivos.

Prometió que no volvería a suceder y se fue. Metí de nuevo la cabeza bajo el grifo. Cuando desperté, el agua que me entraba por la oreja me salía por la boca. Cerré el grifo, recogí el agua del suelo y puse a secar la palangana. Eran casi las nueve y media y la peluquería seguía cerrada al público. Una vergüenza. Corrí a la puerta, di la vuelta al rótulo que por una cara rezaba: «Momentáneamente cerrado», y por la otra: «Permanentemente abierto», y subí la cortina confeccionada tiempo atrás con mis propias manos y con los restos de un delantal que me había dado la señora Pascuala de la pescadería (cuando aún se hacía ilusiones respecto de nuestro futuro), y yo había embellecido añadiéndole (con grapas) un fruncido y colgado de una caña sobre el cristal de la puerta con objeto de preservar el mobiliario de los rayos del sol, aun a sabiendas de que la peluquería estaba orientada al Norte, pero en previsión de los cambios climatológicos que a menudo anunciaban las organizaciones ecologistas. Hecho lo cual me senté a esperar.

Transcurrieron dos horas verdaderamente tranquilas. Luego, de repente, sin haber pedido hora, irrumpieron en la peluquería cuatro guardias urbanos y se pusieron a revolverlo todo. Yo iba del uno al otro con el peinador, por si alguno deseaba un corte, un afeitado o una loción, pero ellos mismos, por boca de su cabo, se encargaron de desengañarme con respecto a sus intenciones:

—Inspección rutinaria. En breve le visitará alguien importante. Entregue los objetos cortantes y punzantes.

Se incautaron de las tijeras y el peine y salieron para dejar paso a un equipo de televisión. Creo haber descrito ya la configuración y tamaño de la peluquería, pero no estará de más recordar al olvidadizo lector que una persona de regular envergadura, si tal fuera su capricho, podría colocarse en el centro del local y con sólo estirar los brazos destrozarse las uñas contra el yeso de las paredes, figura con la que se da a entender no andar uno muy sobrado de espacio. Pero tampoco era cuestión de hacer un feo a quienes tal vez venían a rodar la campaña publicitaria de Freixenet o a localizar interiores para un largometraje, así que fui sacando a la acera los muebles y utensilios del oficio a medida que iban entrando en la peluquería cámaras, focos, grúas y un número indeterminado de personas cuya función consistía en levantar acta de todas las pegas.

—Hostia, es que así no se puede trabajar, hostia. Y encima con prisas. Es que sois la hostia.

A la señora que me pasaba por la cara una esponja húmeda para quitarme los brillos le expliqué que las ojeras eran debidas a haber sido detenido la noche anterior y casi no haber pegado ojo, así como la precedente, y haberse ausentado mi ayudante por causas de fuerza mayor. La maquilladora respondió que ella no estaba allí para hablar con nadie y que si quería decir algo se lo dijera al realizador. El realizador me dijo que me abrochara todos los botones, que no hablara si no me lo ordenaba él expresamente y que por ningún concepto mirase a las cámaras. Le dije que procuraría hacerlo lo mejor posible y le pregunté si me podían facilitar el guión, porque la noche anterior me habían detenido y casi no había podido pegar ojo. Me arreó un sopapo, me colocó donde a él le pareció mejor (para el encuadre) y dio orden de encender los focos, provocándome con ello una ceguera temporal. Trataba de disimular mi aturdimiento con una carcajada estentórea, como había visto hacer a nuestros mejores presentadores, cuando oí una voz firme pero no exenta de afectuosidad decir:

—¿Qué tal?

—Mal —respondí—. Anoche me detuvieron y casi no pegué ojo, y anteanoche, tampoco.

—Bueno —dijo la voz firme y afectuosa—, a mí esto me la sopla. Soy el alcalde de Barcelona y estoy haciendo campaña electoral. Ya sabe: reírme como un cretino con las verduleras, inaugurar un derribo y hacer ver que me como una paella asquerosa. Hoy me toca esta mierda de barrio. ¿Estamos en directo? Ah, vaya. Habérmelo dicho.

—Es que es usted la hostia, alcalde —dijo el realizador.

—Yo no estoy censado —advertí.

—Mejor, mejor —replicó el señor alcalde—. Al

partido y a mí nos interesa el voto independiente.

Del vacío exterior llegó la voz imperiosa del realizador:

—¡Que no mires a la cámara te han dicho, hostia! ¡Y no hables! Señor alcalde, diga su frase, que vamos muy retrasados de horario.

Carraspeó el señor alcalde y mirándome a la cara, como si hablara conmigo, dijo:

—Hola, conciudadanos y conciudadanas. Soy candidato a ser lo que soy, o sea, alcalde. Después de cuatro años en la alcaldía me propongo llevar a feliz término mi programa, que consiste en seguir cuatro años más en la alcaldía. Para ello pido tu voto. ¿Esto es una verdulería?

—No, señor alcalde. Es una peluquería. Señora, caballero, si quiere un moldeado informal pero elegante, ¿a qué espera? Venga corriendo a...

—Oiga, que el spot es mío, no suyo —interrumpió el alcalde. Y luego, fijando la vista en mí, exclamó—: Eh, yo a usted lo tengo visto: usted es el presunto asesino de Pardalot.

—Sí, señor alcalde, y aprovecho la presencia de la televisión para reafirmar mi...

—No me líe, hombre, no me líe, que estoy en plena campaña —dijo el alcalde—. No se puede tener la cabeza en dos sitios a la vez. Yo, personalmente, no la puedo tener ni siquiera en uno. Y esa paella, ¿viene o no viene?

Antes de recibir respuesta a su pregunta, se apagaron de golpe los reflectores y comprobé que mi ceguera temporal era en realidad permanente. El señor alcalde preguntó si ya habíamos terminado.

—Aún no, señor alcalde —respondió el realizador—. Ni siquiera hemos empezado. Ha habido un apagón.

—Ah, ¿y eso es bueno o malo para la ciudad? —preguntó el señor alcalde.

—Yo lo único que sé es que vamos con un retraso de la hostia —dijo el realizador—. A ver, que salga alguien a preguntar si todo el barrio está afectado.

Salieron el operador, el ingeniero de sonido, el jefe de producción, dos electricistas y el desgraciado de la claqueta y volvieron diciendo que no habían averiguado nada, pero que todo el barrio se había quedado sin luz. Y sin gas. El señor alcalde me cogió del brazo y me llevó a un rincón.

—La verdad es que no lo pasamos mal aquella noche en su casa, ¿se acuerda?, cuando vino Reinona y yo me escondí en el aseo con su vecina. Joroba, qué tía. Por cierto, que nuestra conversación quedó interrumpida. Entre usted y yo, quiero decir. Si no recuerdo mal, yo había ido a preguntarle quién había matado a Pardalot y usted no llegó a contestarme. Por falta de tiempo, supongo, o de interés. Pero ahora se nos presenta una excelente ocasión para reanudar el diálogo. Ahí enfrente hay un bar. Le invito a un capuchino.

Acepté encantado y el señor alcalde y yo fuimos al bar y nos sentamos en una mesa del fondo, para poder hablar tranquilamente y no ser vistos desde la calle por los transeúntes, mientras el hacendoso equipo de televisión y el séquito del señor alcalde se pulían el erario público en las máquinas tragaperras. El señor alcalde pidió un capuchino para él y nada para mí y dijo:

—La campaña electoral, huelga decirlo, va viento en popa: según las encuestas, si consigo que aumente un poco la abstención, saldré elegido con el voto de mi mujer y el mío. Pero una nube se cierne sobre este señalado triunfo. Perdone mi altisonante lenguaje mitinero: quiero decir que el caso Pardalot podría redundar en perjuicio de mi imagen.

—¿Acaso está usted involucrado en el asunto? —pregunté.

—Hombre, un poco. Ahora no estamos en directo y se lo puedo decir —respondió el señor alcalde—. Verá, años atrás, antes de dedicarme por entero a la política, Pardalot y yo hicimos unos negocios fructíferos que ahora preferiría que no salieran a la luz. De estos negocios quedan ciertos documentos, no diría yo comprometedores, pero sí levemente embarazosos. Los documentos en cuestión obraban en poder de Pardalot, quien, dicho sea en su descargo, nunca hizo ni amenazó con hacer mal uso de ellos en vida y menos aún después de muerto. ¿Me sigue? Pues ahora viene la parte más jugosa de esta historia. El otro día, alrededor de la medianoche, me hallaba trabajando en mi condición de alcalde de esta ciudad en la casa de la villa cuando recibí una misteriosa llamada telefónica. Al pasársela la telefonista a mi secretario y éste a mí, oí una voz extraña, seguramente desfigurada por un pañuelo, que me decía: lo siento, señor alcalde, pero la cafetera no funciona.

—No, hombre, esto se lo acaba de decir el camarero —le señalé.

—Ay, sí, a menudo se me cruzan las ideas. Es un fenómeno parapsicológico. ¿Dónde estábamos?

—El teléfono, una voz, un pañuelo.

—Pues eso: oí una voz desfigurada por un pañuelo. Luego, cuando la persona que me llamaba acabó de sonarse, reconocí la voz de Pardalot, el cual dijo: Hola, alcalde, soy Pardalot. ¿Me sigue?

—Sí.

—Soy Pardalot, dijo Pardalot —siguió diciendo el señor alcalde— y te llamo desde mi despacho en *El Caco Español*, nombre comercial, como recordará, de la empresa de Pardalot, para darte una mala noticia, dijo Pardalot. ¿Te acuerdas de aquellos papeles a los que me acabo de referir? Pues han desaparecido, dijo Pardalot. Pardalot se refería, por si no lo ha adivinado, a los documentos comprometedores que obraban en poder de Pardalot, pero Pardalot los llamaba simplemente «aquellos papeles» por si había escuchas telefónicas. Yo, naturalmente, exclamé una exclamación y le pregunté cómo se había producido la desaparición de «aquellos papeles» que me comprometían a mí personalmente, y quién los había hecho desaparecer y con qué propósito, a lo que respondió Pardalot que no me lo quería decir por teléfono por si había escuchas telefónicas. Me parece que esto de las escuchas ya se lo había contado antes. En fin, que Pardalot no lo quería decir por teléfono, como ya he dicho antes, y por este motivo me instaba a reunirme con él en su despacho de *El Caco Español* lo antes posible para poder hablar allí sin ser escuchados o al menos sin ser escuchados telefónicamente. Para no ser reconocido en mi condición de alcalde de esta ciudad por el guardia de la entrada, Pardalot me propuso utilizar la puerta del garaje. Desde el garaje se puede acceder a los despachos de *El Caco Español* por una escalera de emergencia sin pasar por delante del guardia, como usted bien sabe. El propio Pardalot, dijo Pardalot, se encargaría de desconectar la alarma e interrumpir la grabación del circuito cerrado de televisión. Yo le dije que aún tenía que despachar unos asuntos municipales inaplazables, pero que a eso de las dos estaría allí y Pardalot dijo que bueno, que me esperaría hasta que yo llegase. Luego colgamos por si había escuchas telefónicas. Pues tráigame un Actimel.

Se fue el camarero y prosiguió el señor alcalde su relato en los siguientes términos:

—Mis cálculos habían sido optimistas y no llegué a las oficinas de *El Caco Español* hasta las tres menos cuarto. La puerta del garaje estaba cerrada pero el mecanismo de cierre se debía de haber descompuesto, porque se abrió al ejercer yo presión sobre la puerta propiamente dicha con esta mano o con esta otra, ahora no recuerdo. Entré en el garaje, resbalé con la grasa del suelo, me puse perdido el traje, encontré la escalera, subí. La alarma no se disparó, tal y como Pardalot había dicho. Fui hasta su despacho. La luz estaba encendida. Con voz queda llamé a Pardalot: Pardalot, ¿estás ahí? Nadie me respondió, ni siquiera Pardalot. Algo extraño sucedía.

—Ay, ay, ay —dijo el camarero incapaz de reprimir su emoción.

—Pues espere a saber cómo sigue la intriga —dijo el señor alcalde. Hizo una pausa para chuperretear el botellín de Actimel que el camarero le había servido mientras él relataba su historia, se limpió los labios y la barbilla con una servilleta de papel, se guardó la servilleta de papel en el bolsillo para reciclarla y continuó diciendo—: Entré en el despacho de Pardalot y allí estaba Pardalot, derrumbado en su silla, pálido, inmóvil, acribillado a balazos. Quise prestarle los primeros auxilios, pero no pude: ni siquiera tenía un termómetro a mano. ¿Pardalot, te encuentras bien?, le pregunté. Ni mu. Esta obstinada actitud confirmó mis sospechas: estaba muerto y dada su condición y el haber desaparecido el arma causante de su muerte, ésta no podía atribuirse a suicidio. Otra mano se la había infligido. Esto lo deduje yo solo. Sin perder un instante salí de allí por donde había entrado. Nadie me había visto. Me fui a mi casa y me bebí de un sorbo un botellín de Actimel. A lo mejor me lo acabo de beber ahora y lo confundo. No importa. Lo que importa es que en mi turbación había olvidado borrar las huellas dactilares dejadas por mí en los pomos de las puertas y otros componentes del mobiliario de oficina que había en la oficina. De momento la policía no ha venido a buscarme. Supongo que esperan el resultado de las elecciones. Si soy reelegido, igual se les ocurre dar la campanada. Salvo que...

—Salvo que antes de esa fecha se descubriera al verdadero culpable —apunté yo.

—Exactamente —dijo el señor alcalde.

* * *

Habría querido hacer al señor alcalde algunas preguntas pertinentes al caso, pero me lo impidió la masiva presencia del realizador de televisión y su equipo, que venían a anunciarnos el restablecimiento del suministro de fluido eléctrico y, con él, la posibilidad de reanudar la campaña electoral. Nos levantamos, estampó el señor alcalde en el libro de honor del bar su firma junto a las de algunos luchadores de catch que en los años cincuenta lo habían frecuentado, y se fue, cediéndome a mí el honor de pagar el Actimel. Cuando los alcancé ya estaban entrando en el videoclub del señor Boldo, del que la guardia urbana acababa de requisar todas las películas pornográficas. Requerido por mí, el realizador de televisión me informó de que al final habían decidido no rodar en mi peluquería, por considerarlo un lugar demasiado cutre, incluso para unas elecciones municipales, y más ahora, con los destrozos causados por el equipo de televisión y sus aparatos. Busqué a la patrulla de la guardia urbana para recuperar las tijeras y el peine, pero me dijeron que se había desplazado al Mercado de San Antonio a revender las películas requisadas en el videoclub del señor Boldo. Intenté acercarme al señor alcalde, pero éste se había revestido nuevamente de su condición y subido al mostrador del videoclub del señor Boldo y bañado por la luz de los reflectores negaba estar implicado en ningún asesinato y pedía el voto de la ciudadanía.

Regresé a la peluquería, empuñé la escoba y el recogedor y me entretuve hasta la hora de comer batallando con la alfombra de ceniza, colillas, recipientes de plástico y otros detritus que el equipo de televisión había dejado como único recuerdo de su paso. Eché el cierre y me dirigí otra vez al bar con la intención de pedir un bocadillo de calamares encebollados y de aprovechar la pausa alimentaria para pensar en lo que el señor alcalde me había referido. Pero estaba de Dios que tampoco en aquella ocasión pudiera cumplir mis propósitos. Pues no bien hube ocupado un asiento en la mesa habitual, junto a la cristalera, y llamado al camarero, vi con el rabillo del ojo una figura humana hacerme señas desesperadas desde la calle. Incluso a través de la mugre reconocí a Ivet. No a Ivet Pardalot, en cuya casa había pasado una parte de la noche anterior, sino la falsa (pero también auténtica) Ivet, a la que, para evitarle confusiones al lector, pensé por un momento aplicar un mote cariñoso (por ejemplo «Muñequita»), si bien, en vista de lo avanzado del relato, al instante rechacé la idea, me levanté, salí precipitadamente a la calle y le pregunté la causa de su presencia allí y de sus desaforadas señales, a lo que respondió Ivet diciendo:

—Ha pasado una cosa terrible. Tienes que ayudarme.

Le propuse que entráramos en el bar. Dudó unos instantes y al final se dejó conducir al interior del bar y a mi mesa. Acudió el camarero solícito (en vez de hacerme esperar media hora, como tiene por costumbre) y le pedí un bocadillo de calamares encebollados para mí y otro para Ivet, pensando que algo sabroso y nutritivo le levantaría el ánimo. Mientras tanto ella se había puesto a llorar con desconsuelo. Nunca la había visto tan desesperada. Me habría levantado y rodeado la mesa primero y luego su talle (con mis brazos) y habría vertido en sus oídos palabras de ternura y de aliento si no hubiera temido que mi acción pudiera ser malinterpretada por el camarero, por los demás parroquianos, por los curiosos que se habían congregado al otro lado de la vidriera para presenciar la escena y, muy en especial, mal interpretada por la propia Ivet. De modo que, cambiando de táctica, me quedé erguido en mi silla, puse las manos sobre el mantel y le pedí se explicase mientras trataba de esbozar la sonrisa comprensiva y cínica de quien, no obstante haber vivido mucho y estar de vuelta de todo, no desdeña ayudar al débil y luchar por una buena causa. Si conseguí transmitir a Ivet este mensaje facial o si pensó que las contracciones de mi fisonomía eran debidas a un espasmo, no me lo dijo.

—Se lo han llevado —dijo en cambio.

Le pregunté quién se había llevado qué y de dónde y respondió:

—A mi querido y desvalido padre. No sé quién ni por qué. De la residencia donde estaba ingresado desde que unos años atrás una enfermedad renal lo dejó inválido. Como mi padre sólo me tenía a mí en el mundo y yo no podía prodigarle los cuidados necesarios, busqué una residencia agradable y lo ingresé allí.

Le pregunté que por qué tendría alguien interés en secuestrar a un inválido y respondió que no lo sabía, pero que durante su última visita a la residencia, sita en la vecina y costera población de Vilassar, había creído percibir con el rabillo (del ojo) la presencia nueva en dicha residencia de una mujerona patética y repelente, cuyos rasgos no le habían resultado del todo desconocidos y a la que en aquel momento no había prestado mayor atención, pero a la que más tarde (ahora, dijo), a la luz de los sucesos acaecidos, atribuía la autoría del secuestro o la complicidad en él, pues todo en aquella mujerona le había inspirado desconfianza, aversión y repelús.

Interrumpí su explicación para decirle que este misterioso personaje no era otro que yo mismo, que tenía una forma muy particular de halagar la vanidad de los hombres, y que no me extrañaba que a pesar de sus indiscutibles encantos personales su vida sentimental no hubiera resultado hasta el momento del todo satisfactoria. Repuesta de su inicial sorpresa ante la revelación de mi verdadera identidad como mujer, preguntó por qué la había seguido hasta allí. Yo le expliqué que lo había hecho con la intención de protegerla.

—Pues cometiste una estupidez —dijo ella—, porque alguien debió de seguirte *hasta* Vilassar y *por* Vilassar. Sólo así se explica que el paradero de mi padre, hasta ayer mantenido en el máximo secreto, haya podido ser descubierto por los secuestradores.

Tal cosa no era posible, repliqué. Nadie me había seguido, no sólo por haberme disfrazado con tal arte que ni siquiera ella me había reconocido (a pesar de nuestra relación), sino por haber hecho el camino de la estación a la residencia bajo el sol, a pata, y el último trecho a cuatro patas, y este método, más que cualquier otra forma de ocultación, era eficacísimo para desembarazarse del más avezado seguidor.

—Déjame hacer una comprobación —dije, y

una vez más pedí y obtuve permiso para utilizar, pagando, el teléfono del bar.

Ivet me proporcionó el número de teléfono de la residencia y a él llamé.

No costó nada localizar al comisario Flores, porque aquella misma mañana, según me contó la propia telefonista de la residencia, el comisario Flores había ingresado en la enfermería de dicha residencia con la cabeza abierta de un bastonazo.

—Por tu culpa, grandísimo esputo —rugió el comisario Flores en persona cuando hubimos establecido conexión telefónica.

Le dejé hablar un rato, si así puede llamarse el desordenado y en ocasiones repetitivo catálogo de palabrotas, denuestos, blasfemias, procacidades, maldiciones y amenazas que, intercalado con fragmentos del *Cara al sol*, tuvo a bien ofrecerme hasta que le interrumpí diciendo que le llamaba desde un teléfono público y que si quería desahogarse lo hiciera con cargo a su bolsillo. Entró en razón y le expuse el motivo de mi llamada.

—No me hables —dijo—, precisamente por tratar de averiguar lo que me pediste estoy como estoy. Un mártir de la amistad.

Le insté a que me contara lo ocurrido. La víspera, me contó, se había sumado a un corro de vejetes que jugaba al mus y con la habilidad y buen tino de quien se ha pasado media vida interrogando a gentes de muy variada psicología, había tratado de averiguar algo sobre el inválido objeto de mi interés. De momento sólo había sacado en claro que se llamaba (el inválido) Luis o Lluís Biosca, y que probablemente éste no era su verdadero nombre, porque uno de los vejetes afirmó haber visto bordadas en los pañuelos de batista del tal Biosca, sus camisas de hilo y sus calzoncillos (a la hora de la letrina) las iniciales A. T. Nadie conocía la naturaleza de la dolencia que le afectaba, pese a ser éste un tema de conversación harto frecuente entre los asilados, pues el tal Biosca (o A. T.), en los cuatro años que llevaba internado en la residencia de Vilassar, se había mostrado siempre reservado hasta la exageración. Y muy fino y considerado con los demás, a diferencia del comisario Flores, a quien los vejetes señalaron que para preguntar algo no hacía falta decirle a nadie que le iba a caer un buen paquete ni pegarle puntapiés en los cojones. Tal vez por esto, habían añadido los vejetes, al inválido lo visitaba con frecuencia una chica muy mona, y en cambio al comisario Flores, nadie. ¿Sólo aquella chica tan mona?, había preguntado el comisario Flores. Sí, le habían contestado los vejetes, en todos aquellos años sólo aquella chica tan mona había visitado al inválido y le había prodigado mimos y atenciones, por no hablar del bálsamo de su presencia, un verdadero regalo para la vista cansada de los vejetes, en opinión de los propios vejetes. Y por el momento, dijo el comisario Flores, aquello era todo y seguramente sería todo en el futuro, porque el inválido había sido secuestrado aquella misma mañana.

—Tal vez de resultas de sus desacertadas pesquisas —apunté.

—No, imbécil —replicó el comisario Flores—. Una cosa no tiene nada que ver con la otra. Al cabo de un minuto esos vejetes ni siquiera recordaban haber hablado conmigo. Además, un secuestro como éste no se monta en unas horas.

—Pues ¿cómo ha sido? —quise saber.

—De primera —respondió el comisario Flores—. Yo no lo he visto, porque estaba aquí, en la enfermería, en observación, pero un enfermo que ha ingresado a media mañana con un cólico me lo ha contado todo. Luego, en ausencia de la enfermera, he registrado el fichero de la enfermería. No hay ninguna ficha a nombre de Biosca ni de nadie cuyas iniciales sean A. T. Ahora bien, es imposible que en todos estos años Biosca no haya pasado ni una sola vez por la enfermería. Sin duda la ficha ha sido eliminada, y seguramente también habrá desaparecido la del archivo central. Ah, y según me han dicho, su habitación la ocupa desde hace unas horas un demente que jura y perjura llevar allí desde octubre del año pasado. Alguien está decidido a borrar toda traza de tu inválido, muchacho, y lo está haciendo bastante bien.

—¿Para qué? —pregunté—. ¿Para qué tanto interés por borrar las huellas de ese tal Biosca?

—Para que ningún pardillo como tú pueda seguirlas con intención de rescatarlo. No se trata de un secuestro hecho al buen tuntún, ni por aficionados. Claro que no contaban con mi presencia aquí.

—¿Qué quiere decir? —pregunté intuyendo en su tono la añagaza.

—Quiero decir que a tu viejo amigo el comisario Flores no se le escapa nada.

—Comisario, ¿hay algo más que no me ha dicho?

El comisario Flores emitió una tos maquiavélica y bronquítica.

—Quizá —dijo—. Quizá sé algo que te podría ayudar a encontrar a tu inválido. Por cierto, ¿cómo está mi asunto?

—Bien, comisario. Sobre ruedas.

—No es suficiente, muchacho. ¿Has hablado ya con el señor alcalde?

—Sí, claro. Y me lo ha dado por hecho. Con estas mismas palabras: dalo por hecho, muchacho, me ha dicho. Pero para después de las elecciones, no vaya a haber malentendidos.

—¿Y si las pierde?

—No las perderá, comisario. El recuento está amañado.

—Esto me tranquiliza —suspiró el comisario Flores—. La falta de libertad hay que conquistarla cada día, muchacho.

—Tomo nota, comisario, pero dígame eso que me ha de decir.

—Ah, no. Sin garantías yo no doy nada.

—Comisario —respondí—, hace tiempo que nos conocemos. Usted sabe que puede fiarse de mí tanto como yo de usted. La promesa sigue en pie: si usted me ayuda a resolver el caso, yo le ayudo a salir del asilo. Pero garantías, no puedo darle ninguna. Así que lo mejor será que se guarde su secreto, si es que de verdad hay tal secreto, y se pudra donde está. Al fin y al cabo, ¿por qué habría de mover yo un dedo por usted? Usted ya no vale un pimiento, comisario. Ni siquiera es comisario. Usted sólo es un viejo pestífero que no sabe nada de nada. Y yo voy a colgar.

—¡Espera!

—Se me acaban las monedas, comisario.

—Uno de los secuestradores era negro. ¿Te sirve eso de algo?

—¿Cómo ha dicho?

—Un tipo muy grande, negro, vestido de chófer. Había otros dos hombres, uno de ellos iba encapuchado. Yo no los vi, pero me lo han contado. Habían encerrado a todos los enfermos en sus habitaciones por orden de la enfermera jefa, pero uno consiguió guipar la escena a través de las persianas. ¿Qué te parece la información? En mis tiempos me habría valido un ascenso.

—Y ahora también, pero sólo en mi estima. El bastonazo que le han dado, ¿ha sido por este asunto?

—No. Me pillaron haciendo trampas al mus y uno de los vejetes me arreó con la cachava. Nueve puntos de sutura y la inyección del tétanos. Figúrate tú, pegarme a mí con toda impunidad. ¡Y pensar que llegué a presidir novilladas en las Arenas! No somos nada, muchacho.

—Usted no es nada —respondí mientras depositaba el auricular del teléfono en su horquilla.

* * *

Volví junto a Ivet, que esperaba entre ávida y aburrida el resultado de mis indagaciones, y le dije:

—Ya está. Yo no tengo la culpa de nada. El secuestro fue planeado con minuciosidad y ejecutado con exactitud, al margen de mi cautelosa incursión. Pero no se trata ahora de deslindar responsabilidades, sino de resolver el embrollo, y para eso es preciso que me aclares alguno extremos. Por ejemplo, ¿cómo se llama tu padre?

—Luis o Lluís Biosca —respondió Ivet.

—Nada de eso —dije yo—. Biosca es el seudónimo bajo el cual lo inscribiste en la residencia de Vilassar. Pero su verdadero nombre responde a las iniciales A. T., bordadas en sus pañuelos, camisas y calzoncillos.

—Es verdad —admitió Ivet con un suspiro—. Mi padre tenía la costumbre, por demás hortera, de hacerse bordar las iniciales en las prendas íntimas. Habría sido más prudente deshacerse de ellas cuando ingresó en la residencia de Vilassar, pero no teníamos dinero para reponer todo el vestuario, de modo que le permití seguir usando el antiguo, convencida de que nadie se daría cuenta de un detalle tan nimio. Ahora comprendo mi error, porque son los detalles nimios los que más llaman la atención de la gente estúpida.

—Una residencia alejada de la ciudad, un nombre falso —dije yo—. ¿A santo de qué? ¿Quién es, en definitiva, A. T.?

—Agustín Taberner —respondió Ivet.

Aquel nombre me sonaba. Hice un gigantesco esfuerzo de memoria, al término del cual me golpeé la frente con la palma de la mano. Al oír la palmada acudió el camarero a preguntar qué se me ofrecía. Le expliqué que había hecho el gesto convencional (y pasado de moda) de quien, tras mucho cavilar, recuerda de repente un dato olvidado, y aproveché la ocasión para interesarme por los bocadillos de calamares encebollados que había pedido hacía más de media hora. Se fue refunfuñando y aventando hacia mí las moscas con su servilleta y yo, reanudando el diálogo interrumpido, exclamé:

—¡Ahora caigo! Agustín Taberner, alias el Gaucho, era el tercer socio de Pardalot y Miscosillas, según los datos recogidos por mi cuñado Viriato en el Registro Mercantil de Barcelona hace unos días.

—Ajá —corroboró Ivet.

—¿Pues qué pasa con él? —insistí—. ¿Qué hace, inválido y encerrado en una residencia para inválidos sin más contacto con el mundo exterior que las visitas esporádicas de su hija? ¿Por qué en la última empresa, denominada *El Caco Español*, precisamente aquella cuyas oficinas visité en forma de robo, tu padre, esto es, Agustín Taberner, alias el Gaucho, ya no figuraba entre los accionistas?

—Mi pobre padre —dijo Ivet— cayó enfermo poco antes de constituirse *El Caco Español*.

—Esta circunstancia no debería haberle impedido seguir participando en las labores de la empresa —objeté—. En nuestra economía de libre mercado muchos socios capitalistas son tullidos. En la economía de planificación centralizada no lo sé.

Ivet me miró con ojos vidriosos, como si su pensamiento se hubiera extraviado en el laberinto de mis preguntas o en el de sus angustias. Era evidente que le resultaba doloroso hablar de su padre, como a casi todas las personas que han conocido al suyo (no es mi caso), por lo que guardé un respetuoso silencio.

—Perdona —dijo tras una larga pausa—, de tanto llorar se me ha secado la boca, el cerebro y el maquillaje. Voy un minuto al cuarto de baño.

Llamar cuarto de baño al cenagoso y miasmático mingitorio de aquel bar me indicó hasta qué punto los sucesos recientes la habían afectado y me invadió una oleada de compasión. Me enjugué la lagrimita con el dorso de la mano, me soné con el mantel para disimular el síntoma de debilidad y los desagradables humores que lo acompañaban y recobré la hierática posición inicial. En ella me encontró Ivet a su regreso y dijo:

—Ya estoy más tranquila. Y mientras me tranquilizaba he reflexionado y decidido contarte la verdad, aunque me duela. Mi padre era un niño bien de Barcelona. Estudió la carrera de Derecho y cuando la acabó, sin haber aprobado una sola asignatura, se dedicó a los negocios. Con dos amigotes de su misma condición social y moral y el dinero de sus respectivas familias formaron una sociedad. España atravesaba a la sazón el período que luego fue conocido como «la transición», por suponer el tránsito de un régimen político a otro más presentable, pero de más difícil acomodo. El pasado era oneroso, el presente agitado, el futuro incierto. Al amparo de la confusión, en la que más de un infeliz recibió un mamporro, los audaces hicieron fortuna. Éste fue el caso de mi padre y sus socios. Luego vinieron las cíclicas crisis y el negocio sufrió avatares. Para evitar problemas hubo que disolver la sociedad y crear otra y luego una tercera. Como suele suceder en momentos de zozobra, hubo enfrentamientos entre los socios. Alguien acusó a mi padre de deslealtad, o de desfalco. Ambas cosas eran ciertas. Mi padre se vio obligado a ceder a la empresa sus acciones al valor nominal y retirarse.

El disgusto, unido a la merma patrimonial, fue posiblemente la causa de su enfermedad.

—¿Y luego?

—Los socios restantes crearon una nueva empresa, llamada *El Caco Español*, y volvieron a medrar con el repunte de la economía —prosiguió Ivet—, pero de esto mi padre quedó al margen. Arruinado, enfermo y a merced de sus antiguos socios, que conservaban documentos comprometedores, sólo le quedaba desaparecer definitivamente de la escena. De ahí el cambio de nombre y la residencia de Vilassar. Durante un tiempo el sistema funcionó bien. Mi padre estaba tranquilo y a salvo. Ahora, sin embargo, todo se ha ido al garete.

—Pero no por mi culpa, sino por la tuya. Un inválido es un trasto. Nadie secuestraría a un inválido para canjearlo por dinero pudiendo secuestrar a una persona sin taras. Y tú eres pobre de solemnidad. Si se han llevado a tu padre precisamente ahora es porque quieren canjearlo por algo, y eso sólo puede ser la carpeta azul que tú robaste. Sólo tienes que esperar a que se pongan en contacto contigo. Entonces les entregas la carpeta azul y verás como ellos te devuelven a tu padre con sillita y todo.

—No seas ingenuo —replicó Ivet—. Si les entrego la carpeta azul, nunca volveré a ver a mi padre con vida. Los que lo tienen en su poder son los mismos que mataron a Pardalot y en varias ocasiones han atentado contra tu vida y tu peluquería. No, no. La única solución es encontrar a mi padre y rescatarlo antes de devolver la carpeta azul. Y para eso te necesito. Sólo tú puedes ayudarme. Sólo te tengo a ti.

—Está bien —la interrumpí—, no me sigas dando coba. Intentaré ayudarte. Al fin y al cabo, yo también estoy implicado en el asunto.

—Oh, gracias, mi amor —exclamó Ivet dando palmadas de alegría—, sabía que no me defraudarías. Si todo acaba bien, te prometo que esta vez...

—No te esfuerces, Ivet —dije—. A lo largo de mi vida me han prometido muchas cosas, o una sola cosa muchas veces, pero luego, a la hora de la verdad, o la promesa resulta haber sido un engaño o los hados me hacen butifarra. Lo mismo me da. He perdido la fe, la esperanza y el entusiasmo. Te ayudaré, pero no por el motivo que tú piensas. Y ahora presta atención: Cuando los secuestradores se pongan en contacto contigo, finge aceptar todas sus condiciones y concierta una cita en un local público, pero no acudas. Llama por teléfono al local, discúlpate por no haber podido acudir y cítalos más tarde en otro sitio. Haz lo que se te ocurra con tal de ganar tiempo, pero siempre a la vista de testigos. Evita los lugares oscuros y solitarios. Si al amanecer no sabes nada de mí ni de tu padre, llama a la policía y cuéntaselo todo. Y dime dónde puedo localizar ahora mismo a Magnolio.

Respondió que no lo sabía a ciencia cierta, pero que tenía un número de teléfono al que le llamaba cuando necesitaba sus servicios. Anotó dicho número en una servilleta y luego se fue a toda prisa por si llamaban los secuestradores. Sólo entonces vino el camarero a traer los dos bocadillos de calamares encebollados.

—A buenas horas mangas verdes —exclamé refiriéndome a la ausencia de quien, debiendo haberse comido su parte correspondiente, no lo hizo por haber llegado la comida demasiado tarde.

—Lo bueno se hace esperar —respondió el camarero señalando a un tiempo la puerta por donde acababa de salir Ivet y los suculentos bocatas que en sendos platos se mecían en un mar de aceite rancio.

—Pues si he de pagar los dos bocatas, como me temo, envuélveme uno mientras liquido el otro y hago una llamada.

Arreando furiosas dentelladas a mi bocadillo, marqué el teléfono de Magnolio que me acababa de dar Ivet y una voz profunda y con fuerte acento extranjero dijo:

—Diga.

—Buenas tardes —dije—. Soy un amigo y en ocasiones empleador de un chófer de alquiler llamado Magnolio y quisiera dejarle un recado. ¿Lo verá hoy?

—Seguro —respondió la voz—. Magnolio se deja caer por aquí todas las tardes a eso de las siete y media por si ha habido llamadas o correspondencia.

—En tal caso prefiero darle el recado personalmente, si es usted tan amable de indicarme su dirección.

Sujetando entre las mandíbulas el resto del bocadillo apunté en la servilleta los datos que me proporcionó mi interlocutor. Luego colgué, me acabé el bocadillo, me eché el otro al bolsillo y pagué. A continuación le pedí una docena de servilletas de papel y el bolígrafo al camarero, porque tenía que tomar unas notas.

—El bolígrafo te lo devolveré. Las servilletas, no.

—Bueno —dijo—, te las doy porque eres un tío majo: primero acogotas al señor alcalde y al cabo de un rato haces llorar a esa chavala de anuncio, ¡y yo que te tenía por un subnormal!

Aproveché las horas inactivas de la tarde (todas) para ir escribiendo en cada servilleta los datos concernientes al caso Pardalot por mí conocidos, agrupándolos por temas y subtemas: el robo de los documentos, el asesinato, el anillo de Reinona, las malandanzas de Santi, las cuitas de Ivet, las cuitas de Ivet (mismo título, distinta Ivet), el secuestro del inválido, etcétera, etcétera. Habría rellenado más servilletas, pero el camarero del bar sólo me había dado siete. A eso de las seis y pico (horas) llamé a Ivet desde el bar. Los secuestradores la habían llamado y ella les había dado cita a las nueve en José Luis, un local céntrico y a la sazón concurrido por gente de orden. Le reiteré mis instrucciones y consejos, colgué y volví a la peluquería. Allí repasé lo redactado, doblé las servilletas, pegué los bordes con una gota de fijador, las numeré del uno al siete y me las metí en el bolsillo. A las ocho en punto cerré la peluquería y salí a la calle.

En el videoclub del señor Boldo encontré al señor Boldo mesándose los cuatro pelillos del cráneo y dando otras muestras de desesperación. No se había recuperado anímicamente del decomiso por la guardia urbana de unas películas (puercas) cuyo alquiler le suponía el 95 % de sus ingresos brutos y netos (no los declaraba) y cuya recuperación por vía judicial le parecía imposible, pues la mitad eran piratas y la otra mitad, caseras. Le expresé una breve condolencia y le expuse el motivo de mi visita.

—Le hago depositario de un papel en forma de pliego o cédula. Contiene información de carácter estrictamente confidencial, pues podría perjudicar en forma irreparable a personas de nombradía. Debido a ello, la información que contiene su cédula es fragmentaria. Sólo juntando esta información con la información contenida en las demás cédulas se puede obtener una visión de conjunto y dar sentido a la información antes mentada. En ningún caso la información contenida en esta cédula debe ser hecha pública, ni siquiera ser leída por usted, salvo que a mí me suceda algo malo. Algo malo de veras, no un jamacuco. Ahora bien, si se entera de que me ha pasado algo malo, entréguele la cédula a mi cuñado Viriato, sin dilación, y cuéntele lo que acabo de decirle. ¿Lo ha entendido?

—Más o menos.

Le di la cédula marcada con el número tres y salí a seguir repartiendo las otras seis. Al farmacéutico le tocó la cinco. A la señora Piñol (su marido, el señor Mahmud, no estaba) de la librería-papelería La Lechuza, el uno. Y así sucesivamente. A cada receptor le repetía el mismo discurso. La última (el dos) se la tuve que dar a la señora Pascuala de la pescadería por no haber más establecimientos de confianza abiertos a aquellas horas. Me escuchó en silencio, se limpió las manos en el delantal y se guardó la cédula en el escote.

—No debería hacerlo —dijo—, pero lo haré porque soy más buena que la mar salada.

A las ocho y veinte había terminado el reparto.

Fui al hogar del jubilado por si encontraba a Viriato jugando su partida de dominó. Tuve suerte, allí estaba. Le conté lo de las cédulas y le previne sobre lo que había de hacer con ellas si llegaban a sus manos.

—El señor alcalde te recibirá si le dices que vas de mi parte. Si pierde las elecciones, dáselas igual. La peluquería está en orden, y las cuentas claras. Si yo falto, hay un chico que tiene disposición y ganas y no pide la luna. Se llama Magnolio. Y piensa en lo que te dije del secador eléctrico: así no podemos seguir ni un día más.

Viriato asintió a todo sin prestar la menor atención a mis palabras y volvió a su partida. Yo me instalé en la parada del autobús.

* * *

Llegué un poco tarde al lugar adonde según me habían dicho por teléfono había de acudir Magnolio, porque aquella noche los autobuses no funcionaban con su característica regularidad y mi destino no era un barrio céntrico ni demasiado bien comunicado. Pero tras varios transbordos me hallé ante lo que resultó ser un bar en cuya puerta de madera se leía pintado en filigrana de spray:

MESÓN MANDANGA
ANTOJITOS BOSQUIMANOS

Nada lo diferenciaba de otros bares de su misma condición (lamentable) aparte de este reclamo y su clientela, compuesta exclusivamente de negros. Ninguno de los cuales, cuando entré en el bar, era Magnolio. Varios altavoces difundían músicas distintas y un televisor instalado sobre una ménsula retransmitía casualmente una entrevista con el señor alcalde que no parecía suscitar el interés de los escasos parroquianos. En las paredes había gallardetes, un póster grande de Whitney Houston y un anaquel con pucheros de barro con cenefas y adornos geométricos, como los de La Bisbal u otra etnia. Me acodé en la barra sobre la que escrito en tiza en un pizarrín se anunciaba:

Plato del día

CHICHARRONES DE ZEBRA

—¿Son verdaderamente de zebra? —pregunté a la persona que acudió a atenderme. Era un hombre orondo de formas y edad avanzada. Tenía el cutis de un negro lustroso pero mate, como la baquelita, y el cabello, las cejas y la barba, espesa y rizada, blancos como la nieve. Debido a esta singularidad y a una expresión bondadosa y socarrona, parecía una amalgama de los tres reyes magos.

—¿De zebra? —respondió—. No, hombre. De penco. Pero sin la piel no se nota la diferencia. Pruébelos. También tenemos sucedáneo de criadillas de mono. ¿Qué le pongo para beber?

—¿Qué les viene bien a los chicharrones?

—La Pepsi-Cola —respondió, y sin esperar respuesta, levantó la cabeza hacia el techo y gritó—: ¡Loli, marchando una de chicharrones y una pesi a granel!

—Oiga —le dije—, me gusta este sitio.

El hombre del mostrador sonrió satisfecho y dijo:

—Más le gustará cuando lo conozca a fondo. Aparte las consumiciones, tenemos un cineclub y otras actividades culturales: conferencias, seminarios, presentaciones de libros. El próximo sábado hay anunciada una mesa redonda sobre la postura del misionero, mito y realidad. Y después del coloquio, bailongo. Entrada libre. Anímese.

—Gracias —dije—, pero de donde vivo y trabajo esto me pilla muy a trasmano. En realidad he venido buscando a un amigo, Magnolio de nombre. Esta misma tarde he llamado preguntando por él.

—Ah, sí, yo mismo tomé el recado —dijo el hombre del mostrador secándose la mano con el delantal y tendiéndomela—. Soy el gerente de aquí: Juan Sebastián Mandanga, para servirle.

—Un placer. Yo soy peluquero.

—Buen oficio. Yo, ya ve, sirviendo al distinguido. Y mi mujer en la cocina, como mandan los cánones —dijo con una sonrisa benévola. Luego, regresando al objeto de mi presencia allí, añadió—: Magnolio no ha venido aún. Todos los días se deja caer por aquí, como le dije, entre siete y media y ocho, por si hay recados, y a pegar la hebra con la panda. Pero desde que sale con Raimundita se le ve menos. Por lo visto esta vez le ha dado fuerte. De todos modos, no dejará de venir. El bar es también una casa de contratación. Oiga, ¿no será usted inspector de algo?

—No.

El hombre del mostrador desapareció por una cortina de arpillera y regresó al cabo de un rato envuelto en una espesa humareda. En una mano llevaba un plato cubierto de una especie de guijarros y en la otra un vaso de plástico con un líquido oscuro y un cubito de hielo. Dejó ambas cosas delante de mí y dijo:

—No lo digo por decir. La situación de nosotros, incluida la mía, no es de holgura. A veces uno no puede elegir, ya me entiende. Aquí quien más quien menos, todos hemos hecho cosas que no están en el manual de urbanidad. Por pura necesidad, ya me entiende. Como decimos en mi país, nadie mete los pies en una tifa si lo puede evitar. Magnolio es un buen chico. No sé lo que ha hecho, pero es un buen chico.

Asentí con la cabeza en el momento en que la desgarbada figura de Magnolio hacía su entrada en el local. Ni siquiera su exigua visión le impidió distinguirme (por lo blanco) antes de haber acabado de franquear la puerta. Se paró en seco, hizo un aspaviento demostrativo de contrariedad, inició un movimiento de retroceso como si se dispusiera a emprender la retirada y por último, sabiéndose el centro de atención de los parroquianos, a quienes su llegada había interrumpido en sus decaídos pasatiempos, sacudió los hombros y vino a reunirse conmigo en la barra.

—Este caballero —le dijo el hombre del mostrador señalándome con la punta de la barba— dice ser amigo tuyo.

Magnolio movió la cabeza en señal de apesadumbrada confirmación.

—¿Cómo ha dado conmigo? —me preguntó luego.

Le dije cómo y Magnolio exclamó:

—Yo no le debo ninguna explicación. Ni a usted ni a nadie.

—Oh, oh, excusatio non petita, accusatio manifesta —dijo el hombre del mostrador señalando a Magnolio con el dedo—. ¿En qué lío te has metido, hijo?

—No he hecho nada malo, señor Mandanga —dijo Magnolio.

—Traición, delación y colusión —dije yo—, ¿le parece poco?

—Pardiez, los cargos son de altura —murmuró el señor Mandanga. Y dirigiéndose a mí—: ¿Puede sustanciarlos?

—Sólo con hipótesis —respondí—, pero muy sólidas. Usted parece un hombre ecuánime. Óigame y juzgue después.

—Espere —dijo el señor Mandanga—, avisaré a mi mujer. ¡Loli!

A través de la cortina de arpillera salió de la cocina una negra rolliza, vestida con bata y delantal y un pañuelo de muchos colores anudado a la cabeza. El señor Mandanga me la presentó y ella me dio una mano ancha, fuerte y mojada.

—¿Qué tal estaban los chicharrones? —preguntó.

Le dije que muy buenos (era la pura verdad) y luego, sin más trámite, empecé mi relato diciendo:

—Me remontaré, si ustedes no ponen objeción, a la noche siguiente a la fiesta celebrada en casa de los señores Arderiu en honor del señor alcalde de nuestra ciudad con motivo del inicio de la campaña electoral y con el propósito manifiesto de recaudar fondos con destino a dicha campaña. En esa ocasión, es decir, a la noche siguiente a la fiesta, un caballero maduro y canoso llamado Miscosillas, abogado de prestigio, con bufete en la Diagonal, visitó de nuevo la casa de los señores Arderiu. El propio Magnolio me lo contó, pues a él se lo había contado Raimundita, que presta servicio doméstico en casa de los ya mentados señores Arderiu y a quien Magnolio había ido a buscar la ya referida noche con fines de galanteo y espionaje. Pero Magnolio no me contó a mí todo lo que Raimundita le había contado. Porque Raimundita, que no tiene un pelo de tonta, había escuchado la conversación entre el abogado señor Miscosillas y los señores Arderiu y de dicha conversación había dado cumplida cuenta a Magnolio.

—No mezcle a Raimundita en este asunto —dijo Magnolio.

—Es usted quien la ha mezclado, haciéndola cómplice involuntaria de un acto vil. Lo que Raimundita aprehendió en casa de los señores Arderiu y luego le contó a Magnolio fue que a raíz del asesinato de Pardalot, había un gran interés por averiguar el paradero de un hombre inválido llamado Agustín Taberner, alias el Gaucho, y de su hija, una antigua modelo de ropa interior llamada Ivet. Magnolio dejó hablar a Raimundita y luego concibió un plan que había de reportarle pingües beneficios. Esa misma noche o al día siguiente fue a ver al abogado señor Miscosillas y le dijo que conocía el paradero del hombre al que, según sabía de buena tinta, andaban buscando. Conocía dicho paradero porque Ivet, que es muy finolis, cuando estaba bien de dinero, contrataba los servicios de Magnolio para hacerse llevar y traer de la residencia de Vilassar donde tenía escondido desde hacía varios años a su padre inválido y ahorrarse de este modo los vejámenes de la RENFE y el contacto con la chusma, siempre incómodo, y aún más en los meses de verano. Al servirse de Magnolio, Ivet no creía poner en peligro el secreto, puesto que no había ni era previsible que hubiera ningún contacto entre un chófer negro de tres al cuarto y el selecto círculo de los Arderiu, los Pardalot y los Miscosillas. Y, en efecto, ninguno habría habido si el asesinato de Pardalot y su posterior investigación, hábilmente llevada por mí, no nos hubiera echado a los unos en brazos de los otros, en sentido figurado, al menos por lo que a mí respecta. ¿Es así como sucedió o no es así, Magnolio?

—Ni lo admito ni lo niego —repuso el acusado—, pero si las cosas hubieran ido así, ¿qué? Todos vivimos a salto de mata, como los ñus. Y vender información no es menos lícito que despachar comida caducada, como hace el señor Mandanga, o socarrar con lejía el pelo de las señoras, como hace usted.

—No entremos en el debate —dijo el señor Mandanga— sin haber aclarado antes algunos puntos esenciales de esta historia. Verbigracia: ¿quién es Agustín Taberner, alias el Gaucho, y quién esa tal Ivet, que tanto revuelo arman?

—Dos tarambanas —dije yo—. Agustín Taberner, alias el Gaucho, fue socio fundador, con Pardalot y Miscosillas, de varias empresas de dudosa legalidad y cuantioso rendimiento, luego sustituido en el triunvirato por Ivet Pardalot, a la que no deben ustedes confundir con la hija de Agustín Taberner, alias el Gaucho, también llamada Ivet.

—Debo de ser un poco tonta —dijo la señora Loli— pero no acabo de entender bien el asunto. ¿Para qué querían Miscosillas y los otros conocer el paradero de Agustín Taberner, alias el Gaucho?

—No lo sé con exactitud —dije—, sólo tengo hechas algunas conjeturas. En este asunto se entremezclan viejas historias con otras recientes. Pero sea cual sea la causa del secuestro de Agustín Taberner, alias el Gaucho, una cosa es cierta: que su vida corre peligro. Y otra más: que de lo que ocurra, Magnolio será en buena parte responsable moral.

Todos miramos a Magnolio esperando una decidida refutación de mis acusaciones, pero aquél, enfrentado a la descripción objetiva de los hechos (y a sus culpas), callaba y se miraba las punteras de los zapatones. Cuando finalmente levantó la cara pudimos ver que dos lágrimas gruesas como dos gotas de petróleo le resbalaban por las mejillas.

—Todo lo que ha dicho este hombre —dijo con voz entrecortada— es verdad. Estoy avergonzado. Siempre he procurado obrar con arreglo a la ley de la jungla, pero en esta ocasión me he dejado llevar por la ambición. Necesitaba el dinero. No me obliguen a decir para qué. Lo necesitaba para un fin bueno, pero los medios utilizados para obtenerlo han sido malos. Lo comprendo, me arrepiento y haré lo que pueda para enmendar mis desatinos.

—Bien está el arrepentimiento cuando es sincero y lleva consigo el propósito de enmienda —dijo el señor Mandanga—, pero a Agustín Taberner, alias el Gaucho, de poco le va a servir el tuyo.

Al oír estas palabras, Magnolio se irguió en toda su considerable estatura, se quitó la gorra de chófer, se la llevó al pecho como si quisiera sofocar con ella el eco de los latidos de su noble corazón, y exclamó:

—Podemos tratar de rescatarlo.

—Es casi imposible —dije yo—. Sin duda lo tendrán bien custodiado. Y por añadidura no sabemos adónde lo han llevado.

—Ah —replicó Magnolio—, yo sí lo sé.

Lo miramos sorprendidos y Magnolio, ufano de haber despertado tanta expectación sobre su persona, nos refirió cómo a la mañana siguiente de la noche aciaga de la traición, Magnolio y el abogado señor Miscosillas habían ido en el coche de Magnolio a recoger a un tercer individuo, encapuchado, y luego los tres juntos a la residencia de Vilassar, de donde se habían llevado al padre de Ivet a un lugar seguro. Allí satisfizo el abogado señor Miscosillas el pago prometido a Magnolio, conminándole al mismo tiempo a no revelar a nadie nada de lo ocurrido, pues si lo hacía la policía lo consideraría cómplice del secuestro y, siendo negro, le atribuiría las peores intenciones.

—Pero ahora —concluyó diciendo Magnolio—, estoy dispuesto a correr cualquier riesgo para rehabilitarme a los ojos de usted, y a los ojos del señor Mandanga y de su esposa, que han sido como unos padres para mí, y a los ojos de la señorita Ivet, que tantas veces me ha proporcionado trabajo y ha confiado en mí, y sobre todo a los ojos de mis antepasados, porque soy animista, para lo cual, si usted quiere, le llevo en mi coche, sin cobrar, al escondrijo donde tienen encerrado a Agustín Taberner, alias el Gaucho, pero sólo hasta la puerta. Debo advertirle, sin embargo, que se trata de lugar peligroso al tiempo que siniestro, siendo su nombre o topónimo Castelldefels.

Asumí el riesgo, felicitaron el señor Mandanga y su esposa, la señora Loli, a Magnolio por aquel cambio de actitud recta y loable, y a mí por mi arrojo, y saliendo ambos de la barra nos abrazaron y nos recordaron que la semana siguiente empezaba un ciclo de Truffaut y se negaron a cobrarme los chicharrones y la Pepsi-Cola, diciendo que eran obsequio de la casa.

7

Era pasada la medianoche cuando Magnolio y yo emprendimos viaje y, siendo el tráfico escaso por la Ronda de Dalt (obra magna), hicimos largo trayecto en tiempo breve. No tanto sin embargo que no pudiera Magnolio hacerme recuento de lo sucedido aquella mañana, al despuntar la cual, como ya había empezado a contarnos en el bar, Magnolio había recogido en su coche, en una de las esquinas de la Diagonal con la calle Muntaner, al abogado señor Miscosillas y a otro individuo de corta estatura y gruesa complexión a quien Magnolio dijo haber reconocido al punto, pues llevaba el rostro cubierto por un caperuzón y hablaba, cuando hablaba, con la voz deformada por un artilugio que, al volverla igual a la del Pato Lucas, hacía ganar a su dueño en misterio lo que le hacía perder en dignidad. Por lo demás, los dos secuestradores poco se habían dicho durante el viaje, sin duda para no poner en conocimiento del chófer (Magnolio) lo alevoso de sus intenciones. Y así, con las vicisitudes propias del tráfico a aquella hora, que Magnolio describió de modo prolijo y yo ahora omito, habían llegado los tres ante la cancela de la residencia de Vilassar ya conocida del lector atento. Magnolio habría preferido quedarse en el coche, siguió diciendo Magnolio, y así se lo hizo saber a sus acompañantes, pero el encapuchado le ordenó que les acompañara por si había que cargar algún paquete. Con esta crudeza se expresó, dijo Magnolio. Ya en el interior de la residencia, un marimacho en funciones de enfermera jefa salió a su encuentro. Debía de haber sido avisada con anterioridad y su voluntad comprada, pues dijo que todo estaba listo, tal como habían quedado, se guardó en un bolsillo del uniforme el cheque que le entregaron y condujo a los tres hombres por un pasillo hasta una habitación en cuyo interior dormía un inválido en una silla de ruedas. Junto a la silla de ruedas del inválido había una maleta cerrada que contenía, según dijo la enfermera jefa, la ropa del inválido y otras pertenencias, también del inválido. El inválido, siempre según la enfermera jefa, había sido preparado para el viaje, con lo que había dado a entender, está vez según Magnolio, que le había sido administrado un específico para dejarlo grogui. Tras este conciliábulo, habían sacado al inválido y su equipaje de la residencia y metido en el coche al inválido y en el maletero la silla de ruedas del inválido y la maleta del inválido y habían partido con el inválido y la impedimenta del inválido. Después de un recorrido, de cuyas incidencias hizo de nuevo Magnolio minuciosa relación, habían llegado a las puertas de un chalet ubicado en una zona residencial de Castelldefels, adonde precisamente llegábamos nosotros a nuestra vez en este punto de la narración.

Dejamos la autovía dicha de Castelldefels a la altura de un parking-caravaning, asador, gasolinera y centro de exposición y venta de muebles de jardín llamado El Pirata Bujarrón, contorneamos dos o tres rotondas y después de varios intentos fallidos por orientarse Magnolio, nos encontramos circulando por unas calles flanqueadas de chalets que yo no habría vacilado en calificar de «de ensueño», si bien muchos de ellos estaban siendo derribados por la piqueta del progreso para dejar paso a edificios de apartamentos, más grandes y más en consonancia con el gusto actual por el hacinamiento. Ni ser humano ni máquina se movían en los alrededores y ni tan sólo el murmullo cadencioso de las olas del mar al romper en la arena de la playa cercana o el lejano traqueteo de un tren de mercancías rompían el silencio cuando Magnolio apagó el motor, tras haber detenido el coche en una esquina.

—Es aquél —dijo señalando un chalet de dos plantas, con hechura de triángulo escaleno, paredes blancas, postigos verdes y techo de tejas descoloridas, rodeado por un jardín y éste, a su vez, por una cerca de obra enjalbegada de apenas metro y medio de altura—. Le acompañaría con gusto, pero como ve, no hay donde aparcar.

—No se haga problemas de conciencia, Magnolio —le dije—. Este asunto no le concierne y ha hecho usted lo que habría hecho cualquier hombre de bien en sus mismas circunstancias, por no decir más. En realidad, este asunto sólo concierne a unas cuantas personas con las que ni usted ni yo tenemos nada que ver, nada que rascar. Lo nuestro, amigo Magnolio, es la supervivencia, y nuestra supervivencia no pasa por Castelldefels. Y si se está preguntando por qué pensando así me meto en camisa de once varas, le responderé que no lo sé. Alguna razón o instinto habrá. Supongo que en algo influye la señorita Ivet. Y ahora déjeme que sea yo quien le haga una pregunta capital: ¿hay perro?

—Yo no he olido ninguno esta mañana —respondió Magnolio.

Me apeé sin decir más y Magnolio arrancó y se fue. Cuando el petardeo del coche hubo cesado me acerqué con cautela al chalet. La cancela no era más alta que la cerca y se cerraba con un simple pasador: el chalet había sido construido en una época lejana en la que sólo delinquíamos contra la propiedad unos pocos artesanos. De la cancela a la casa corría un sendero de lascas; el resto del jardín estaba alfombrado de césped y salpimentado de macizos de flores. Un almendro, un limonero y una palmera bigotuda completaban el censo botánico del área. Al costado derecho de la casa, según yo estaba, se intuía el principio o el final de una piscina vacía y cuarteada, largo tiempo en desuso; al opuesto, un garaje. Por la parte de atrás el chalet daba a otro chalet idéntico al descrito en este mismo parágrafo. Este segundo chalet estaba a oscuras; el primero dejaba ver una luz a través de los postigos entreabiertos de una ventana de la planta baja. Por si en aquella ventana había apostado un vigía, preferí entrar por el jardín del otro chalet, suponiéndolo vacío. No lo estaba: apenas rebasada la cerca y avanzados unos metros por el césped a gatas oí un jadeo y vi a un palmo de mis ojos las fauces de un terrible mastín, para cuya descripción me remito a la que de esta raza ofrece el Diccionario de la Real Academia Española: «Perro grande, fornido, de cabeza redonda, orejas pequeñas y caídas, ojos encendidos, boca rasgada, dientes fuertes, cuello corto y grueso, pecho ancho y robusto, manos y pies recios y nervudos, y pelo largo, algo lanoso. Es muy valiente y leal, y el mejor para la guarda de los ganados.» La lengua babosa que le colgaba por un lado de la boca y una correa en la que se podía leer su nombre *(Churchill)* acentuaban lo espantoso de su aspecto. Me di por comido. Sin embargo, al cabo de unos segundos, mientras el cruel depredador se deleitaba alargando mi agonía, recordé que aún llevaba en el bolsillo de la americana el bocata de calamares encebollados que Ivet no se había comido aquel mediodía. Me llevé la mano lentamente al bolsillo, saqué el paquete, le quité el papel de periódico en que venía envuelto el bocata y con gesto templado lo arrojé al interior de la boca de la fiera. La cual cerró la boca, masticó, tragó, fijó en mí una mirada no tanto feroz cuanto taciturna y abrió de nuevo la boca. Cerré los ojos. Cuando los abrí el mastín seguía con la boca abierta. Al cabo de unos segundos emitió un sobrio eructo, cerró la boca, dio media vuelta y se fue.

Después de esta enervante aventura, ya no hubo más hasta que llegué a la puerta trasera del primer chalet, objeto de mi incursión, allí donde presuntamente se encontraba secuestrado Agustín Taberner, alias el Gaucho, y al que a partir de ahora, a efectos de concisión, llamaré simplemente «el chalet». La puerta trasera (del chalet) era de madera, con un panel de cristal en la mitad superior, mirando a través del cual pude distinguir en penumbra una cocina. La puerta estaba cerrada, pero un niño la habría podido forzar con un chupete. En un santiamén estuve dentro. Una vez allí cerré la puerta, me puse de pie, porque andar a gatas tiene muchos inconvenientes y ninguna ventaja, y reconocí el terreno con sigilo y minuciosidad. En la alacena encontré varias botellas de whisky, ginebra y ron, latas de cacahuetes tostados, un bote de café liofilizado, un paquete de bolsitas de té, sal y azúcar; en la nevera, tónicas, cervezas y zumo de tomate; en el congelador, cubitos de hielo y una botella de vodka cubierta de escarcha. En los armarios había vasos, copas, platos, cucharillas y palillos; sobre una repisa, una palmatoria con una vela mediada, una caja de cerillas y varias cajas de condones. Obviamente no era aquélla una casa de familia. Los fogones de la cocina estaban fríos. Palpando muebles y objetos advertí que en unos y otros se acumulaba una considerable capa de polvo. Me comí un puñado de cacahuetes, cogí una cucharilla y la palmatoria, encendí la vela con una cerilla y salí por otra puerta al resto del interior del chalet.

Allí la oscuridad no era completa porque de la puerta entornada de una habitación salía una tenue luz que alumbraba un espacio amplio y sin muebles. Supuse que tanto la habitación iluminada como la luz eran las mismas que había visto a través de una ventana desde la calle. De aquella habitación, además de la luz ya mencionada, salían los suaves acordes de una partitura clásica que reconocí al punto: *Only you*, uno de los grandes éxitos de los Platters. A mi izquierda había otra puerta. La abrí e introduje por la abertura la cabeza y la palmatoria. Esto me permitió contemplar un cuarto sin ventilación donde se amontonaban objetos destinados antaño al ocio y ahora al olvido: bicicletas, sombrillas, tumbonas, raquetas, una mesa de ping-pong. Todo estaba roto y cochambroso y el cuarto olía a moho y a goma podrida. Otra puerta me mostró un lavabo, un espejo y un váter. Al fondo del espacio vacío encontré la puerta principal del chalet. Tenía corrida la falleba; la descorrí para dejar el camino expedito en caso de necesidad.

Hecho esto me asomé a la puerta entreabierta de la habitación iluminada. Sólo atiné a ver un sofá grande, cubierto de una funda blanca y el canto de un mueble igualmente enfundado. Se acabó la última canción y quedó sonando el roce de la aguja de zafiro sobre el surco vacío del disco. A poco chirrió la aguja del pick-up al ser levantada sin miramientos y vino a estrellarse y romperse el disco contra la pared, sobre el sofá enfundado. Por lo visto no había sido del gusto del oyente. Para no delatar mi presencia en el silencio que siguió a este quebranto me quedé inmóvil hasta que volvió a chirriar la aguja y se oyó la afinada voz de José Guardiola entonar *El viejo frac*. Aproveché este hit para volver a lo mío.

Lo que buscaba, o sea, la escalera al piso superior, estaba al fondo del espacio vacío, a la derecha. Subí de puntillas y desemboqué en un pasillo al que daban varias puertas. Escuché en una y otra hasta percibir un discreto carraspeo. Probé el pomo y no cedió. Deduje que allí tenían encerrado a Agustín Taberner, alias el Gaucho. Dejé en el suelo la palmatoria, saqué del bolsillo la cucharilla que había cogido de la cocina y abrí. Recuperé la palmatoria, entré y al tiempo que cerraba la puerta a mis espaldas susurré:

—No hable fuerte.

La silueta de un hombre se agitó en su silla de ruedas.

—¿Quién es usted? —preguntó en un susurro.

—El peluquero.

—Ah, ¿y qué hace con una palmatoria en la mano?

—He venido a rescatarle.

—No veo la relación.

—Yo tampoco —admití.

Contra una de las paredes laterales de la habitación había una cama estrecha sin hacer. Por una rasgadura del colchón asomaban trozos de gomaespuma guarros y roídos. Desde el otro lado de la habitación me miraba un papanatas con una palmatoria en la mano: era yo reflejado en la luna de un armario. Por la rendija que dejaban los postigos de un ventanuco entraba una raja de luz proveniente de la calle. En vano traté de abrir los postigos, consolidados por la acción del tiempo. Volví junto al inválido.

—¿Por qué hace esto? —preguntó.

—Por su hija —respondí optando por la versión abreviada de mis motivaciones.

—Eh, no meta a Ivet en este enredo —dijo él.

—Y usted no sea ingenuo: es Ivet la que lo ha enredado a usted, señor Gaucho. ¿Es argentino?

—No. Me llamaban el Gaucho porque bailaba el tango mejor que nadie.

—Pues más valdría que hubiera bailado menos y no se hubiera quedado inválido. Ya me dirá cómo salimos de aquí.

—Un respeto. Estoy inválido porque me rompieron las piernas. Aparte de mi enfermedad renal. Estoy desahuciado a largo plazo.

—¿Quién le rompió las piernas? ¿Pardalot?

—Claro.

—¿Tanto les estafó?

—Bastante.

—¿Y Miscosillas?

—No. Ése es un pobre abogado, el hombre de paja del señor alcalde. ¿No sería mejor que habláramos de todo esto en una cervecería?

—Es muy fácil decirlo —repliqué—. Pero si nos ponemos a bajar la escalera con la silla de ruedas se volverá a romper las piernas y además los brazos. Eso sin contar con el alboroto.

—Tiene razón —reconoció—. Llévame a cuestas. Peso poco y usted parece fuerte.

—Son las hombreras. Y no voy a llevarle a caballito por la autovía de Castelldefels hasta Barcelona.

El inválido meditó unos instantes y luego dijo:

—Ya sé. Bájeme primero a mí y luego baje la silla.

—Vaya, no es mala idea —reconocí.

Abrí la puerta. A nuestros oídos llegaron los acordes de una triste melodía (*Tombe la neige*, u otra de Adamo que siempre confundo con *Tombe la neige*). Dejando la puerta abierta conseguí, con gran esfuerzo y considerable pérdida de tiempo, levantar al inválido de su silla de ruedas y sostenerlo precariamente sobre mi escuchimizada espalda. Él se aferraba con ganas a mi cuello. Para que no me asfixiara y tener yo las manos libres le dije que se hiciera cargo de la palmatoria. Así salimos de la habitación. Anduvimos unos pasos, se me doblaron las rodillas y nos caímos los dos por el suelo. Por fortuna la voz del inspirado chansonnier ahogó el ruido de los coscorrones.

—No doy para más —susurré jadeando—. Siempre fui enclenque. Y llevo varias noches durmiendo poco.

—Pues estaba mejor secuestrado que así —protestó el Gaucho.

—Calle y no se mueva. Ahora vuelvo —dije.

A tientas recuperé la vela, que se había salido de la palmatoria y se había apagado y la volví a encender con una cerilla. Abajo se hizo de nuevo el silencio y al cabo de un rato se oyó el ruido del disco al hacerse añicos contra la pared. A continuación Aznavour cantó en español *Se está muriendo la mamá*. Regresé a la habitación y abrí el armario de luna. Como había previsto encontré allí ropa de cama. Saqué una manta y regresé con ella junto al inválido, al que encontré yacente y deshecho en llanto.

—Y ahora, ¿qué le pasa? —le pregunté—, ¿se ha hecho daño?

—No. Es la canción —dijo él.

* * *

Aprovechando la melancólica laxitud en que el recuerdo de tiempos más felices había sumido a Agustín Taberner, alias el Gaucho, lo coloqué sobre la manta y tirando de ella lo arrastré hasta el arranque de la escalera con relativa facilidad, que por este sencillo método y en virtud de sabe Dios qué leyes de la mecánica, he visto yo a hombres débiles desplazar pianos y neveras. Los peldaños, naturalmente, presentaban dificultades adicionales.

Sin embargo, con destreza, coraje y alguna que otra culada, llevábamos bajado ya el primer tramo cuando nos detuvo el repicar de unos nudillos en la puerta de entrada del chalet. A quienquiera que fuera dirigida esta llamada, la música le impidió oírla. El recién llegado probó entonces de abrir la puerta de entrada desde fuera y lo consiguió al primer intento por haber descorrido yo poco antes la falleba. En el vano de la puerta de entrada se perfiló la figura de un hombre. Para no ser descubiertos por el recién llegado, me eché al suelo y cubrí con la manta al inválido y a mí, formando de este modo un bulto de regular tamaño, pero a mi entender poco visible en la penumbra reinante. Concluía por lo demás en aquel mismo instante la canción (de Aznavour) que había estado sonando hasta entonces y fue claramente perceptible el ruido de la puerta al ser cerrada por el recién llegado. Desde la habitación iluminada una voz extraña preguntó:

—¿Quién anda ahí?

—Soy yo —respondió el recién llegado.

Me sonaba la voz del recién llegado, pero al pronto no supe a quién atribuírsela. La otra voz era irreconocible por deformarla el artilugio empleado en ocasiones anteriores por el encapuchado.

—¿Cómo has entrado? —preguntó éste.

—La puerta estaba abierta —respondió el recién llegado.

—Hum —dijo la otra voz—, juraría haber corrido la falleba de la puerta de entrada.

—Pues estaba descorrida —replicó el recién llegado—. No importa: cerraré con llave.

Así lo hizo el recién llegado con una llave que sacó del bolsillo y en el bolsillo guardó y luego, dirigiéndose a la habitación iluminada, se quedó apoyado en la jamba de la puerta, contemplando los trozos de disco diseminados por el suelo. La iluminación proveniente de la habitación iluminada formaba a contraluz un halo en el pelo canoso del recién llegado. Reconocí de este modo al abogado señor Miscosillas, el cual preguntó:

—¿Qué hacías?, ¿escuchar música mala de ayer, de hoy y de siempre?

—Sí, y romper estos discos procaces —respondió la voz transfigurada—. ¿La has visto?

—No —respondió el recién llegado señor Miscosillas—. La estuve esperando en José Luis, donde me había citado, pero no acudió a la cita. Estando allí llamó y me citó en otro bar y luego en otro. Al cuarto bar, me harté y me vine para aquí.

—Uf, eres idiota —dijo la transfigurada (y cabreada) voz.

—¿Por qué? —preguntó sin inmutarse el abogado señor Miscosillas.

—Ya te lo explicaré luego. Ahora, chitón: alguien llama a la puerta.

—No te inquietes. Es Santi. Ha venido conmigo, pero hemos dejado el coche un poco lejos y el pobre anda fatal desde que salió de la UVI.

—No deberías haberlo traído —dijo la voz—. Cada día estás más torpe. Física y mentalmente caduco como estos discos. Ve a abrir, ¿a qué esperas?

Obedeció el abogado señor Miscosillas y balanceándose sobre dos muletas entró Santi, el antiguo guardia de seguridad convertido ahora también en inválido de resultas del disparo recibido en mi apartamento. El abogado señor Miscosillas volvió a cerrar con llave y a guardar la llave en el bolsillo de su americana.

—La cosa se pone peluda, che —susurró a mi oído Agustín Taberner, alias el Gaucho—. Ahora son tres, y a cual más peligroso.

—No se desanime —respondí—, a lo mejor se ponen a discutir y pasan de todo.

Nos quedamos un rato quietos y callados. De la habitación iluminada llegaba el murmullo ininteligible de una conversación interrumpida por largas pausas. Con extrema cautela salimos de debajo de la manta y reanudamos el descenso por el método ya descrito. Al llegar al pie de la escalera la luz proveniente de la habitación iluminada proyectó una sombra. Alguien salía. Tuve tiempo de arrastrar la manta y al inválido hasta un rincón, echarme a su lado y cubrir a ambos de nuevo. Levantando una orilla de la manta vimos al abogado señor Miscosillas salir de la habitación iluminada, cruzar el espacio oscuro donde estábamos, entrar en la cocina y encender la luz. Hubo trajín y al cabo de un rato se apagó la luz de la cocina y el abogado señor Miscosillas regresó a la habitación iluminada llevando en una bandeja una botella de whisky, cuatro vasos y un pote con hielo.

—La puerta de la cocina estaba abierta —comentó—, como la de la entrada.

—Pues también juraría haber echado el pestillo —dijo la voz.

—Está bien —dijo el abogado señor Miscosillas—, no tiene importancia. De todos modos, la he cerrado con llave y me he guardado la llave en el bolsillo, junto con la otra. Ahora tengo las dos llaves en el bolsillo.

—Por lo visto —susurré—, esperan a alguien más.

Unos golpes en la puerta de entrada corroboraron mi suposición. El abogado señor Miscosillas salió y fue a abrir, rezongando por tener que hacerlo todo como si fuera la chacha de la casa. Éstas fueron sus palabras. Apenas hubo abierto la puerta (con la llave correspondiente a dicha puerta) un hombre se coló por ella como una exhalación.

—Cierra, Horacio —dijo—. Nadie me ha seguido, pero todas las precauciones son pocas.

El abogado señor Miscosillas volvió a cerrar con llave mientras el nuevo recién llegado era recibido en la habitación iluminada por la falsa voz del encapuchado.

—Llegas tardísimo.

—Sí, bueno, ya sabéis cómo son las cosas de la televisión: te dicen diez minutos y al cabo de un rato son tres horas. Que si el maquillaje, que si la cuña, que si patatín, que si patatán. Y para colmo hemos tenido que repetir varias tomas porque al entrevistador le ha dado la risa floja. Como gane las elecciones, se va a enterar. Pero en conjunto he quedado muy bien. Así me lo han hecho saber mis asesores de imagen, que seguían el programa con mucho interés desde la cafetería.

—No habrás venido en el coche oficial y con escolta.

—No, no, he cogido la furgoneta del megáfono. ¿Se sabe algo de la chica?

—No acudió a la cita —dijo el abogado señor Miscosillas.

—Y a este idiota, en vista de que ella le daba el esquinazo cada vez, no se le ha ocurrido nada mejor que venir aquí —dijo la voz.

—A mí me parece una buena idea —dijo el señor alcalde—. ¿A quién le sirvo un scotch on the rocks?

Mientras se oía el tintineo del hielo en los vasos pasé revista a la situación. No era halagüeña. Las dos puertas de entrada (y salida) estaban cerradas con llave, y no es lo mismo una llave que un pestillo: forzar las cerraduras con la cucharilla me habría llevado por lo menos media hora, con el riesgo consiguiente de ser pillado in fraganti. Pero de todos los planes posibles, aquél era el único viable, pues con un inválido en una silla de ruedas no era cosa de utilizar las ventanas ni el tiro de la chimenea. De las dos puertas, la de la cocina parecía la elección más lógica, aunque salir por allí implicaba el probable reencuentro con el mastín y esta vez no tenía con qué granjearme su benevolencia, salvo que le gustaran los cacahuetes tostados y el zumo de tomate. Antes, sin embargo, debía regresar a la planta superior y bajar la silla de ruedas, como habíamos quedado al inicio de la fuga.

De estas minuciosas pero necesarias especulaciones mentales me arrancó de golpe un sospechoso olor a lana quemada. El inválido y yo lanzamos sendos reniegos al unísono. Por descuido habíamos olvidado apagar la vela y ardía la manta.

Como mi altruismo tiene un límite, dije al inválido que se arreglara por su cuenta y salí arreando. Con tan mala fortuna que la manta se me enredó en la ropa y se vino conmigo. El zafarrancho no podía pasar inadvertido y al instante se oyeron voces en la habitación iluminada exclamar:

—¿Qué demonios está pasando ahí afuera?

El señor alcalde asomó la cabeza y dijo:

—No lo sé. Hay una manta en llamas corriendo por la casa.

—Santi, coño, haz algo —exclamó el abogado señor Miscosillas—, que para eso se te paga.

—Estoy de baja —replicó el antiguo guardia de seguridad.

—Pues dame la pistola, gandul —dijo el abogado señor Miscosillas.

Salió éste empuñando una Beretta 89 Gold Standard calibre 22 en el momento en que yo lograba desprenderme de la manta. Por si acaso, me desprendí también de la americana y los pantalones y luego levanté los brazos y grité:

—¡Me rindo!

—Baje los brazos y apague esta hoguera antes de que se queme la casa, majadero —me ordenó el abogado señor Miscosillas.

Tan interesado como él en evitar un desastre, corrí a la cocina y regresé con dos vasos llenos de agua. Esta intervención y unos violentos pisotones redujeron la manta a humo y cenizas. A continuación el abogado señor Miscosillas me hizo entrar en la habitación iluminada y enfrentarme a los allí reunidos. El señor alcalde fue el primero en reaccionar.

—Caramba, es usted —dijo—. Creí que ya habíamos acabado de rodar el spot.

* * *

Me habían hecho poner de nuevo el traje, ligeramente chamuscado, y me habían hecho sentar en un ajado puf de cuero repujado que me maltrataba las nalgas. Santi, el pistolero inválido, había recuperado entre tanto la Beretta 89 Gold Standard calibre 22 y no dejaba de apuntarme con ella; el señor alcalde y el abogado señor Miscosillas ocupaban gravedosos el amplio sofá, y el individuo encapuchado deambulaba por la habitación a grandes zancadas, como un león enjaulado y con capucha. Transcurrido de esta suerte un buen rato, en vista de que nada sucedía y considerando que en aquella ocasión el tiempo no jugaba a mi favor, decidí tomar la iniciativa hablando en estos términos:

—Señores, de su actitud desasosegada y de las miradas furtivas que entre ustedes veo cruzarse deduzco que esta situación les resulta enojosa, y como aún me lo resulta más a mí, les propongo desbloquearla por el único medio que funciona en estos casos, es decir, poniendo las cartas boca arriba o sobre el tapete, siendo correctas ambas acepciones.

Hice una pausa para sondear el efecto de mi propuesta y no advirtiendo reacción alguna en pro ni en contra y considerando adecuado a mis propósitos iniciar la sesión con un golpe de efecto, me dirigí al encapuchado y le dije:

—Hora es ya de poner fin a la farsa del cucurucho y la sordina. La primera vez me engañó usted, señorita Ivet, pero luego ya no. Es inútil seguir fingiendo. Y llevar la cabeza tapada tanto rato deshidrata la piel, estimula la secreción sebácea y deja el cabello graso y apelmazado.

Con un encogimiento de hombros se desprendió la interesada del caperuzón, que llevaba incorporado a la altura del orificio bucal un distorsionador electrónico de sonido y lo arrojó al suelo. Luego se quitó la americana, los pantalones y las almohadillas que, colocadas bajo la ropa, ocultaban sus formas femeninas y le proporcionaban la apariencia y el mal tipo de un hombre fondón. Debajo de estas prendas llevaba un ajustado pantalón de lycra gris claro y una sencilla camiseta blanca sin mangas. El conjunto, cómodo, actual y sin pretensiones, la rejuvenecía y le sentaba francamente bien. Al punto se levantó el señor alcalde del sofá, corrió hacia ella con la mano tendida y le dijo:

—Encantado. Soy el alcalde de Barcelona y me presento a la reelección.

Ella le lanzó una mirada cargada de enojo y desdén, cruzó los brazos sobre la camiseta y le espetó:

—Soy Ivet Pardalot, cretino, y me conoces desde que nací.

—Ah, sí, es verdad. No había caído. Y eso que

recibiste en mis brazos las aguas bautismales... o freáticas, ya no recuerdo —admitió el señor alcalde regresando a su asiento algo confuso—. Cómo iba uno a sospechar... Horacio, ¿a ti esta metamorfosis no te ha dejado de pasta de boniato?

—No, señor alcalde —dije yo antes de que el aludido pudiera responder a la pregunta del señor alcalde—, el abogado señor Miscosillas ha estado desde el principio en el secreto de la doble personalidad de la señorita Ivet. Mejor dicho, ha estado en una parte del secreto, porque hay cosas que él no sabe y que no le gustará saber cuando yo se las cuente.

—Basta ya —dijo Ivet Pardalot interrumpiéndome en este punto—. No tenemos ninguna necesidad de escuchar a este profesional de la laca y la labia. Como intruso que es, nos corresponde a nosotros ocuparnos de él, no a él de nosotros. Y eso haremos sin más circunloquios. La presencia de esta mierda con moscas complica un poco nuestros planes, pero si la sabemos aprovechar, también los simplifica. Porque esta mierda con moscas, no contenta con ser el principal sospechoso del asesinato de mi padre, ha entrado en esta casa con nocturnidad y escalo. Nada de raro tendría, dado lo que antecede, que acabara recibiendo su merecido. Por ejemplo, un balazo bien dado. De este modo la policía podría decir que el asesino de Pardalot fue muerto en legítima defensa cuando trataba de perpetrar un nuevo crimen y así dar carpetazo a una investigación que sólo puede causarnos molestias a todos. ¿Alguien tiene algo que añadir a la propuesta?

El abogado señor Miscosillas se levantó del sofá como impulsado por un resorte (del sofá) y preguntó con voz trémula:

—¿La propuesta consiste en asesinar a esta mierda con moscas a sangre fría?

—Por Dios, Horacio —exclamó el señor alcalde—, cuida el vocabulario. Éstas no son cosas que yo deba oír.

—Sólo es un peluquero indocumentado que sabe demasiado —respondió Ivet Pardalot—. Su desaparición no perjudica a nadie. Vivo, por contra, es un engorro constante. La otra noche, en mi propia casa, trató de meterse en la cama conmigo.

Enrojeció el abogado señor Miscosillas hasta la raíz de sus canas y bajó la cabeza.

—¿Y no podríamos ofrecer a esta mierda con moscas un dinerete por su silencio? —apuntó el señor alcalde—. O un empleo en el Ayuntamiento. La casa consistorial es un nido de sátiros.

—No —dijo Ivet Pardalot—. Hemos llegado demasiado lejos para adoptar soluciones provisionales. Santi, llévese a esta mierda con moscas a un lugar discreto, proceda y entierre sus restos en el jardín de la casa de al lado.

—Santi, amigo mío —me apresuré a decir—, no te dejes engatusar por esta gatamusa. Si me liquidas a mí, te liquidarán después a ti. Y con mayor motivo, porque sabrás de ellos cosas más gordas y comprometidas.

—Sí, pero yo soy de la banda —replicó Santi.

—No te lo creas, Santi —repuse—. En este club, como en todos los clubes, sólo tienen cabida los socios fundadores. Tú eres un peón, una simple cagarruta en el tablero de ajedrez. Escucha: la bala que recibiste en mi apartamento no la recibiste por error. Alguien sabía que vendrías a verme y contrató a un francotirador para que te liquidase desde la casa de enfrente. La idea de hacerme firmar una confesión escrita no se te pudo ocurrir a ti solo. Alguien te dio la idea, y también la pluma estilográfica. Un segurata no tiene una Montblanc. ¿Quién fue, Santi?

Santi se quedó pensativo un rato. Luego dijo:

—Esto no prueba nada. ¿Por qué...?

—¿Por qué les convenía matarte? —dije yo—. Muy sencillo: para ofrecer a la policía una solución del caso. A mí no conseguían inculparme de un modo concluyente. En cambio contigo lo tenían fácil. La noche de autos, Pardalot y tú estabais solos en el edificio de *El Caco Español*.

—Vale —alegó Santi—, pero yo no le maté.

—Tal vez no —dije—. Pero si me liquidan a mí para asegurarse mi silencio, ¿por qué no habrían de matarte también a ti?

—Un momento —dijo el señor alcalde mirando cariacontecido a unos y a otros—. Si Santi no mató a Pardalot y usted tampoco, ¿quién mató a Pardalot? No me diga que fui yo. Es cierto que aquella noche fui a las oficinas de *El Caco Español*. Es cierto que entré subrepticiamente por el garaje para no ser visto. Pero cuando llegué a su despacho, Pardalot ya estaba muerto. Al menos, así recuerdo lo sucedido. El problema es que no tengo la cabeza muy firme, ¿sabe? Para el desempeño de mi cargo ya vale. Pero los de la oposición lo saben y se aprovechan de mi debilidad. Día sí, día también, me hacen mociones y otras cuchufletas para volverme tarumba. Todo me da vueltas, especialmente el Salón de Ciento. Pero yo no estoy loco.

Se levantó del sofá, sacó del bolsillo una octavilla de propaganda electoral en la que figuraban su risueña efigie sobre fondo azul y un incisivo eslogan (*Com a cal sogre!*) y recorrió el exiguo corro de los allí presentes mostrando a cada uno la foto y preguntando:

—¿Es ésta la cara de un demente? Decidme, ¿son éstos los rasgos faciales de un locatis?

Nos abstuvimos piadosamente de responder, le tranquilicé respecto de la autoría del crimen y conseguimos reintegrarlo con ruegos y carantoñas al sofá. Luego, cerrado este emotivo paréntesis, volvió a tomar Ivet Pardalot las riendas de la situación y la palabra e instó a Santi a cumplir las aviesas órdenes por ella misma impartidas, a lo que se negó aquél alegando que necesitaba ambas manos para sujetar las muletas y en aquellas condiciones no podía obligarme a acompañarlo afuera y allí darme un triste fin. Al oír esta burda evasiva se rió con sarcasmo Ivet Pardalot.

—Ya entiendo —dijo—, has prestado oídos a los infundios de este embaucador. No importa. Horacio, coge la pistola de Santi, saca a este tipo al jardín y cárgatelo. El señor alcalde te ayudará a cavar la fosa.

—Cariño —repuso el abogado señor Miscosillas—, yo sólo soy un pobre abogado. Mercantilista, que es la especie más mansa.

—Y yo, no es por no trabajar —dijo el señor alcalde—, pero también preferiría abstenerme.

Ivet Pardalot descargó un furioso puntapié contra el pick-up.

—Claro —gritó—, con las canciones que oíais, ¿cómo ibais a salir? Los hombres os habéis vuelto unas gallinas y en consecuencia las mujeres hemos de hacer de gallos y además de gallinas. Al final todos hemos salido perdiendo, menos los curas. Está bien. No discutamos. Yo lo haré.

Y diciendo estas palabras abrió un cajón de la cómoda y sacó de él un viejo revólver Remington calibre 44 con el cual nos apuntó a todos sucesivamente mientras cerraba ahora un ojo ahora el otro para mejor hacer puntería.

—Me parece —comentó el señor alcalde— que no soy el único que tiene un tornillo suelto.

El abogado señor Miscosillas dio un paso hacia Ivet Pardalot, pero ésta hizo con el revólver un ademán tan expresivo que el abogado señor Miscosillas dio otro paso en dirección opuesta y volvió a donde estaba antes de dar el primer paso. Su rostro expresaba consternación.

—Ivet, monina —murmuró—, ¿qué va a pensar esta gente? Deja el revólver en su sitio. Puede estar cargado. Por jugar con armas ocurren muchos accidentes. No tantos como yendo en moto, pero más de los que uno imagina. ¿De dónde lo has sacado?

—Registrando la casa —dijo ella— encontré los discos, una pila de *Playboys* del año de la catapún y este viejo revólver Remington calibre 44, oxidado y polvoriento, pero cargado y en uso. El revólver —añadió dirigiéndose a mí— era de mi abuelo. El abuelo Pardalot hizo su fortuna después de la insoportable guerra civil española por los métodos habituales en aquella época histórica tan aburrida. Ya rico, se compró una casa en S'Agaró y otra en Camprodón para veranear con la familia, y en Castelldefels se construyó este chalet para traer a las fulanas. Cuando el abuelo se cansó de traer y llevar fulanas, su hijo, o sea mi difunto padre, empezó a usar el chalet con o sin el consentimiento del abuelo, para venir con sus amigachos y unas pobres chicas a las que habían hecho creer el cuento de la liberación sexual. Con aquellas paparruchas y estos discos dejaron malparada a más de una y después si te he visto no me acuerdo. ¿Es así o no es así, señor alcalde?

—La verdad —suspiró el señor alcalde—, otros no sé, pero yo me mataba a pajas.

—Mi abuelo había sido fetichista —siguió contándome Ivet Pardalot— y por eso tenía pistola.

—Falangista, monina —corrigió el abogado señor Miscosillas—. En la posguerra unos tenían pistolas y otros tenían fulanas. Pero pistolas y fulanas, sólo los falangistas. Te lo he intentado explicar miles de veces, pero no atiendes, monina.

—El grupo de mi padre —prosiguió Ivet Pardalot sin hacer caso de las acotaciones del otro— lo formaban tres amigos, a saber, mi propio padre, el señor alcalde aquí presente y un tercer hombre llamado Agustín Taberner, alias el Gaucho. Había más, por supuesto, pero estos tres eran el cogollo.

—El meollo, monina —corrigió el abogado señor Miscosillas. Y a los demás—: Yo no pertenecí nunca a ese grupo. Era un poco más joven y no era de buena familia. Estudié con becas. Mi única diversión era ir los domingos al cine del barrio. Vi once veces *Siete novias para siete hermanos*. Esta película representaba y aún ahora representa en mi imaginación el ideal que siempre he soñado para Cataluña.

—Yo en cambio vi tres veces *El séptimo sello* y no saqué nada en claro: ni quién era el chico, ni nada de nada —dijo el señor alcalde—. ¡Ah, tiempos felices que nunca volverán! Éramos jóvenes, inquietos, ávidos de saber, insaciables, tres imbéciles, siempre juntos: tu padre y yo y aquel bandarra que bailaba tan bien la milonga. ¡Dios sabe por dónde andará!

—Por ninguna parte —le contestó el abogado señor Miscosillas—. Está inválido y lo tenemos secuestrado en el piso de arriba.

—¿Secuestrado? Uf, éstas no son cosas que yo deba oír.

—Llevaba años escondido en una residencia para inválidos de Vilassar —siguió refiriendo el abogado señor Miscosillas—. Por pura chamba conseguí averiguar su paradero sobornando a un chófer negro y botarate que de cuando en cuando traía y llevaba a la otra Ivet a la residencia de Vilassar. Con Agustín Taberner, alias el Gaucho, como rehén, pensábamos que la otra Ivet entregaría los documentos que este majadero robó de las oficinas de *El Caco Español*. Esta Ivet, o sea, Ivet Pardalot, se puso en contacto con ella, con la otra Ivet, y ambas convinieron una cita conmigo esta noche en José Luis. La otra Ivet había de llevar allí los documentos y yo, a cambio, le devolvería a su padre.

—Ay, Horacio, qué mal te explicas —dijo el señor alcalde—. ¿Qué bar? ¿Qué cita? ¿Qué padre?

—El de ella —respondió el abogado señor Miscosillas—. Agustín Taberner, alias el Gaucho, es el padre de Ivet. No de esta Ivet, sino de la otra Ivet. El padre de esta Ivet era Pardalot.

—Ya lo entiendo —dijo el señor alcalde—. Y también entiendo que la otra Ivet no acudiera a la cita con los documentos. ¿Quién le aseguraba que una vez entregados éstos tú le devolverías a su padre?

—La pura lógica —repuso el abogado señor Miscosillas—. Una vez efectuado el cambio, ¿para qué querríamos seguir reteniendo a un inválido? Con el canje de documentos por padre, las cosas habrían vuelto a una normalidad conveniente para todos.

—En esto, señor Miscosillas —dije yo—, se equivoca usted. En realidad los documentos no le interesan a nadie y el robo por mí efectuado sólo fue una tapadera de los auténticos propósitos de la persona que maquinó y ha dirigido desde el principio el enmarañado argumento de este relato, en el cual usted y los demás participantes sólo hemos sido crédulos comparsas.

—Caramba —dijeron a coro el señor alcalde e Ivet Pardalot—, ¿alguien puede poner en claro este acertijo?

—Yo mismo —respondí—, pero no ahora, porque si mis oídos no me engañan, alguien está llamando a la puerta con vigorosos porrazos y desaforados gritos.

* * *

Era tal cual: acompañando mis últimas palabras y casi ahogándolas con su fragor, resonaba en todos los rincones de la casa el clamoroso llamamiento. Sin mostrar sorpresa por ello, como si hubiera estado esperando aquella interrupción, Ivet Pardalot indicó mímicamente al abogado señor Miscosillas que atendiera la llamada y éste así lo hizo a regañadientes. Yo, en su lugar, habría aprovechado la ocasión (y las llaves) para salir de aquella casa donde tantas pistolas andaban en manos de desequilibrados y regresar a Barcelona en taxi si por allí había alguno o si no, a pie. Pero él (el abogado señor Miscosillas), bien por el deseo de saber cómo acababa todo aquello, bien por otras razones, como las que en breve nos iba a revelar, optó por regresar a la habitación iluminada (en adelante «el salón») en compañía de la persona causante de tanto alboroto, que resultó no ser otra que Ivet, también llamada sin motivo la falsa Ivet, para mí, *mi* Ivet, la cual arrojó sobre la mesa un cartapacio y exclamó:

—¿Dónde está mi papi?

A esta conmovedora súplica la otra Ivet respondió en tono sarcástico:

—No te precipites, Ivet. No tenemos ninguna prisa. Y al llegar a una casa lo primero de todo es saludar. ¿No te acuerdas de lo que nos enseñaron las monjas en el internado?

Miró Ivet a Ivet con extrañeza y detenimiento y reconociendo en ella a su antigua condiscípula, no pudo evitar, pese a lo angustioso de su situación, que una sonrisa, en recuerdo de alguna inocente travesura infantil, iluminara sus facciones.

—¡Ivet! —exclamó con alegría una vez repuesta de su sorpresa—, ¡cuánto tiempo sin verte ni saber de ti! Estás igual que entonces. Para ti no pasa el tiempo. O, al menos, no pasa en balde.

Hizo amago de echarse en sus brazos, pero Ivet Pardalot la detuvo con un ademán conminatorio.

—Dejemos para mejor ocasión las efusiones —dijo.

—Sentí mucho lo de tu padre —dijo Ivet—. Habría ido al entierro, pero precisamente aquel día tenía mucho trabajo.

—No importa —repuso Ivet Pardalot—. Yo también siento mucho lo de tu padre.

—¿Lo de mi padre? ¿Qué tienes que ver con mi padre? ¿Acaso tú sabes dónde está? ¿Puede ser que esté aquí, en este chalet tan feo?

—Puede ser —respondió secamente Ivet Pardalot—. Luego hablaremos de este tema, cuando hayamos resuelto ciertos asuntos pendientes. No nos llevará mucho, soy de una gran eficiencia. Time is money, como me enseñaron en Amherst, Massachusetts. A estos señores ya los conoces: el señor alcalde y el abogado Horacio Miscosillas. El joven de buen ver, tullido y con una Beretta 89 Gold Standard calibre 22, o sea una pistola, es Santi, antiguo guardia de seguridad en *El Caco Español*, actualmente a mi servicio, aunque no estoy nada contenta de los resultados. Y éste, por último, es tu peluquero.

—No es mi peluquero —protestó Ivet.

—Me presento a la reelección —dijo el señor alcalde—. ¿Puedo preguntarle si es usted hija del difunto Pardalot, señorita? En tal caso le aseguro que su difunto padre y yo éramos buenos amigos. Mi más sentido pésame. ¿Le he dicho ya que me presento a la reelección?

—Sí, señor alcalde —respondió Ivet—. Y no soy hija del difunto Pardalot. Pero me llamo Ivet, como la hija del difunto Pardalot. En realidad, mi padre es Agustín Taberner, alias el Gaucho. También era amigo de usted y precisamente he venido a canjearlo por estos documentos, tal como convine esta tarde con un señor encapuchado. Lo llamo así porque en el curso de la conversación él se definió a sí mismo como encapuchado, pero como hablábamos por teléfono, no puedo asegurar si en efecto iba encapuchado o sin capucha o en cueros vivos. Fuera como fuese, concertamos una cita a las nueve en José Luis. Si yo llevaba los documentos, me dijo, mi padre sería liberado sano y salvo. Y, por supuesto, de todo aquello a la policía, ni una palabra.

—Pero ella no acudió a la cita —intervino el abogado señor Miscosillas—. Yo, en cambio, sí. Siguiendo las instrucciones de mi mandante, me personé puntualmente en el local convenido, me aposenté en un punto estratégico de la barra desde el que podía columbrar la puerta del mencionado local y esperé tomando un whisky. A las nueve y veinte un camarero me preguntó si esperaba a una tal Ivet por el asunto de un secuestro y al responderle yo en sentido afirmativo me dijo que la tal Ivet acababa de llamar por teléfono diciendo que le había sido imposible llegar a tiempo y que en aquel momento estaba en la otra punta de la ciudad y ya sabe usted cómo está el tráfico a estas horas y a todas horas y el día menos pensado la ciudad va a colapsar, etcétera, etcétera. No supe si aquello formaba parte del recado o si el camarero expresaba su propio parecer. Lo único cierto es que Ivet me proponía postergar nuestro encuentro hasta las diez menos cinco y desplazarlo a otro local denominado Dry Martini. Como no estaba lejos, fui dando un paseo hasta este establecimiento y allí volví a entretener la espera con un par de cócteles deliciosos. A las diez y diez se repitió la escena del camarero y el recado. Esta vez la cita fue en un bar de la calle Santaló. Tres cócteles más tarde se produjo una nueva cita en un cuarto bar del barrio de la Ribera, no lejos de Santa María del Mar. Allí me dieron las once y media sin que llamara nadie. O tal vez sí hubo una llamada pero el local estaba muy concurrido, el volumen de la música era alto y yo había tomado más copas de la cuenta. Pagué, salí, vomité y vine. Quizá vomité antes de salir, no recuerdo.

—¿Ves como eres tonto? —dijo Ivet Pardalot cuando el letrado hubo concluido su exposición—. Una mosquita muerta como la pobre Ivet, seguramente asesorada por esta eminencia de la peluquería, te ha estado paseando por toda Barcelona para ganar tiempo y permitir que su cómplice intentara sin éxito el rescate de Agustín Taberner, alias el Gaucho.

—Sí, y con una excusa inverosímil —dijo el señor alcalde—, porque en Barcelona la circulación es muy fluida a todas horas y en toda la red viaria.

—Y mientras tú te emborrachabas —continuó Ivet Pardalot señalando con dedo desdeñoso al abogado señor Miscosillas—, Ivet iba siguiendo tus pasos y riéndose de ti.

Ivet reconoció haber obrado del modo descrito, risa incluida, y de esta manera, en pos del abogado señor Miscosillas, haber llegado a Castelldefels. Pero ahora, una vez allí (en Castelldefels) comprendía su error, pues en aquel chalet (de Castelldefels) sólo había gente buena y honrada y amiga de su padre.

—Siento mucho desengañarla, señorita Ivet —intervino en aquel punto Santi para decir—, pero por lo que llevo visto, no todos los aquí presentes son amigos de su padre de usted ni de usted. Algunos sí lo son. Otros, en cambio, se la tienen jurada. La cuestión es saber quién pertenece a un grupo y quién a otro, y quién, al proclamar sus lealtades, dice la verdad o miente. Si le sirve de consuelo, yo me encuentro en una situación muy parecida. Claro que yo tengo una Beretta 89 Gold Standard calibre 22.

—Yo te lo puedo explicar todo o casi todo —dije—, si estas personas me lo permiten y tú me prestas crédito. Lo haré como mejor sepa, pero no respondo de la claridad ni de la brevedad.

Asintió ella, nadie se opuso y yo hice un breve resumen de lo hasta aquí ya dicho. Llegado a este punto, proseguí diciendo:

—Los tres amigos objeto del presente relato constituyeron una sociedad. Uno de ellos ambicionaba hacer carrera política y juzgó prudente que su nombre no figurara en los papeles. Un joven licenciado en derecho le hizo de testaferro. Las cosas fueron bien. Todos prosperaron. Pero al principio hubo que correr ciertos albures y el nombre de quien no debía aparecer debió de aparecer en alguna operación poco clara. Poca importancia tendría este hecho hoy en día si el individuo en cuestión no hubiera prosperado también en el terreno de la política.

—¡Cómo! —exclamó el señor alcalde—, ¿un político prevaricador? Espléndido. Lo utilizaré en mi campaña. ¿Quién es?

—Usted mismo, señor alcalde.

—Oh —dijo el señor alcalde—, éstas no son cosas que yo deba oír.

—Entonces no escuche, porque vienen más —dije yo reanudando mi exposición—. Pero antes permítanme introducir en el relato un nuevo personaje y hacer un breve interludio sentimental.

Traté de aclararme la voz sin incurrir en excesivas expectoraciones y continué:

—Había una vez una mujer joven, hermosa, inteligente, poseedora, en fin, de todas las gracias. Estas mujeres suelen pertenecer a familias venidas a menos o directamente pobres. Pardalot la conoció y se enamoró de ella. Se hicieron novios. Cuando estaban a punto de casarse, ella rompió el compromiso y desapareció. Pardalot nunca se repuso de esta deserción. Se casó con otra, tuvo una hija. Se divorció, se volvió a casar varias veces. Seguramente se habría seguido casando si no lo hubieran asesinado. Pero no lo mataron por esta razón.

»La mujer que le había roto el corazón —seguí diciendo— regresó a Barcelona al cabo de unos años y contrajo matrimonio con Arderiu, individuo rico y un poco vacuo. Pardalot y ella por fuerza habían de reencontrarse en la vorágine de la vida social y cultural de nuestra ciudad, tan intensa como variada. El tiempo había serenado sus ánimos y entre ambos se renovó su antigua relación, sin reproches ni rencores.

—¿Y por qué no se divorciaron de sus respectivos cónyuges y se casaron entre sí? —interrumpió el abogado señor Miscosillas para preguntar—. Yo se lo habría arreglado divinamente, con escándalo o sin escándalo, según tarifa.

—No fantasees —dijo Ivet Pardalot—. En esta segunda etapa de su relación no hubo entre ellos lo que estás pensando. Tampoco lo había habido antes. Reinona es y fue siempre una mujer fría, calculadora, acostumbrada a utilizar sus encantos, si alguno tiene, para doblegar la voluntad de los hombres sin dar nada a cambio. En la retorcida mentalidad de su generación esto era posible porque los hombres tenían en tan bajo concepto a las mujeres, que siempre les pagaban para llevárselas al huerto, y ellas se tenían a sí mismas en tan poco, que cobraban encantadas y luego se lo daban a un chulo. La vida era un baile de chachas y turutas. Hoy, por fortuna, las cosas han cambiado. Yo misma, las pocas veces que he tratado de servirme de mi atractivo físico he acabado haciendo virguerías y no me han dado ni las gracias. Además, ¿por qué había de casarse Reinona con mi padre? Nunca lo quiso, ni al principio, cuando fueron novios formales, ni después. Reinona nunca quiso a nadie.

—Esto no es cierto —dijo desde la puerta del salón una voz ronca que nos hizo dar a todos un respingo—, y aquí estoy yo para demostrarlo.

8

Con la prontitud y entereza de un político avezado, el señor alcalde fue el primero en reaccionar ante aquella inesperada aparición.

—Habrá que ir a por más sillas —dijo.

El abogado señor Miscosillas advirtió que él no iba. Los demás también tenían piernas, agregó, si bien algunos no podían valerse de ellas, como Santi, y en otros, como Ivet o yo, no se podía confiar, dada nuestra condición de prisioneros. Al final acabó convenciéndose a sí mismo de lo irracional de su postura y salió de la habitación con paso decidido y regresó con una silla bastante sucia, le sacudió el polvo con su pañuelo y se la ofreció a Reinona, que (me había olvidado de consignarlo) era quien había interrumpido con su llegada nuestro indelicado debate sobre su propio carácter, historial, proceder e intenciones. Venía, como siempre, muy bien peinada y compuesta, con una falda de tabla y camisa de manga larga a rayas con pañuelo de seda atado al cuello. Complementaban este acertado conjunto un bolso de piel granate, a juego con los zapatos, y una cara de loca que hacía olvidar todo lo descrito hasta el momento.

—¿No ha venido tu marido? —le preguntó el señor alcalde por decir algo, porque ella, aunque abría y cerraba la boca, como si quisiera hablar, no emitía sonido alguno.

—Su marido no sabe nada de esto —dije yo en su nombre— y haremos bien en no contárselo. Este asunto al señor Arderiu no le concierne, al menos de un modo directo.

—¿Le sirvo un whisky con hielo, señora Arderiu? —le preguntó el abogado señor Miscosillas—. Señora Arderiu..., señora Arderiu, decía si le sirvo un whisky con hielo. Quizá en el estado de shock en que se encuentra...

Reinona se había sentado en la silla traída por el solícito letrado y nos miraba por turno, primero a Ivet Pardalot, luego a Santi, luego al abogado señor Miscosillas y al señor alcalde, sentados ambos de nuevo mano a mano en el sofá, y por último a Ivet y a mí, que completábamos el círculo siguiendo la dirección de las agujas del reloj. Sin esperar respuesta, el abogado señor Miscosillas fue a la cocina, regresó con un vaso limpio, sirvió un whisky con hielo y se lo ofreció a Reinona. Ésta bebió un sorbo largo, hizo un ruido con la lengua entre los dientes y a renglón seguido, algo repuesta del telele en que la había sumido el torbellino de sus emociones, se aclaró y dijo:

—Lo amé con ciega pasión, pero estaba escrito que aquella pasión había de traernos la desgracia.

—Me parece que no se refiere a su marido, ¿eh, Horacio? —preguntó el señor alcalde a su compañero de sofá.

—No, señor alcalde —dijo ella adelantando su

respuesta a la del otro—. Mi marido es un buen hombre al que respeto como se merece, y nada de guiños a mis espaldas, que os estoy viendo. Nada influye en mi respeto el hecho de que no me casara con él por amor, sino por dinero. No me importa confesarlo. Por otra parte, el dinero no era para mí. No soy codiciosa. Lo necesitaba y él lo tenía. Eso es todo.

—Lo necesitaba para la niña, ¿verdad? —le pregunté con la intención de ayudarla a progresar en la narración de sus cuitas.

—Sí —dijo.

—¿Qué niña? —preguntó el señor alcalde.

—La de la foto que guarda en un cajón del tocador —dije yo.

—La que tuvo con el hombre que amaba, señor alcalde —aclaró el abogado señor Miscosillas—. Tendría usted que recibir menos visitas oficiales e ir un poco más al cine. Reinona tuvo una hija natural de resultas de un mal paso.

—¿Con el difunto Pardalot? —preguntó el señor alcalde.

—No, hombre, con el otro. El hombre a quien amaba en secreto.

—¿Y a esto le llamas tú un mal paso, Horacio?

—Lo decía para que usted lo entendiera, señor alcalde.

—Yo también agradecería una aclaración —dijo Santi—, porque se me va la olla.

Tomé yo la palabra y recogí el hilo del relato.

—Siendo ya novia de Pardalot, Reinona se enamoró de Agustín Taberner, alias el Gaucho y mantuvo con él una relación sentimental a espaldas del entonces su novio, hoy difunto Pardalot, mientras el difunto ultimaba los preparativos de su boda.

—¡Vaya cara! —exclamó Santi.

—Estoy con Santi —dijo el señor alcalde—. ¿Por qué no le dijiste la verdad a Pardalot? Estas cosas pasan, él lo habría entendido. Yo mismo entendería que mi mujer se enamorara del teniente de alcalde, pongo por caso.

—El propio Agustín Taberner, alias el Gaucho, le pidió que no dijera nada —intervino Ivet Pardalot—. Agustín Taberner, alias el Gaucho, había estado engañando y robando a sus socios desde el principio y temía que se descubriera el pastel si, por causa de Reinona, Pardalot perdía la confianza que tenía depositada en él. La estafa no era moco de pavo. Si Pardalot hubiese querido vengarse de la doble traición del Gaucho, lo habría podido enchironar por una buena temporada.

—¿Pruebas documentales? —preguntó Santi.

—No hay otras, guapo —respondió Ivet Pardalot.

—Agustín me prometió arreglar los asuntos internos de la empresa a escondidas de sus socios —dijo Reinona—. Luego, con las manos limpias, le contaríamos a Pardalot lo nuestro y nos casaríamos. Le hice caso y disimulé.

—¿Y habrías llegado a casarte con Pardalot para encubrir un desfalco? —preguntó Ivet.

—No lo sé. Ahora quiero pensar que no lo habría hecho, pero entonces, en pleno jaleo, no sé qué habría sido capaz de hacer por amor o por desvarío. Sea como sea, el azar decidió por mí, porque descubrí que estaba embarazada de Agustín Taberner, alias el Gaucho. Por supuesto, decidí abortar. En aquellos años todavía había que hacerlo en Londres, así que me inventé una excusa para no despertar las sospechas de Pardalot ni de nuestras respectivas familias y me fui yo solita a Londres. Llegué un martes lluvioso y frío de noviembre. La luz de los faroles brillaba día y noche. Aquella lúgubre climatología se acomodaba a mi estado de ánimo. Incapaz de permanecer encerrada en la habitación del hotel salí a pasear. Me compré un impermeable en Selfridges y vagué sin rumbo en la neblina. Sin saber cómo me encontré acodada en el pretil del puente de Waterloo. A gran distancia bajo mis pies discurría el agua negramente. No sé si habría llegado a saltar pero durante unos minutos eternos consideré la posibilidad de hacerlo. Entonces se me acercaron dos jóvenes estrafalarios con unas pellizas afganas hediondas y me dijeron que se había acabado la guerra de Vietnam. Lo acababan de decir por la radio. Allí mismo nos fumamos un porro entre los tres y ellos se fueron dejándome de nuevo sola en el puente. Comprendí que aquel suceso trascendental acababa de marcar el final de mi juventud, que aquél había sido mi último porro y que a partir de entonces tendría que afrontar la vida sin idealismo ni quimeras. Gracias a Ho Chi-Minh había madurado de golpe. A la mañana siguiente, en vez de acudir a la clínica, me puse a buscar un alojamiento barato. Cuando lo hube encontrado, escribí una carta a Pardalot en la que le pedía perdón sin explicarle el motivo de mi deserción, y otra a Agustín Taberner, alias el Gaucho, diciéndole que no volveríamos a vernos. Un conocido franqueó y echó las cartas en París para borrar cualquier pista de mi paradero. Con ayuda de otros españoles establecidos en Londres conseguí sobrevivir con trabajos esporádicos. Tuve una niña y le puse de nombre Ivet. Cuando ella creció un poco pensé que mi hija se merecía una vida y una educación mejores que las que yo habría podido proporcionarle con mis magros ingresos. Yo era feliz allí, pero consideré mi deber regresar a Barcelona. Una vez en Barcelona, metí a Ivet en un internado de monjas y me casé con Arderiu para hacer frente a los gastos de manutención de la nena. Vagamente razonaba que al cabo de unos años, cuando Ivet ya no me necesitara, podría recuperar mi independencia. Un grave error. Todas mis decisiones acabaron resultando otros tantos errores.

—Yo nunca te reproché nada, mamá —dijo Ivet—. Yo en tu lugar habría hecho lo mismo.

—Sí, claro, dos santas —dijo Ivet Pardalot—. Y mientras tanto, mi padre en Babia.

—Y yo también —gruñó el señor alcalde—. Víctima de un estafador por interpósita persona. ¿Tú sabías algo de esto, Horacio?

—Sí, señor alcalde —respondió el abogado señor Miscosillas—, pero cuando lo descubrimos usted ya ocupaba la alcaldía y temimos que un disgusto de esta envergadura pudiera alterar la fama universal y el sólido equilibrio mental de que usted goza. Por lo demás, decírselo no habría servido de nada: Agustín Taberner, alias el Gaucho, estaba arruinado y gravemente enfermo. Nos limitamos a encargar que le rompieran las piernas para darle un escarmiento formal y le notificamos que poseíamos documentos altamente perniciosos para él. Le dijimos que en cuanto se nos antojase podíamos enviarlo a la cárcel a perpetuidad, y él lo debió de entender, porque se esfumó sin dejar rastro.

—Amenazado, enfermo y apaleado, Agustín Taberner, alias el Gaucho, inició un proceso inexorable de decadencia —explicó Reinona—. En otro momento y en posesión de sus cualidades físicas, Agustín Taberner, alias el Gaucho, habría podido emigrar, reinstalarse en otro país, emprender nuevas aventuras. Y yo me habría ido con él. Pero su enfermedad se lo impidió. De resultas de la paliza quedó paralizado de cintura para abajo, ¡él, que tanto partido le había sacado a aquella mitad del cuerpo! Un caso triste de ver. Para entonces, Ivet había acabado sus estudios y se había ido a Nueva York a perfeccionar el inglés, ampliar sus horizontes culturales y encontrar un trabajo a la altura de sus méritos. Con su inteligencia y su palmito no tardó en recibir ofertas interesantísimas. A los pocos meses de llegar ya había triunfado como modelo de lencería fina. Las principales agencias se la disputaban. A mí se me partía el corazón pensando que iba a truncar una carrera tan brillante, pero las circunstancias no me daban otra opción. Le escribí una larga carta contándole quién era su verdadero padre, cosa que hasta entonces le había ocultado, y pidiéndole que regresara a cuidarlo. Y ella, que tiene un corazón de oro, hizo las maletas y se plantó en Barcelona sin una queja, sin un reproche.

—Bravo: hija modelo y por si fuera poco, modelo de ropa interior —exclamó Ivet Pardalot con sarcasmo—, ¡admirable fábula! Lástima que no contenga una sílaba de verdad. Escuchen. Estando yo en Amherst, Massachusetts, cayó en mis manos un horrible catálogo de venta por correo. Alguien lo había dejado tirado en un banco del parque. En un anuncio descolorido de culottes de felpa para la tercera edad reconocí a Ivet. Intrigada, hice mis averiguaciones. En Nueva York, Ivet había probado fortuna en el mundo de la publicidad. En vano: una cosa es ser mona en Llavaneras y otra salir en la portada de *Vanity Fair*. Por una que lo consigue, diez mil fracasan. Quizá cien mil. El caso de Ivet era uno más, un simple dato estadístico. Desengañada, sin carácter y sin recursos, había caído en malas compañías: drogas, bulimia, prostitución encubierta. Debería haberla compadecido, pero la noticia me hizo bastante gracia. En el colegio yo había soñado con ser modelo, mi vulgaridad me había librado de morder el anzuelo, y ahora, por fea, estaba en Amherst, Massachusetts, haciendo un doctorado en Business Administration. En cambio Ivet, por guapa, se hundía en el lodo. ¿Debía sentir pena por ella? Quia. Yo no había buscado la venganza, pero si la fatalidad me la traía a domicilio, ¿por qué me había de resistir? ¿Obré mal? ¿Debería haber corrido en ayuda de mi pobre condiscípula? ¿A santo de qué? No le debía nada ni tenía ganas de cargar con una yonqui. Me limité a observar a distancia su patético peregrinaje. Un día me dijeron que había regresado a Barcelona. Al cabo de un año, obtenido el título, yo también regresé para incorporarme como directiva en la empresa de mi padre. Como la cigarra y la hormiga.

—Quizá no hacía falta ser tan explícita en algunos detalles, cielo —dijo el abogado señor Miscosillas—. Has dejado a la pobre Ivet hecha una piltrafa.

Era cierto: conforme avanzaba su breve biografía, Ivet había ido abatiendo la cabeza hasta apoyar la frente en las rodillas. Sincopados sollozos sacudían su organismo y su silla. Al hacerse el silencio, levantó la cara y desde aquella postura algo forzada nos miró con ojos opacos.

—Soy una piltrafa, ésta es la verdad —dijo con voz ronca. Se enderezó, se restañó las lágrimas con el dorso de la mano y siguió diciendo—: El llamamiento de mi madre me brindó la oportunidad de dejar todo aquello y volver a Barcelona sin hacer patente a los ojos del mundo el fracaso de mis ambiciones. Volví dispuesta a regenerarme y empezar una nueva vida, pero no me pude desenganchar. Lo conseguía y recaía. Ahora estoy en fase de recaída. Cuando algo me angustia, me entra un mono de no te menees. Por este motivo no he encontrado un trabajo estable ni he podido hacerme cargo de mi padre, a quien hubimos de internar en una residencia para inválidos. Elegimos una en el extrarradio porque allí, lejos del escenario de sus truhanerías, estaba a salvo de las posibles represalias de Pardalot. Además, en el extrarradio las residencias son más baratas. Aun así, costaba un buen dinero, que Reinona debía aportar mes tras mes, sin contar con el que yo le pedía sin cesar para mi sustento y mis vicios. Mi presencia en Barcelona, lejos de aliviar su situación, la había agravado hasta extremos insostenibles.

—No digas eso, Ivet —dijo Reinona—. Sólo el hecho de tenerte aquí es un motivo continuo de alegría para mí y para tu pobre padre. En cuanto al dinero, me he ido arreglando. Al principio sin demasiadas dificultades. Luego las cosas se complicaron. Ni siquiera un pánfilo como mi marido habría dejado de advertir unos gastos injustificados tan cuantiosos como los que me obligaban a hacer un ex amante inválido y una hija colgada. Tuve que ingeniármelas para obtener dinero adicional por otros medios. Un día se me ocurrió vender una de mis joyas. Confiaba en que su desaparición pasara inadvertida, pero no fue así. La joya estaba asegurada, el robo fue denunciado, hubo una investigación y las sospechas recayeron sobre la pobre cocinera, cuya honradez acrisolada acabó brillando. Luego, para evitar la repetición de este desagradable incidente...

—Falsificó usted sus propias joyas —dije yo, ella movió la cabeza afirmativamente y yo continué, dirigiéndome a los demás—: Cada vez que la señora Reinona debía hacer frente a un gasto elevado o a un imprevisto, acudía a un orfebre poco escrupuloso y éste le hacía una copia de la joya que la señora Reinona se proponía vender. Es posible que el propio falsificador le comprara la pieza auténtica. En estos momentos la caja fuerte de la señora Reinona contiene una notable colección de chatarra, una de las cuales, concretamente un anillo de brillantes, me confió para que yo se lo guardara. Seguramente temía nuevas investigaciones a raíz del asesinato de Pardalot y no quería que alguien descubriese entre sus tesoros dos anillos idénticos, uno bueno y el otro de pega. Alguien debió advertir la maniobra, porque aquella misma noche vino la policía a detenerme por haber robado el anillo. En aquella ocasión me libré por los pelos, pero no así a la siguiente. Había devuelto el anillo a su dueña y se me llevaron preso. Y aún lo estaría si el abogado señor Miscosillas no hubiera ejercido sus buenos oficios. No movido por el altruismo sino porque Ivet Pardalot se lo pidió. Quería granjearse mi confianza por cualquier medio y tal vez utilizarme para concluir la ejecución de sus aviesos planes. Qué planes eran ésos y por qué les aplico el calificativo de aviesos lo sabrán ustedes si alguno de ustedes acude a la puerta a ver quién llama, porque a todas luces alguien más pretende sumarse a nuestro conciliábulo.

* * *

Todos los presentes menos él nos esforzamos por contener la risa cuando el abogado señor Miscosillas hubo de levantarse nuevamente del sofá para ir a abrir la puerta. Aproveché el intervalo para acercarme a Reinona, cuyo asiento era contiguo al mío, y preguntarle al oído si disponía de una llave de la puerta de entrada (del chalet; de aquel chalet) y, en caso contrario, cómo había entrado sin que nadie se la abriera o bien por dónde había entrado, a lo que ella, haciendo presión con su mano sobre mi rodilla respondió en un susurro:

—Todavía conservo una llave de la cocina. Agustín Taberner, alias el Gaucho, y yo nos veíamos de tapadillo en este chalet. No se lo digas a nadie, y menos a mi marido, que en este mismo instante hace su entrada en el salón.

Así era, efectivamente. Arderiu, el marido de Reinona, tras repartir sonrisas a derecha e izquierda abrió el paraguas y dijo:

—Buenas noches a todos. He venido a ver qué hacía Reinona. Reinona es mi mujer. Yo soy Arderiu, el marido de Reinona, la cual, esta misma noche, después de cenar en casa y en mi compañía, como tenemos por costumbre hacer cuando no hacemos otra cosa, se ha dirigido a mí y me ha anunciado, con absoluta naturalidad y sin rodeos, que se iba con una amiga o varias amigas, he olvidado el detalle, a un concierto de Renato Carosone. A mí me pareció bien y así se lo di a entender sin rodeos: nunca he puesto pisapapeles a las aficiones de mi mujer. Luego, sin embargo, me quedé pensando y caí en la cuenta de que hacía unos cuantos años que Renato Carosone no actuaba en Barcelona. Cuarenta años o así. El detalle no me habría escamado si desde hace unos días no hubiera advertido en Reinona un estado de gran excitación. Excitación nerviosa, quiero decir. Se pasaba las horas sentada en un sillón, hosca, callada, a veces con arrugas en la frente, a veces con lágrimas en las mejillas, a veces incluso con lágrimas en la frente a causa de las contorsiones. En fin, un caso claro de paroxismo. Pensé, pues, si lo del concierto no sería una excusa y en realidad no estaría tramando algo funesto, como una fiesta sorpresa para mi cumpleaños o Dios sabe qué. Bien, me gusta hablar sin rodeos, así que decidí preguntar al servicio doméstico sin rodeos adónde había ido mi mujer. El servicio doméstico siempre sabe estas cosas. Bien, Raimundita me dijo que su novio le había contado aquella misma tarde no sé qué del secuestro de un paralítico y de un chalet en Castelldefels. Bien, al concluir ella este sucinto relato, até cabos. Bien, bien, bien. Por si ustedes no lo saben, Reinona tuvo un romance hace muchos años con un ex socio del difunto Pardalot. Luego él se quedó paralítico de las piernas y condenado al paroxismo. Y atando estos cabos con otros cabos deduje que aquel paralítico y el paralítico secuestrado debían de ser el mismo paralítico. Y por el mismo procedimiento deductivo deduje que el chalet de Castelldefels sería este chalet. Por si ustedes no lo saben, este chalet había pertenecido al padre del difunto Pardalot y el difunto Pardalot y unos cuantos amigos lo utilizaban en sus años mozos para venir con ligues y organizar pitotes y francachelas. Yo mismo había venido algunas veces y me había encontrado aquí con el difunto Pardalot y con el señor alcalde, antes de ser señor alcalde, en pleno pitote o en plena francachela, según los días, pero siempre en estado de auténtico paroxismo. También solía venir a este chalet un tipo muy simpático, llamado Agustín Taberner, alias el Boludo, o algo por el estilo, buen bailarín. Luego supe, que Reinona había tenido un romance con este tal Agustín Taberner, o como se llamase, y que él o ella, no recuerdo el detalle, se habían quedado paralíticos. Por esto he venido.

Dicho lo cual, cerró el paraguas y me dirigió su mejor sonrisa y me dijo:

—Buenas noches. Soy Arderiu, el marido de Reinona, y su cara me resulta familiar, pero no sé si tengo el gusto de conocerle.

Le recordé nuestros encuentros anteriores, el primero en su propia casa, con motivo de la recepción para recaudar fondos con destino a la campaña electoral del señor alcalde, y el segundo en mi modesto apartamento, adonde él mismo había acudido y en donde había acabado durmiendo detrás de una cortina.

—Ah, sí, disculpe —dijo él—, tengo muy mala memoria. De tres cosas que hago recuerdo una y olvido dos, y la que recuerdo no sé a cuál de las tres corresponde. ¿Y estas dos señoritas tan gentiles? —añadió dirigiéndose a Ivet y a Ivet Pardalot al mismo tiempo—. ¡Qué guapas y qué distinguidas y qué bien se conservan! Nadie diría que son madre e hija.

—No somos madre e hija, zoquete —dijo Ivet Pardalot—. A ésta no la conoces de nada y a mí, desde que nací. Soy Ivet Pardalot, y para más inri hace poco pasamos un fin de semana juntos en un relais château cerca de Saint-Paul-de-Vence.

—Ah, sí, ya me acuerdo, cómo no, cómo no —exclamó Arderiu golpeándose la frente con el puño del paraguas—, un fin de semana delicioso y verdaderamente inolvidable. ¿También dormí detrás de una cortina?

—Dejémonos de historias frívolas —propuse yo— y volvamos a lo que estábamos diciendo. ¿Quién mató al difunto Pardalot?

—Yo no, señoras y señores —se apresuró a decir Arderiu.

—¿Cómo puede estar tan seguro? —repliqué—. Con su mala memoria podría haberlo matado y haber olvidado luego el incidente.

—Oh, esto es absurdo —dijo Arderiu dirigiéndose a toda la concurrencia y muy en especial a su paraguas—. El difunto Pardalot y yo éramos amigos. Es más, últimamente habíamos trabajado juntos en la financiación ilegal de la campaña del señor alcalde.

—Uf, éstas no son cosas que yo deba oír —masculló el señor alcalde.

—No omitamos sin embargo el hecho —añadí yo— de que el difunto Pardalot también mantenía una estrecha relación de amistad con su esposa, señor Arderiu, como usted mismo tuvo a bien decirme cuando honró con su visita mi casa y mi cortina. Y aunque reitera usted el talante liberal de sus relaciones matrimoniales y manifiesta absoluto desinterés por las actividades de su esposa, lo cierto es que cada vez que ella da un paso, a los cinco minutos aparece usted, especialmente si ella no le ha dicho adónde iba o ha intentado colarle una bola. Y no es menos cierto que sin ella habérselo revelado, según ella misma me ha dicho, conoce usted muchos detalles del pasado de su esposa. E incluso es posible que sepa también quién es esta señorita a la que usted finge no conocer ni de vista ni de nombre.

—¿A Ivet? —dijo Arderiu—. Es cierto, no la conozco, jamás la había visto y nunca había oído su nombre hasta que yo mismo lo he pronunciado.

—No quisiera parecer descortés, señor Arderiu —dije yo—, seguramente es usted tan tonto como dice ser. Pero tal vez no sea tan inocente. Por ejemplo, usted lleva tiempo enterado de los tejemanejes de la señora Reinona con las joyas. Es más, fue usted quien denunció la desaparición del anillo de brillantes la noche de la recepción en su casa y quien puso a la policía sobre mi pista, no una, sino dos veces.

—Es verdad —admitió Arderiu—, me enteré hace años de la venta subrepticia de las joyas de Reinona por parte de Reinona. Como las joyas se las había regalado yo pagándolas de mi bolsillo, las recordaba bien. Un día vino a verme un joyero al vestuario del Club de Polo y me ofreció un collar que, según dijo, una persona le había vendido en el más estricto anonimato. Al punto reconocí el collar y lo compré con la intención de reintegrarlo al joyero de Reinona antes de que ella advirtiera su desaparición, pues poco tiempo atrás habían desaparecido de aquel mismo joyero unos pendientes y el asunto le había producido una gran turbación, sobre todo cuando las sospechas recayeron sobre la cocinera, buena mujer y excelente cocinera. Bien, fui, pues, a reponer el collar en el joyero y con gran sorpresa advertí que el collar todavía estaba allí, además de estar, como digo, en mis manos. Extrañado de que hubiera en Barcelona dos collares idénticos y que los dos fueran de mi propiedad, mostré a otro joyero los dos collares y así supe que uno era bueno y el otro facsímil. Como no entendía lo sucedido, no dije nada a nadie, y menos a Reinona. Coloqué el collar auténtico en su lugar y guardé el falso en mi propia caja de seguridad. Al cabo de un tiempo se repitió el hecho con otra joya, esta vez un pendentif modernista de mi abuela, más feo que la tiña. Lo volví a comprar sin rodeos. A estas alturas llevo comprado todo el joyero de Reinona.

—Pero nunca, en todos estos años, me dijiste nada —dijo Reinona.

—No quería causarte una contrariedad que pudiera llevarte al paroxismo —respondió Arderiu—. Para mí lo único importante es que nada turbara tu bienestar psicosomático y que pudieras salir a la calle sin oprobio y sin bisutería.

Al oír esta noble declaración de su estólido marido, Reinona no pudo evitar un verdadero y enternecido torrente de lágrimas.

—¿Y todo esto por amor? —preguntó.

—No lo sé —respondió Arderiu—. Cuando analizo mis motivaciones suelo incurrir en inexactitudes. Una vez, siendo muy joven, tuve un sueño extraño. Sólo recuerdo que sucedía en Torralba de Calatrava, provincia de Ciudad Real. Fui a consultar al traumatólogo y no me supo dar razón. Desde entonces me rijo por algunas normas sencillas de mi propia cosecha. Por ejemplo, que si no podemos hacer felices a las personas que el destino ha confiado a nuestra discrecionalidad, al menos hemos de evitar que las asesinen.

Exasperada golpeó Ivet Pardalot con el puño el aparador de madera de pino y exclamó:

—Basta ya de inmundicias románticas. Si por desgracia leyera una escena similar en una novela barata, de inmediato la arrojaría a la basura tras haber escupido en el nombre del autor. Guárdense para la intimidad sus roñosos sentimientos y centren sus relatos y declaraciones en el asesinato de Pardalot y sus circunstancias. Al primero que dé rienda suelta a sus emociones le tiro un tiro.

—Bien —dijo Arderiu—, yo creía que todo guardaba una estrecha relación con lo demás. Lo siento. Los hechos sucedieron del modo siguiente. Yo sabía que mi mujer y Pardalot se veían a escondidas. Esto, unido a la venta continuada de las joyas, me puso la mosca en la boca. No me interpreten mal: yo no me opongo a que mi mujer se realice humanamente como ser humano, mientras las fotos no aparezcan en *Interviú*. Pero en esta ocasión intuí un problema, por no usar una palabra más fuerte: tesitura. De modo que decidí hacer averiguaciones por medio de una agencia de información. Como no conocía ninguna, pedí asesoramiento al señor alcalde y él me remitió a un consulting de probada eficacia al cual él mismo confiaba en períodos electorales sondeos de intención. También compraba allí programas pirata de ordenador. Me dirigí sin rodeos a esta empresa, me atendieron muy bien y por tratarse de mí encomendaron el expediente a un joven meritorio con un parecido extraordinario a este muchacho de la Beretta y las muletas.

—¿Santi trabaja para ti? —preguntó Reinona.

—Si es el mismo y se llama Santi, sí —admitió Arderiu—. Bien, como parte de mi plan, Santi entró a trabajar en las oficinas de *El Caco Español* como guardia nocturno para poder vigilar de cerca a Pardalot. De este modo vine a saber que Reinona estaba en triple peligro; primero, porque todas las mujeres están en peligro, habiendo como hay tanta violencia contra las mujeres; segundo, por motivos específicos de la propia Reinona; y tercero, porque esto mismo ya lo he dicho hace muchísimas páginas.

—¿A qué peligros se refería Santi? —preguntó Ivet.

—No lo sé —dijo Arderiu—. Si no recuerdo mal, él hablaba de indicios. Había visto entrar a Reinona en las oficinas, la había seguido por los pasillos, había escuchado detrás de las puertas y había percibido claramente palabras subidas de tono, expresiones francamente antitéticas y gritos.

—¿Gritos? —preguntó el señor alcalde—, ¿qué clase de gritos?

—De los que se hacen con la boca —respondió Arderiu—. Ah, ah, oh, oh, sigue, sigue, etcétera.

—Está bien, cambiemos de tema —propuse viendo enrojecer a Reinona—. Hace unas noches recibió usted en casa la visita del abogado señor Miscosillas, el cual, en el transcurso de la entrevista mantenida a solas por ustedes dos, le habló de la necesidad de localizar a Agustín Taberner, alias el Gaucho, a la mayor brevedad. Esta conversación fue escuchada por Raimundita, referida por ésta a su novio, un chófer negro llamado Magnolio, y por éste a mí, no sin antes haberle revelado Magnolio al abogado señor Miscosillas el paradero de Agustín Taberner, alias el Gaucho, a cambio de una retribución en metálico.

—Dispense —dijo Arderiu—, no le he seguido hasta el final, pero es cierto lo de la visita del abogado señor Miscosillas y el paradero de Agustín Taberner, alias el Gaucho. Yo no sabía de su existencia, pero el abogado señor Miscosillas creía lo contrario por razones propias de él o de su profesión.

—Pensé que Reinona le habría contado algo —intervino el abogado señor Miscosillas— o que se lo habría contado Pardalot, o el mismo Santi. Santi también trabaja para mí. Yo tenía interés en vigilar de cerca a Pardalot y por indicación del señor alcalde acudí a la agencia de información donde estaba empleado Santi. Al exponerles mi caso me dijeron que precisamente habían colocado a uno de sus mejores hombres en las oficinas de *El Caco Español* por cuenta del señor Arderiu y que gracias a esta feliz coincidencia, mediante una tarifa suplementaria, podían suministrarme información sobre Pardalot y sobre Arderiu. Arderiu no me interesaba particularmente, siendo como es tonto de baba, pero acepté la proposición.

—¿Para qué quería tener vigilado a Pardalot? —le pregunté—. Pardalot y usted eran socios, él tenía en usted la máxima confianza, de fijo le habría dicho sin ambages lo que usted le hubiera preguntado. ¿O no?

Vaciló unos instantes el abogado señor Miscosillas y finalmente dijo:

—Lo siento, no estoy autorizado a responder a esta pregunta.

9

Quien no ha tenido como yo el privilegio de pasar buena parte de su vida en un manicomio tal vez ignore esta gran verdad: que todos los allí encerrados perciben claramente la locura de los demás, pero ninguno la propia. Teniendo esto en cuenta y aprovechando el silencio fatigado que siguió a la negativa del abogado señor Miscosillas a revelar el fundamento racional de sus actos (de espionaje), repasé los sucesos que habían precedido y seguido al crimen y la intervención de cada personaje en ellos, y una vez aclaradas por este método mis ideas, decidí poner las deducciones en conocimiento de los demás para que finalmente resplandeciera la verdad y nos pudiéramos ir a casa.

Antes de hablar, con todo, pasé revista a la situación presente (entonces) y a las posibles consecuencias de mis palabras, pues no es lo mismo revelar la verdad a quien puede sentirse molesto por ella que revelársela a quien además tiene una pistola. Por el momento sólo había dos pistolas a la vista, a saber, la Beretta 89 de Santi y el viejo revólver Remington calibre 44 de Ivet Pardalot, pero yo calculaba que allí mismo, entre las cuatro paredes del salón, debía de haber por lo menos otras dos. En vista de lo cual y para tranquilizar los ánimos, empecé diciendo lo agradable que me resultaba la compañía de todos los presentes y agradeciéndoles de antemano su paciencia y su ecuanimidad. Nada de cuanto yo dijera, dije, debía causarles desazón, pues aunque al final de mi alocución alguien pudiera encontrarse con una irrefutable acusación de asesinato sobre sus espaldas, mis razonamientos y conclusiones tenían una finalidad puramente aclaratoria, didáctica y en último término festiva y en modo alguno se proponían enturbiar la atmósfera distendida y cordial que allí reinaba. Asimismo, añadí, aquella noche, poco antes de desplazarme a Castelldefels, donde a la sazón nos encontrábamos, había dejado escritas aquellas mismas conclusiones en manos seguras con instrucción de entregárselas a la policía y a la prensa en caso de accidente. Y dicho esto, pasé a trazar un esbozo de la situación general, ordenando los acontecimientos según su aparición en la cronología y poniendo en su lugar cada persona y cosa, con lo que el relato siguió más o menos el siguiente derrotero:

Varias empresas sucesivas, en realidad la misma empresa, habían sido fundadas a partir de la década de los setenta (en España) por tres socios: Manuel Pardalot, hoy difunto; el señor alcalde, hoy alcalde; y Agustín Taberner, alias el Gaucho. Desde el principio el señor alcalde había estado representado por el abogado señor Miscosillas. Las empresas habían realizado algunas operaciones (quizá todas) de dudosa legalidad, de la que quedaba algún rastro documental, no del todo inofensivo desde el punto de vista legal, y sumamente nocivo desde el punto de vista político, en especial para el señor alcalde. Como donde las dan las toman, la empresa o empresas, a su vez, habían sido objeto de fraude por parte de uno de sus socios, Agustín Taberner, alias el Gaucho. No contento con esto, Agustín Taberner, alias el Gaucho, se había enredado con la novia de Pardalot, Reinona, a espaldas de éste. El enredo había resultado en embarazo (por no tomar precauciones) y Reinona se había ido a Londres a abortar. Finalmente no había abortado, se había quedado a vivir en Londres y había dado a luz a una niña llamada Ivet. Despechado, pero todavía ignorante de la doble deslealtad de su socio, Pardalot se había casado con otra y engendrado una niña a la que también había puesto por nombre Ivet. Las dos niñas salieron a sus padres: la hija de Reinona y Agustín Taberner, alias el Gaucho, guapa y atolondrada; la otra, inteligente, trabajadora, ambiciosa y un poco bicho.

Pasaron los años. Reinona regresó a Barcelona, metió a Ivet en un internado y, para asegurar la manutención de su hija y la propia, contrajo matrimonio con Arderiu, a quien ocultó la existencia de la niña y a quien dijo ser estéril para ahorrarse nuevas complicaciones. Habiendo elegido Reinona para su hija el internado de más empaque de la ciudad, no era raro que allí fuera también a parar la hija de Pardalot. El matrimonio de éste había resultado en fiasco y para evitarle escenas a la niña o para quitársela de en medio, la metieron interna. Las dos niñas, casi coetáneas y sin saber lo que de común había en sus respectivos antecedentes, entablaron una estrecha amistad que las diferentes circunstancias de cada una pronto habían de truncar. Al salir del internado, sin previo acuerdo ni conocimiento mutuo, las dos se fueron a los Estados Unidos de América, la una a Nueva York, la otra, a una universidad de nombre impronunciable. Como ya sabemos, a una le fue bien y a la otra, mal.

También a este lado del océano para Agustín Taberner, alias el Gaucho, pintaban bastos. Había contraído una enfermedad degenerativa irreversible y su desfalco había sido descubierto. Por razones fáciles de comprender, sus socios se abstuvieron de litigar ante la justicia ordinaria: lo expulsaron de la empresa y le rompieron las piernas. Reinona lo recogió. Con el producto de la venta de una de sus joyas alquiló un piso de la calle Bailén y lo instaló a él en él. Luego hizo venir a Ivet de América para que lo cuidara. A él. Pero Ivet no estaba en condiciones de cuidar, sino de ser cuidada. Las cosas iban manga por hombro en casa del Gaucho.

—Todo esto —dijo Ivet Pardalot— ya lo sabíamos. Nosotros mismos nos lo acabamos de contar.

—Pues haber aprovechado para ir a hacer pis, señorita Ivet —repliqué—, porque lo que viene ahora es nuevo y con sustancia. En efecto —proseguí dirigiéndome al común de los allí reunidos—, el regreso de la señorita Ivet Pardalot de los Estados Unidos y su incorporación a la plantilla de la empresa de su padre, el difunto Pardalot, trastocaron aquel nuevo y precario statu quo. No era ni es la señorita Ivet Pardalot persona dispuesta a vivir a la sombra de nadie. Tan pronto se hubo aclimatado, puso en marcha un plan para apoderarse de la empresa. Para ello hizo reformar los estatutos y se subrogó a sí misma en el lugar de Agustín Taberner, alias el Gaucho. Luego...

—Con permiso —arguyó la interesada—, esta parte del relato es fruto de tu imaginación, por no decir de tu arbitrariedad. Tú no puedes saber cuáles eran mis intenciones.

—Las supongo —respondí—, y no creo andar errado. Usted quería imprimir a un negocio obsoleto, a un residuo de otra era, el dinamismo que le habían inculcado en ultramar. De otro modo, ¿por qué se hizo amante de un pichafría como el abogado señor Miscosillas?

—Oiga, buen hombre, a mí no me moteje —saltó el abogado señor Miscosillas—. En primer lugar, no le tolero que se inmiscuya en nuestra intimidad. En segundo lugar, usted nunca me ha visto en el arte de templar ni en la suerte de poner varas.

—No he tenido ocasión —dije—. Lo que afirmo me lo contó la propia señorita Ivet Pardalot la noche que me llevó a su casa, después de sacarme usted del calabozo. En aquella ocasión, estando ella y yo a solas, en la cama o, para ser exactos, *sobre* la cama, se quejó de su poquedad, se mofó de sus ínfulas y estableció comparaciones desventajosas entre usted y cierta verdura hervida. Luego me mostró un vídeo...

Al oír estas acusaciones, el abogado señor Miscosillas palideció, levantó medio cuerpo del sofá, abrió la boca de par en par y dejó que un reguero de baba le colgara del labio inferior como un badajo. Luego señaló a Ivet Pardalot con un dedo tembloroso y dirigiéndose al resto de la concurrencia, balbució:

—No hagan caso a los infundios de esta rabona. Por lo general, cumplo con creces, y si alguna vez no he merecido el cum laude, no ha sido culpa mía, sino de ella. Es inepta, desabrida, apática, tropezosa, chabacana, sandia, inverecunda, repolluda y cerdosa. Ayuntarse con ella es como abrazar a Sancho Panza. En cuanto al vídeo, lo grabamos por broma una tarde lluviosa de domingo para hacer reír a nuestros nietos en un futuro lejano. He dicho.

Se sentó el abogado señor Miscosillas después de haber absuelto con tan florido verbo posiciones y pidió a su vecino de sofá un pañuelo o, en su defecto, otra octavilla de propaganda electoral con que enjugar los salivazos que la elocuencia había sembrado en sus solapas. En nada, sin embargo, se había alterado el sereno continente de la señorita Ivet Pardalot, ni durante la deposición de su amante ni cuando a renglón seguido dijo a éste:

—Puedes estar orgulloso: te has dejado engañar bien tontamente por un miserable peluquero. Nunca mencioné tu nombre en su presencia ni le hablé de lo nuestro ni menos aún le mostré el vídeo. Él ha dado un palo en el aire y tú, por fatuidad, te has puesto en evidencia. No importa. Agradezco tu sinceridad, celebro conocer tu opinión sobre mis gracias y me reservo el derecho de responder a tus piropos cuando lo estime oportuno. Tú, sigue hablando.

El aludido era yo y no me hice de rogar.

—De su acoplamiento con el abogado señor Miscosillas obtuvo la señorita Ivet Pardalot valiosa información de la que al punto se dispuso a servirse. Pero dejemos esto de lado un instante y recojamos un cabo suelto. La señorita Ivet Pardalot no había olvidado a la otra Ivet. Sabía que ésta había regresado a Barcelona, aunque no el motivo de su regreso, y no le costó averiguar su paradero ni las incertidumbres de su malvivir. Por otra parte y simultáneamente, la señorita Ivet Pardalot también había seguido la pista de Reinona, a la que culpaba, no sin razón, del crónico abatimiento de Pardalot y del desamparo y la amargura en que de resultas de ellos se vio sumida su propia infancia. Al igual que había hecho con el abogado señor Miscosillas, pero de un modo más esporádico, sedujo a Arderiu, al que se llevó, como acabamos de oír, a un discreto refugio de fin de semana allende el Pirineo.

—¿Cómo podía haberme resistido? —se justificó Arderiu—. Ella me juró que no le interesaba yo, sino mi coche. Tengo un Porsche Carrera de 3.600 centímetros cúbicos. Con todo, la liaison no pasó de una simple tesitura. Alocada, lo confieso, pero tesitura al fin y al cabo.

—Sea como sea —proseguí—, la señorita Ivet Pardalot obtuvo de esta fuente datos frescos y cruciales acerca de Reinona. Tal vez que el infortunio de su padre se debía a la traición de Agustín Taberner, alias el Gaucho. Tal vez el secreto de la paternidad y la maternidad de Ivet. En resumen, que entre el abogado señor Miscosillas, Arderiu, su padre, de cuya confianza gozaba, y Santi, a quien pagó, sedujo o pagó y sedujo, consiguió hacerse con los hilos necesarios para tejer su inicua trama.

Y ahora presten mucha atención porque nos acercamos a la noche del crimen.

Se hizo un silencio expectante y el señor alcalde, percatándose de la trascendencia del momento, se sacó el dedo de la nariz y dijo:

—Espere. Si se propone revelarnos la identidad del asesino, es de justicia que todos estemos en igualdad de condiciones y la ley lo exige. Todos estamos sentados y Arderiu no tiene silla. Horacio, ya sabes lo que te toca.

Todavía bajo los efectos del atentado a su hombría, el abogado señor Miscosillas replicó que a él no le tomaba nadie por el pito del sereno, ni siquiera un alcalde a punto de ganar las elecciones, y añadió que si Arderiu se quería sentar, que se fuera a buscar él mismo una silla o que se sentara en el suelo. Arderiu se excusó diciendo que por no conocer la distribución interior del chalet le era imposible distinguir una silla de otro objeto suntuario y que no se podía sentar en el suelo porque sufría de vértigo. Al final el propio alcalde se levantó del sofá y dijo que ya iría él por la silla, pero recalcó que no iba en su condición de alcalde, sino como un ciudadano más, toda vez, dijo, que los alcaldes tienen, en virtud de su cargo, una doble personalidad, como Clark Kent. Cuando hubo regresado, reanudé el relato de los hechos diciendo:

—Conocedora de la existencia de documentos funestos para la brillante carrera política del señor alcalde, de dónde los guardaba su padre y de la forma de hacerse con ellos, Ivet Pardalot se puso en contacto con la otra Ivet simulando, merced a los artilugios que ahora están ahí tirados de cualquier manera, ser un hombre gordo y con problemas fonéticos y le propuso instrumentar un robo en las oficinas de *El Caco Español*. La señorita Ivet Pardalot había sabido de mi existencia por medio de sus agentes y consideraba que mi probidad e impericia me hacían idóneo para llevar a cabo su plan, pero necesitaba a Ivet para inducirme a cometer un delito y, por añadidura, para implicarla a ella en él. Ivet necesitaba dinero para sus cosas y se avino a cooperar. El plan de Ivet Pardalot, por si no lo han entendido aún, era sencillo: yo robaba los documentos concernientes al señor alcalde de las oficinas de *El Caco Español* y se los daba a Ivet; luego Ivet se los daba a ella, y por último la policía nos trincaba a Ivet y a mí. La noche del crimen alguien (la propia Ivet Pardalot, el abogado señor Miscosillas o Santi, lo mismo da) desconectó la alarma y dejó abiertas las puertas, incluida la puerta automática del garaje. Pero dejó en marcha el circuito cerrado de televisión, donde mi hazaña, sin yo saberlo, quedó grabada paso a paso. De este modo Ivet, o el propio Pardalot, podían demostrar mi culpabilidad. Y una vez en manos de la justicia, a mí no me habría quedado otra salida que delatar a Ivet, e Ivet sólo habría podido decir a la policía que había obrado por cuenta de un señor gordo y acaponado. Sin ser nada del otro mundo, el plan no estaba mal sobre el papel, pero, como ocurre siempre, el azar introdujo un elemento con el que nadie había contado. Porque aquella misma noche Pardalot acudió a las oficinas de *El Caco Español*. No era inusual que tal cosa hiciera: en su vida descorazonada no encontraba consuelo sino en el trabajo. Pasada la medianoche entró en su despacho y de inmediato se dio cuenta de que alguien había estado allí. Verificó la desaparición de los documentos y, sin imaginar que el robo lo había cometido su propia hija, avisó de lo ocurrido al señor alcalde, el cual se encontraba aún en su propio despacho del Ayuntamiento. El señor alcalde acudió a las oficinas de *El Caco Español*, tal y como, según su versión, Pardalot le dijo que hiciera. Siguió, siempre según él, el mismo camino que yo había seguido hasta llegar al despacho de Pardalot. Pero cuando llegó allí, de acuerdo, insisto, con sus propias palabras, Pardalot ya estaba muerto. Ahora bien, ¿existió realmente esa llamada telefónica?

* * *

Acostumbrado a oír más duras acusaciones en el consistorio, el señor alcalde no perdió la calma ni la compostura.

—La llamada debe de estar anotada en el registro de llamadas del Ayuntamiento —dijo—. Cualquier ciudadano lo puede consultar. Es un servicio gratuito.

—No hace falta consultar ningún registro —repliqué—. Sin duda hubo una llamada, pero no fue Pardalot quien la hizo, sino Santi. Santi trabaja para usted, además de trabajar para todos los demás. Usted no podía permitir que Pardalot dispusiera libremente de unos documentos que podían arruinar su carrera. Por eso colocó a Santi en las oficinas de *El Caco Español*. De esta forma tenía vigilado a Pardalot y, de paso, a los restantes personajes de este drama. Cuando Pardalot descubrió la sustracción de los documentos, lo primero que hizo fue llamar a Santi, sobre quien recaía aquella noche la responsabilidad de vigilar el edificio. Y a Santi le faltó tiempo para avisarle a usted. Entonces usted dio orden a Santi de matar a Pardalot.

—Esto es absurdo —dijo el señor alcalde—, ¿qué interés podía haber tenido yo en matar a Pardalot precisamente cuando los documentos ya no estaban en su poder? Y si realmente hubiera ordenado a Santi matar a Pardalot, ¿por qué habría corrido el riesgo innecesario de acudir en persona a las oficinas de *El Caco Español* la noche misma del crimen? Es probable que las cosas sucedieran como usted dice, pero de otra manera. A saber: Pardalot descubrió la sustracción de los documentos, me llamó y me pidió que fuera a verle. Luego llamó a Santi para echarle una bronca, y Santi, ante la perspectiva de quedarse sin empleo, lo mató. No parece muy lógico, pero los asesinos actúan como Dios les da a entender. Tal vez discutieron. Al fin y al cabo, de todos los posibles asesinos, Santi es el único que disponía de un arma.

—Oiga, señor alcalde —dijo Santi—, con el debido respeto, a mí no me cargue el mochuelo. Ciertamente tenía el arma y la ocasión, pero ¿dónde está el móvil? Y aun cuando tuviera alguna razón para liquidar a Pardalot, ¿por qué había de elegir para hacerlo una noche tan concurrida? No olvide que con posterioridad al suceso alguien me disparó estando yo en casa de este caballero, sin duda con la intención de silenciarme. ¿No es eso incompatible con la autoría del crimen? No, excelentísimo señor alcalde, señoras y señores: yo no fui. En cambio, si me permiten una sugerencia, ¿no les parecería lógico que la propia Ivet, que se había quedado con la carpeta azul para sacarle un dinero extra al encapuchado, viendo que contenía documentos comprometedores para Agustín Taberner, alias el Gaucho, su propio padre, soliviantada y cocida como cada noche, regresara a las oficinas de *El Caco Español*, entrara por el camino ya sabido y disparara contra Pardalot?

Iba a protestar Ivet de esta insinuación, pero Reinona se lo impidió poniéndose en pie y pidiendo la palabra con gesto tan decidido cuanto atribulado. Le prestamos la atención que reclamaba y ella se disponía a tomar la palabra, cuando Arderiu se le adelantó y, subiéndose a la silla que el señor alcalde acababa de suministrarle, dijo:

—No hace falta seguir acusando a todo el mundo por riguroso turno. Ahora que estamos todos reunidos, quiero hacer una confesión. Por este motivo me he subido a la silla, desafiando el vértigo y la ley de la gravedad al mismo tiempo. Bien, voy a hacer, como digo, una confesión, y la haré sin rodeos. Yo maté a Pardalot. ¿Cómo, cuándo y por qué? Ahora mismo se lo explicaré sin rodeos. Aquella noche yo había salido a dar una vuelta en mi coche. Tengo un Porsche Carrera de 3.600 centímetros cúbicos. En plena Vía Augusta me quedé sin gasolina. Y también sin batería y sin líquido de frenos. Estas cosas pasan. Por suerte estaba cerca de las oficinas de *El Caco Español*. Vi luz en la ventana del despacho de Pardalot. No recuerdo por dónde entré, pero entré, fui al despacho de Pardalot y le pedí que me dejara llamar por teléfono al taller. No quiso y lo maté. Bien, podemos dar el caso por resuelto.

Bajó de la silla y, asumiendo dignamente su condición de inculpado, se quitó la corbata, el cinturón y los cordones de los zapatos. Luego, como no sabía donde dejar estos adminículos, se los metió en el bolsillo de la americana. Reinona, que seguía en pie, se llegó hasta él, le puso la mano en el hombro, sonrió enternecida y dijo:

—Cariño, súbete los pantalones y vuélvete a poner el cinturón. Lo que has hecho es de una gran nobleza. No merezco tanta generosidad. Yo maté a Pardalot.

Hizo Arderiu lo que su mujer le decía sin dejar de refunfuñar y de asegurarnos que en su casa mandaba él y que a él no le decía nadie lo que tenía que hacer. En resumen, que si él decía que era un asesino es que era un asesino y punto. En aquella ocasión, sin embargo, cedía a los ruegos de su mujer por no contrariarla, pues la veía muy afectada por la tesitura, acabó diciendo. Al final, como nadie le hacía caso, se sentó y cedió a Reinona el uso de la palabra.

—Aquella noche —empezó diciendo Reinona— Ivet me llamó por teléfono y me contó lo del robo de los documentos. Los había hojeado y estaba muy alterada al ver lo que su padre había hecho. También se había chutado. Le dije que se tranquilizara, que yo me ocuparía del asunto y lo arreglaría todo. Llamé a Pardalot. No estaba en casa. Supuse que estaría en su despacho de *El Caco Español*, donde solía aliviar la soledad de sus noches, unas veces incomunicado, jugando con el ordenador, otras conmigo. Fui. Santi me abrió la puerta, como ya había hecho anteriormente en repetidas ocasiones. Yo mantenía un estrecho ligamen con Pardalot. Él todavía estaba enamorado de mí y yo me dejaba querer para tenerlo controlado. De este modo, pensaba yo, protegía a Agustín Taberner, alias el Gaucho, de cualquier posible represalia por parte de Pardalot o de sus socios. En realidad, todo en esta vida lo he hecho por Agustín Taberner, alias el Gaucho. Una es así. Pero no hablemos de mí. Estarán ustedes ansiosos por saber cómo lo hice. Ahora mismo se lo contaré.

Tras este preámbulo hizo una pausa, que aprovechó Ivet Pardalot para intervenir diciendo:

—Señora, su marido es tonto, pero usted es tonta y además cursi. Ahora pretende incriminarse a sí misma para proteger a Ivet, como si alguien, salvo usted misma, pudiera tomarse en serio la culpabilidad del paradigma de la ñoñez que es su hija. ¿De veras cree que Ivet habría sido capaz de entrar en las oficinas de *El Caco Español*, encontrar el despacho de mi padre, dispararle siete tiros y acertar al menos uno, si ni siquiera sabe hacer funcionar el mando a distancia del televisor? Ivet se pasa la vida en órbita, a ver si se entera de una vez. En cuanto a usted, querida Reinona, princesa de las joyas falsas y los sentimientos falsos, no crea que ha hecho una proeza tratando de encubrir a su hija. Su confesión no tiene ninguna credibilidad. ¿Por qué habría de tenerla? Hace años estuvo usted a punto de confesarle a mi padre su traición, pero no se la confesó; se fue a Londres a abortar, pero no abortó; quiso suicidarse, pero no se suicidó. ¿Y ahora pretende hacernos creer que ha matado a alguien? Nada, nada, usted, como todas las mujeres de su generación, siempre está a punto de hacer algo decisivo, pero al final se queda cruzada de brazos y espera a que aparezca un lila y pague los platos rotos. Y a esto le llama dejarse llevar por los sentimientos. Pues no, señora, esto es vivir del cuento. Y déjeme decirle una cosa más: habría sido más honrado por su parte dejar que el pobre Arderiu cargara con el asesinato. Si él le ha consentido a usted tantos años sus caprichos, déjele que ahora vaya también a la cárcel por usted. Asuma su papel, señora, y no lo quiera arreglar todo con una hombrada de última hora. Quizá conmueva a los carcamales de su generación, pero para la gente de hoy, para la gente normal, usted es un espantajo, una broma. No hablo por hablar: su marido me ha contado muchas cosas de usted. Las personas siempre cuentan muchas cosas cuando creen que alguien las escucha. Yo escucho. Dejé hablar a Arderiu y acabó cantando el Parsifal. Por él supe la vieja historia de Reinona y Agustín Taberner, alias el Gaucho. Supe que él seguía aquí, que estaba inválido. Pero Arderiu no supo decirme dónde se había metido. Entonces decidí encontrarlo y acabar con los dos, con el inválido y con Reinona. Ellos habían destruido la vida de mi padre e indirectamente también la mía. Yo destruiría la suya. Pero para eso tenía que hacerle salir de su escondrijo. Me lié con Miscosillas. Con él fue más fácil aun que con Arderiu. Ni siquiera hacía falta escucharle. En su infinita petulancia creía que yo lo amaba y lo admiraba y no paraba de hablar.

¡Infeliz! ¿Qué sentimientos puede inspirar un badulaque achacoso, que viste ropa de Armani, lleva un Rolex y es tan retrógrado que aún le hace gracia Mafalda? Se preguntarán ustedes cómo he podido tener tanto éxito con los hombres sin valer gran cosa. No tiene mérito. Los hombres son muy exigentes a la hora de emitir juicios estéticos sobre las mujeres, pero a la de la verdad, se conforman con cualquier cosa. Cuando descubrí esto, mi vida se volvió mucho más interesante. No me importa admitir que he utilizado a los hombres. Forma parte de mi profesión. Un empresario lo utiliza todo: hombres, mujeres, minerales, créditos bancarios, todo lo transforma, todo lo aprovecha, a todo le saca un rendimiento. Menos a una empresa como la de mi padre. En cuanto vi los libros me di cuenta de que aquello no podía seguir así. Había que disolver la sociedad antes de que se fuera definitivamente al garete. Pero para eso había que retirar a los pitecántropos que aún pretendían vivir del privilegio y la fachenda. Me refiero a mi padre, al alcalde, a Miscosillas y compañía. No era mi intención hacerles daño. Ni siquiera sus intereses económicos habrían salido perjudicados si me hubiera dejado las manos libres. Habrían percibido sabrosos estipendios y habrían asistido una vez al trimestre a un consejo de administración, para hablar de gastronomía y contar chistes verdes. Y mientras tanto yo habría llevado el timón. Le insinué a mi padre el proyecto y no lo entendió. Desde joven había vivido al amparo de un sistema artificial y no quería darse cuenta de que los tiempos habían cambiado. Mi padre se creía un empresario. Un empresario catalán. Intenté explicarle que esto era un oxímoron, pero tampoco sabía lo que era un oxímoron. Comprendí que era inútil seguir razonando y decidí forzar la situación. Miscosillas me había hablado de los documentos concernientes al señor alcalde. Eran una minucia. ¿A quién le puede importar el pasado fraudulento de un político cuando con el presente basta y sobra? De todos modos decidí valerme de ellos para provocar una crisis. El resto ya lo saben. El plan salió bien, pero la cosa acabó mal. Quise engañar y fui la primera engañada. No me volverá a suceder.

Concluyó Ivet Pardalot su discurso y nos quedamos todos callados, meditando sus palabras. Arderiu se sirvió un whisky, lo apuró de un trago y finalmente se hizo eco del sentir general diciendo:

—Todo esto está muy bien, pero, ¿puede alguien decirme quién mató a Pardalot? La intriga se complica cada vez más y, si quiere saber mi opinión, se está convirtiendo en un auténtico rollo. O nos dice quién mató a Pardalot o aprovechando que estamos cerca del Prat, me voy a hacer unos hoyos.

—Y yo a mi bufete —dijo el abogado señor Miscosillas.

—Y yo a desayunar —dijo Santi.

—Y yo a un mitin —dijo el señor alcalde.

—Y yo a un centro de acogida para señoritas descarriadas —dijo Ivet.

—Y yo a casa, a hacerle un fricandó a mi maridito, que se lo merece todo —dijo Reinona.

—Está bien —dije yo—, les complaceré con sumo gusto. A decir verdad, a mí también me gustaría acabar con este enredo y descansar un poco antes de abrir la peluquería. Pero para ello es preciso hacer comparecer al personaje central de esta trama. Les ruego, pues, señores, que vayan a buscar a Agustín Taberner, alias el Gaucho, y lo traigan al salón, de grado o por fuerza.

* * *

Les indiqué que podían encontrar la silla de ruedas en el cuarto del piso superior del chalet, y al propio Agustín Taberner, alias el Gaucho, en un rincón oscuro al pie de la escalera. Como la operación requería varios brazos y bastante esfuerzo, confiaron a Santi la vigilancia de las tres mujeres y de mi propia persona y salieron el señor alcalde, Arderiu y el abogado señor Miscosillas a cumplir la condición impuesta por mí para una satisfactoria solución del problema en general y de algunos de sus componentes en particular.

Aprovechando el descanso, propuse a Santi que guardara el arma o, al menos, que dejara de apuntarme con ella todo el rato, a lo que se negó él alegando que no pensaba rendir el arma mientras Ivet Pardalot siguiera empuñando la suya y menos aún guardarla sin recibir garantía de que otra u otras pistolas no serían esgrimidas allí mismo en un futuro próximo; que hasta el momento yo había demostrado la inocencia de todos los presentes, pero no la mía; y, por último, que él se limitaba a cumplir órdenes. Entonces propuse a Ivet Pardalot que volviera a dejar su revólver donde lo había encontrado y ella me respondió de un modo más conciso y claro con un gesto despectivo y un monosílabo.

Para entonces ya había vuelto el abogado señor Miscosillas con la silla de ruedas del inválido. Mientras esperábamos el regreso de los otros dos, referí, a instancias suyas, las peripecias de nuestra frustrada escapatoria, coincidiendo el final de mi relato con el regreso del señor alcalde y Arderiu, los cuales, presas de gran agitación, anunciaron a dúo que Agustín Taberner, alias el Gaucho, no estaba donde yo decía haberlo dejado ni en ninguna otra parte de la casa.

—Si no hubiera visto su ausencia con mis propios ojos —concluyó Arderiu—, no habría creído lo que veían mis propios ojos.

—Salgamos al jardín —dijo el abogado señor Miscosillas—. Sin su silla de ruedas, que está aquí, un inválido no puede haber ido muy lejos.

—Un inválido tal vez no —dije—, pero sí Agustín Taberner, alias el Gaucho. De la paliza que le propinaron quedó baldado, pero se repuso. Siguió fingiéndose inválido por conveniencia. Reinona e Ivet lo mantenían y lo cuidaban y, creyéndolo indefenso, guardaban celosamente el secreto de su escondrijo. Él, mientras tanto, viviendo a cuerpo de rey y a salvo de toda sospecha, reanudó sus actividades fraudulentas. Buen conocedor del funcionamiento interno de la empresa que él mismo había contribuido a fundar, se puso en contacto con la competencia y condujo a *El Caco Español* a la situación de bancarrota en que Ivet Pardalot lo encontró a su regreso de los Estados Unidos. Pero ni siquiera a ella se le ocurrió relacionar este descalabro con las actividades soterradas de un individuo que creía inválido y desaparecido de la circulación a todos los efectos. Una situación tan anómala, sin embargo, no podía durar eternamente. Las arcas de la empresa estaban exhaustas y cualquier suceso imprevisto podía poner al descubierto la maniobra y la identidad de su autor, incluida la operatividad de sus piernas. Este suceso imprevisto fue la sustracción por mí de los documentos comprometedores de las oficinas de *El Caco Español*. Posiblemente Ivet, en una de sus visitas a la residencia de Vilassar, le contó el plan a su padre. La perspectiva alarmó vivamente al Gaucho. La noche del crimen abandonó la residencia de Vilassar y, bien en tren bien en otro medio de transporte, fue a Barcelona y allí a las oficinas de *El Caco Español* con la intención de eliminar todo vestigio de sus continuadas expoliaciones. Pero llegó tarde, porque yo ya había pasado por allí y sustraído la carpeta azul. En el despacho de Pardalot, Pardalot sorprendió al Gaucho, discutieron, lucharon y finalmente Agustín Taberner, alias el Gaucho, mató a Pardalot, tras lo cual regresó a la residencia de Vilassar, donde se sentía seguro. Poco después llegó Reinona a las oficinas de *El Caco Español*, a instancias de su hija Ivet, como ella misma nos ha contado hace un ratito. Tal vez sea cierto lo que nos ha dicho antes y le guiara la intención de matar a Pardalot. Seguramente llevaba consigo la Walter PPK calibre 7,65 que yo encontré en un cajón de su tocador y que, si no me equivoco, debe de llevar ahora mismo en el bolso por si se tercia usarla. En aquella ocasión de nada le sirvió: al llegar encontró a Pardalot cosido a tiros. Como no podía imaginar siquiera lo ocurrido, pues hacía inválido al inválido, temió que hubiera sido Ivet la mano criminal. Con tesón y maña hizo desaparecer las huellas dactilares de donde hubiera podido haberlas y a continuación borró del circuito cerrado de televisión la cinta de vídeo donde había quedado registrado mi habilidoso desvalijamiento. Conocía el mecanismo del circuito cerrado de televisión porque en el curso de sus frecuentes encuentros con Pardalot, en aquel mismo despacho, solían desconectar dicho circuito si en el devenir de la conversación la nostalgia de otros tiempos o una causa similar los impulsaba a echar un casquete en la mesa de juntas. Por este motivo, es decir, por haber sido borrada la cinta de vídeo, no vino la policía a buscarme como estaba previsto en el plan original y por este mismo motivo mi hazaña no salió a relucir cuando me llevaron preso por el robo del anillo. Dígame usted si no he acertado plenamente.

—Sí —dijo Reinona, a quien iba dirigida la última oración—, así fue punto por punto. Fui a ver a Pardalot, lo encontré muerto y borré la grabación. Y también es cierto que llevo en el bolso una Walter PPK calibre 7,65 cargada, arma excelente, ligera y precisa, que me regalaron cuando me casé y con la que te mataré si te empeñas en difamar a un pobre inválido como Agustín Taberner, alias el Gaucho.

—Señora —dije yo viendo que para corroborar mis barruntos sacaba del bolso la Walter PPK calibre 7,65, le quitaba el seguro y me apuntaba con ella—, Agustín Taberner, alias el Gaucho, le ha estado tomando el pelo desde el principio. Y no me refiero a su etapa de inválido, sino a mucho antes, cuando aún eran jóvenes los dos. Entonces pudo haberse casado con usted y no lo hizo. La dejó tirada con su hija en Londres. Seguro que ni un mal turrón por Navidad debía de enviarles. Y luego, ya ve, ha permitido sin el menor escrúpulo que usted vendiera sus joyas y, en general, las pasara canutas por un amor no correspondido. Y con respecto a Ivet, no digamos. Menudo padre le ha tocado a la pobre chica. Así ha salido ella. A las dos las ha sacrificado a sus mezquinos intereses. Este hombre no se merece ni su cariño ni su piedad. Es un malhechor, un canalla. Si esto no les importa, si lo dan todo por bien empleado, allá ustedes, pero a mí haga el favor de no apuntarme con esa pistola. Por un lado me apunta Santi y por el otro usted. Señora, así no se puede vivir. Yo no les he hecho nada malo. Sólo intentaba darles cuenta cabal de lo ocurrido la noche del crimen.

Este sensato razonamiento no hizo mella en los interpelados. Ellos me siguieron apuntando con renovada resolución y yo me quedé, como quien dice, entre dos fuegos potenciales. Así las cosas, dijo Ivet dirigiéndose a su madre y al resto de la concurrencia:

—Ahora que sabemos lo sucedido, ¿qué vamos a hacer? Si damos parte a la policía, a papaíto se le va a caer el pelo.

—Por otra parte —objetó el señor alcalde—, no podemos permitir que un crimen tan monstruoso quede impune. La seguridad ciudadana dentro y fuera del hogar es un leitmotiv de mi campaña.

—No olvide, señor alcalde —le recordó el abogado señor Miscosillas—, que si procesan a Agustín Taberner, alias el Gaucho, pueden salir a relucir algunas menudencias que no les van a favorecer ni a usted ni a su partido.

—Ospa —dijo el señor alcalde.

—Señores —dijo Ivet Pardalot dando un puñetazo en la mesa—, esta discusión carece de sentido. Hemos averiguado quién mató a mi padre y, como ustedes comprenderán, yo no voy a pasar por alto este detalle. De los entresijos de la empresa no se han de preocupar: lo tengo todo bajo control. Es más, la empresa, como tal, ha dejado de existir hace unos meses. No se lo comuniqué antes para no darle un disgusto a mi padre, pero a ustedes me da lo mismo si les da un infarto. Todas las acciones de *El Caco Español* han sido donadas gratuitamente a una fundación que financia una ONG con sede en un banco de Singapur. Por descontado, los beneficios de esta sencilla transacción están en una cuenta a mi nombre. También me place informarles que, al día de la fecha, el capital de los restantes socios asciende a pesetas cero coma cero. Y el que proteste se va de cabeza a Can Brians.

—Horacio —dijo el señor alcalde—, me parece que entre todos nos han levantado la camisa. En fin, hágase como dice Ivet Pardalot y entreguemos al culpable a la justicia. Pero exijo que el arresto se lleve a cabo en mi circunscripción.

—El arresto —dijo una voz siniestra— no se hará en ninguna parte.

Nos volvimos al unísono hacia la puerta del salón, de donde procedía la voz, y vimos allí a Agustín Taberner, alias el Gaucho, firme sobre sus dos piernas, como yo había diagnosticado, y con una metralleta de marca desconocida en las manos, lo que no entraba en el diagnóstico ni en las previsiones de nadie.

Dando una vez más ejemplo de intrepidez, el señor alcalde se adelantó al resto diciendo:

—¡Hombre, Agustín, me alegro de verte tan mejorado de tu dolencia!

Se levantó del sofá y fue hacia el recién llegado con los brazos abiertos, como si se dispusiera a estrecharlo en un abrazo fraternal, pero la actitud del Gaucho y un leve movimiento de la metralleta le hicieron reconsiderar su efusivo arranque. Aun así, siguió diciendo en tono de alegre camaradería:

—Pasa y siéntate, hombre, estás entre amigos. Y no hagas caso de lo que acabas de oír. Era un debate escolástico. Romanos contra cartagineses, como en el cole. Por lo demás, todo este asunto del asesinato a mí, en mi condición de alcalde, ni me va ni me viene. *Ich bin ein Berliner*. Si acaso, entiéndete con este pájaro, que lleva rato tratando de crearte mala fama.

—Vuelve al sofá, quédate quieto y no abras la boca —le respondió el Gaucho. Luego, señalándome a mí con el breve cañón de la metralleta por si no tenía bastante con las dos pistolas, y torciendo la comisura de los labios en un gesto antipático, agregó—: En cuanto a ti, sabandija, tú te lo has buscado. Sin tu entremetimiento nadie habría descubierto mi secreto. Debería haberte eliminado antes. Pero saliste indemne de la bomba que puse en la peluquería y ya no me quedó dinero para más. Por las nubes se ha puesto el amonal de un tiempo a esta parte. Da lo mismo, lo que no pude hacer entonces, lo haré ahora. Sin embargo, matarte a ti no será suficiente. Te has ido de la mu y ahora todo el mundo sabe que yo maté a Pardalot. Por charlatán me obligas a cargarme a todos los aquí presentes, incluida mi propia parentela. Gracias a Dios tengo una metralleta y liquidaré el asunto en un decir jesús. Sin duda os preguntaréis de dónde he sacado la metralleta. Y el vocabulario. No tiene complicación. Como no soy inválido, amañé la silla de ruedas y escondí la metralleta y las cananas donde los demás llevan la bacinica. Todo lo fabriqué yo mismo, con mis propias manos: esta arma mortífera y las balas, de una en una, con lo único que me ha sobrado todos estos años: tiempo y paciencia. A solas en la residencia, mientras los enfermos de verdad se pegaban la gran vida, yo planeaba mi venganza y fabricaba el instrumental para llevarla a cabo. Primero os arruiné y ahora voy a mataros, como maté a Pardalot.

—Agustín —le recriminó Reinona—, después de lo que la nena y yo hemos hecho por ti, no serás capaz...

—Ya lo creo —replicó el Gaucho—. Soy capaz de eso y de más. Te mataré como a los demás, porque estoy harto de ti y porque ya no me sirves de nada. Ivet me dijo que no te quedaban joyas por vender.

—No es verdad —dijo Reinona—, mi marido las ha ido reponiendo. Si tú quieres, y él da su permiso, podemos empezar de nuevo.

—Déjalo, mamá —dijo Ivet—, ha perdido el oremus. En la residencia ha debido de contraer un virus hospitalario.

—Santi —dijo el abogado señor Miscosillas—, haga algo, que para eso cobra tres sueldos.

—No, señor —repuso Santi—, cuatro. El señor Agustín Taberner, alias el Gaucho, también me pasa una pasta.

—Pues te ha engatusado igual que a los otros —le dije—, porque fue él quien disparó contra ti desde el terrado de la casa de enfrente de mi apartamento. Sin duda quería deshacerse de un cómplice molesto que ya no le servía para sus diabólicos planes.

—Es verdad —rió el Gaucho con odiosas y execrables carcajadas—. Me he servido de todo el mundo. Todo lo he puesto al servicio de mi villanía. Soy más malo que la leche. Y ahora, basta ya. Falta poco para que amanezca y aún he de matar a mucha gente.

Y diciendo esto, enfiló hacia mí la metralleta y apretó el gatillo.

10

Como recordarán ustedes, al final del capítulo anterior estaba yo a punto de recibir una ráfaga de plomo, y sin duda se estarán preguntando, al inicio de éste, cuál era mi estado de ánimo en tan delicado trance, cuáles mis reflexiones y cuál el balance postrimero de mi azarosa existencia. A lo que responderé diciendo que, habiéndome encontrado anteriormente en circunstancias similares (por mi mala cabeza), tengo comprobado no ser dichas circunstancias las más propicias para pensar sandeces ni para andarse por las ramas. Claro está que en todos los casos aludidos, por lo que a mí concierne, el resultado final nunca fue el previsible (diñarla), quedando así el espíritu dividido entre el susto y la filosofía. Aclaro este punto para no parecer escéptico en la materia, pues todos sabemos hasta qué punto un instante se puede dividir en otros instantes más pequeños, en cada uno de los cuales caben mil ideas, recuerdos y emociones. Lo único que puedo asegurar es que en ninguna ocasión, ni siquiera en los más críticos bretes, he visto, conforme suele contarse, pasar ante mí mi vida entera como si fuera una película, lo que siempre es un alivio, porque bastante malo es de por sí morirse para encima morirse viendo cine español. Y esperando no haber defraudado a nadie con esta digresión, vuelvo al verídico relato de los acontecimientos en el punto exacto en que lo había dejado.

Habiendo apretado, pues, como queda dicho, el protervo Gaucho el gatillo de su metralleta, emitió ésta una ráfaga de proyectiles, muchos de los cuales me habrían alcanzado de lleno y con funestas consecuencias, si en aquel preciso momento no hubiera resonado en el chalet un desaforado grito y gran ruido de madera y platos rotos y una figura enorme no se hubiera arrojado sobre el Gaucho, alterando la trayectoria de los disparos y, por ende, la de mi destino.

Sin detenerme a verificar la causa de la inesperada salvación, me eché al suelo. Fue un acierto, porque simultáneamente hizo fuego Santi con la Beretta. Si obró así con intención de cooperar a mi exterminio (y sacarse una propina) o de llevarse por delante a Agustín Taberner, alias el Gaucho, en cuyos planes entraba, según él mismo acababa de manifestar, la muerte del propio Santi, nunca lo sabremos, porque Reinona, advirtiendo las intenciones de Santi y el peligro que corría Agustín Taberner, alias el Gaucho, y empeñada en ponerse siempre (como una burra) de parte de aquel mal hombre, disparó su Walter contra Santi. También cabe dentro de lo posible que después de tantos años de obcecación, Reinona hubiese comprendido lo desatinado de su actitud y, movida por un súbito rencor o un comprensible deseo de justicia, hubiese querido matar realmente a Agustín Taberner, alias el Gaucho, y no a Santi, contra quien no tenía nada. Sea como sea, su disparo salió muy desviado, pues antes de haberlo efectuado, Ivet Pardalot disparó el Remington, bien contra el Gaucho, bien contra Santi, bien contra mí, pero con tan mala puntería que le dio a Reinona (a quien tal vez, en realidad, apuntaba), con lo cual el disparo de ésta alcanzó al abogado señor Miscosillas, que se derrumbó primero sobre el señor alcalde y luego, habiéndoselo éste quitado de encima de un puntapié, sobre mí cuando intentaba incorporarme y salir reptando de aquel maldito salón devenido campo de Agramante y rosario de la aurora.

Aplastado bajo el peso del letrado, aún alcancé a ver cómo Arderiu se precipitaba sobre el cuerpo exangüe de Reinona, apreciaba (a ojo) la gravedad de su condición y, tras haber recogido del suelo la Walter que aquélla había dejado caer, haber escudriñado el cañón y apretado el gatillo para determinar si aún había munición en el cargador y haberse volado por este procedimiento media oreja, disparó contra Ivet Pardalot con tanto tino que le dio a ésta primero y después al señor alcalde, que trataba en vano de abrir la ventana y escapar por ella. Al mismo tiempo disparó Santi sobre Arderiu y tableteó de nuevo la metralleta del Gaucho. Respondió Arderiu al ataque y durante un rato hubo fuego a discreción. Luego cesaron las detonaciones y el chalet quedó sumido en un silencio ominoso.

La precipitación, mal pulso y peor suerte de los contendientes también había causado daños en el mobiliario. El aparador estaba inservible, igual que la tapicería del sofá. Las cuatro paredes presentaban incontables impactos, pero esto era menos grave, porque el chalet entero llevaba años pidiendo a gritos una mano de pintura. La lámpara del techo estaba intacta, pero el interruptor había sido pulverizado y no había luz. El aire de respirar era una nube de pólvora acre y espesa. Intenté incorporarme y no pude; traté de deshacerme del abogado señor Miscosillas y no lo conseguí. El pobre hombre, en sus últimos estertores, había entrelazado sus piernas con las mías y mis brazos con los suyos y, más extraño aún, había abrochado varios botones de su americana en los ojales de la mía. Era un letrado corpulento: no me dejaba mover y me asfixiaba. Con toda la voz que me prestaron los pulmones grité bajito:

—¿Queda alguien vivo?

—Yo —respondió otra voz quedamente a mi lado. Y de inmediato agregó—: Pero a medias.

—Magnolio —exclamé reconociendo su voz—, ¿cómo demonios ha venido a parar aquí? Yo le hacía de vuelta en Barcelona hace varias horas.

—No, señor —balbució—, hice como que me iba, pero no me fui. Quería asegurarme de que no le ocurría nada malo a usted. Todo este tiempo he estado en el jardín, debajo de la ventana, escuchando a través de la persiana de lamas orientables. Estas persianas de lamas orientables nunca acaban de ajustar bien. Cuando oí al señor Gaucho exponer sus planes, me percaté del serio riesgo que corría usted y decidí pasar a la acción. Entré derribando la puerta trasera, la de la cocina. De dicha puerta la madera está carcomida y las bisagras, también de dicha puerta, oxidadas, por lo que cedió a la primera embestida. Suerte de eso, porque si llego a tardar medio segundo más, usted no lo cuenta.

Se detuvo a tomar aliento, exhaló un quejido y añadió:

—Claro que ahora el que no lo cuenta soy yo.

—¿Está herido? —le pregunté.

—Herido es un término optimista —repuso Magnolio—. Estoy a punto de cantar el gorigori en mi lengua vernácula.

—No diga tonterías —repliqué—, en cuanto consiga zafarme del abogado señor Miscosillas y salir de aquí, llamaré a una ambulancia, le darán dos puntadas y pasado mañana estará como nuevo.

—No —repuso Magnolio—, déjelo. No soy de ninguna mutua y además ya es tarde. Nunca debí salir del poblado. Quise labrarme un porvenir y ya ve adónde he llegado: a desangrarme en un chalet a dos mil kilómetros de casa.

—¿Por qué lo ha hecho? —le pregunté—. Quiero decir que por qué ha arriesgado su vida para salvar la mía.

—Era preciso —susurró Magnolio con cansancio—. Usted mismo lo verá. No me dé las gracias. Sólo dígale a Raimundita que lo nuestro iba en serio. Hay mucho frescales suelto por estos mundos de Dios. Yo soy uno de ellos. Pero no con Raimundita. Dígaselo tal cual.

Tras este emotivo encargo ya no volvió a decir nada más, ni siquiera en respuesta a mis insistentes exhortaciones. Al final hube de rendirme a la evidencia. Estaba solo e inmovilizado por el peso de un abogado muerto en el salón de un chalet abandonado. No podía esperar que nadie acudiera a mi rescate hasta que no diera comienzo la temporada de baños y el olor proveniente del chalet llamara la atención de algún viandante. Claro que para entonces yo ya habría muerto de inanición y sumado mi propia peste a la de los circunstantes. La perspectiva no era halagüeña, pero la noche había sido la más agitada de una serie de noches agitadas, de modo que cerré los ojos y al instante me quedé dormido.

Desperté al sentir que me tocaban y oí una voz profunda a mi lado decir:

—Aquí hay otro que aún respira.

Alguien acercó una tea. El resplandor me permitió ver dos caras negras como la pez que se inclinaban sobre mí e intercambiaban entre sí miradas interrogativas. En una de aquellas caras reconocí la del señor Mandanga, el encargado del Mesón Mandanga. Él también me identificó y dijo:

—¿Se puede saber a qué diablos han estado jugando? Esto es una escabechina.

—¿Están todos muertos? —le pregunté.

—No. Usted sigue vivo y, según parece, ileso —respondió el señor Mandanga—. El señor alcalde también ha salvado el pellejo. La bala le entró por el culo y le salió por la boca. Por lo visto lo pillaron en escorzo. Pero no parece tener afectados los órganos vitales. Los demás han pasado a mejor vida, aunque a decir verdad ninguno de ellos podía quejarse de cómo le iba en ésta, salvo el pobre Magnolio.

Mientras hablaba advertí que no sólo el salón estaba lleno de negros, sino que otros negros entraban y salían del salón y se desperdigaban por el chalet. Algunos de ellos se alumbraban con teas. Otros empuñaban machetes, azadones y bieldos. Retumbaban pasos en el piso superior. Como si pudiera leerme el pensamiento, el señor Mandanga me aclaró lo sucedido.

Viendo o habiendo visto los contertulios del Mesón Mandanga que pasaban las horas y Magnolio no volvía, y teniendo por principio inquebrantable el socorrerse los unos a los otros en la necesidad, habían decidido salir en busca y, si procedía, en ayuda de su compañero, para lo cual se habían provisto de los aperos de labranza que ahora blandían. Aunque Magnolio al salir del bar no había dejado dicho adónde iba, el señor Mandanga o su esposa recordaban haber mencionado aquél en el curso de su conversación conmigo el nombre de Castelldefels, población limítrofe, aunque no explorada hasta el momento por ninguno de ellos, de modo que hacia allí se dirigieron en el camión de reparto de hortalizas de uno de los presentes, el cual, en su condición de transportista, conocía el camino a Mercabarna como la palma de la mano, que era blanca, como lo es siempre la palma de la mano de los negros, incluso de los más endrinos, sin que nadie hasta el día de hoy haya sabido darme razón de esta rareza, pues desde tiempos inmemoriales (diez millones de años o más) han tenido los negros expuesta al sol esta parte de su cuerpo y no otras, que probablemente llevaban pudorosamente ocultas, sin por ello dejar éstas de ser negras y bien negras. En aquella ocasión, sin embargo, no se puso sobre el tapete este interesante enigma, ya que otros asuntos más apremiantes requerían nuestra atención, siendo el primero de ellos permitir al señor Mandanga finalizar su relato, cosa que hizo diciendo que, llegados a Castelldefels, habían bajado todos del camión y alumbrándose con teas y enarbolando sus herramientas se habían puesto a peinar la zona calle por calle y casa por casa.

—Por suerte —comentó el señor Mandanga con agudeza— no nos tropezamos con nadie, que si alguien nos llega a ver, de fijo se hace encima sus cositas.

Llevaban un buen rato dedicados a la búsqueda de Magnolio y estaban por abandonarla juzgándola infructuosa, cuando oyeron a lo lejos un persistente tiroteo. Redoblaron sus esfuerzos y, guiados por el pigmeo Facundo, hombre de corta estatura pero muy fino olfato y excelente poeta, no tardaron en dar con nuestro chalet y allí con la escena ya descrita.

Concluido este relato, hice yo el mío de lo sucedido. Para entonces ya me habían quitado de encima al abogado (ahora cesante) señor Miscosillas y me había podido poner de pie y pasar revista a las tristes víctimas de su propio y ajeno desatino. Hecho esto, pregunté al señor Mandanga qué pensaba hacer, creyendo que me respondería que dar parte del macabro suceso a la policía, pero él, encogiendo los macizos hombros hasta cubrirse con ellos los mofletes, respondió:

—Usted proceda como mejor le plazca, que nosotros lo haremos conforme nuestro leal saber y entender.

Tras lo cual sacó del bolsillo una caña de un palmo y medio de longitud perforada por ambos extremos y también por la parte superior y llevándosela a los labios y obturando algunos de los orificios laterales utilizó este instrumento como si fuera una flauta y por este medio congregó a sus huestes en el salón.

—¿Todo listo? —preguntó.

—Sí, jefe —respondió uno—. Yo me llevo un somier, un colchón, una almohada y un juego de cama.

—Y yo —dijo otro—, una vajilla completa compuesta de seis platos llanos, seis platos hondos, seis cuencos, doce copas de cristal y una panera.

—Y yo —agregó un tercero—, el lavaplatos, que me vendrá de miedo.

—Y yo la silla de ruedas —concluyó un cuarto—, para mi suegra.

El señor Mandanga anotó todo aquello en un bloc que se guardó luego en el bolsillo y dijo:

—Pues adelante con los faroles.

—Oiga, jefe —inquirió con respeto uno de los miembros de la banda—, y digo yo si no podríamos quedarnos con el chalet. Al fin y al cabo, habiendo muerto su legítima propietaria sin descendencia, no tiene dueño, y a nosotros nos podría servir de centro cívico.

—O montar aquí una maternal para nuestros rorros —propuso otro.

—Nada, nada —replicó el señor Mandanga en tono concluyente—. Sería una fuente de líos y de gastos y, después de todo, ¿para qué queremos un chalet desvalijado? Cargad el camión y traed la gasolina.

Hicieron como decía el señor Mandanga y

cuando el camión estuvo lleno a rebosar de muebles y trastos viejos, me invitaron a subir a la caja y buscar acomodo entre el producto de la requisa. A mi lado colocaron al señor alcalde. Mientras tanto, el señor Mandanga recorría las dos plantas del chalet regando suelo y paredes con gasolina. Acto seguido echaron las teas por puertas y ventanas, se montaron todos en el camión y éste partió a tanta velocidad como permitía su abultada carga. Al desembocar en la autovía de Castelldefels volví la vista atrás y contemplé un vivo resplandor y una espesa columna de humo elevarse sobre el contorno de los pinos y las casas. El señor Mandanga, que iba a mi lado en cuclillas, me palmeó la espalda y murmuró:

—Créame, era la mejor solución, o, en su defecto, la más sencilla.

* * *

A la hora de siempre abrí al público la peluquería, con más puntualidad que gusto, porque los sucesos de las horas precedentes me habían dejado una sensación de desasosiego y un malestar físico que no podía atribuir únicamente a las secuelas de una mala noche. Ni siquiera el sentido de la responsabilidad, el orgullo de ser un buen ciudadano y la animación y el nerviosismo que siempre sentía al iniciar cada jornada, revestir la bata blanca y disponerme a complacer a una numerosa clientela, me levantaron el ánimo como había ocurrido otras veces.

Al mediodía y tras mucho porfiar con el camarero del bar de enfrente para que me fiara un bocadillo de calamares encebollados, me fui a hojear la prensa (sin comer) al quiosco del señor Mariano. Una concisa gacetilla daba cuenta del incendio que aquella madrugada había destruido totalmente un viejo chalet deshabitado en la zona residencial de Castelldefels. Como nota curiosa, seguía diciendo la gacetilla, los bomberos habían encontrado entre las ruinas del chalet los cadáveres calcinados de seis personas, cuya identificación resultaba de todo punto imposible. Probablemente, concluía la gacetilla, se trataba de otros tantos inmigrantes ilegales de raza negra, a quienes un vecino dijo haber visto merodear por las inmediaciones del chalet poco antes del incendio, portando antorchas y armas peligrosas y dando muestras de salvajismo.

Por la tarde atendí a dos viejos que desde hacía más de treinta años compartían un bisoñé y de pronto, sin causa aparente, habían decidido dividirlo en dos partes iguales y no volverse a hablar. Este trabajo, que en circunstancias normales me habría animado, me sumió en una inexplicable melancolía.

Poco antes del cierre se detuvo delante de la peluquería una furgoneta de reparto de la que se apeó un individuo, extrajo de la parte posterior del vehículo una caja de cartón enorme y entró acarreándola en el establecimiento. Una vez allí, sin hacer caso de mis atentos saludos y educadas preguntas, empezó a abrir la caja y dejó al descubierto un magnífico secador eléctrico de pie con casco adaptable, de un precioso color rojo metalizado. Se disponía a enchufarlo y a explicarme el abecé de su funcionamiento cuando le interrumpí para agradecerle su presencia y su intención y para desengañarle respecto de mis posibilidades, pues, aunque necesitaba desesperadamente un secador nuevo, ni estaba en condiciones de pagar aquel magnífico aparato ni, a fuer de sincero, las proyecciones más optimistas me permitían adquirirlo a plazos. Pero el individuo me atajó diciendo que él no venía a ofrecerme aquel secador, sino a dejarlo allí, puesto que el secador había sido comprado y pagado íntegramente, incluidos los gastos de transporte, instalación, seguro obligatorio, mantenimiento e IVA. Viéndome perplejo y a ruegos míos se avino a contarme que la tarde anterior se había personado en la tienda un caballero de aventajada estatura y tez oscura, el cual, después de haberse asesorado largamente, había elegido aquel modelo, había dejado las señas de la peluquería donde debía efectuarse la entrega y había abonado la factura al contado, en metálico y sin regatear. El vendedor, siguió diciendo el individuo (que por azar era también el vendedor), se había interesado discretamente por las razones y propósitos de la compraventa, no porque desconfiara de un negro vestido de chófer, sino porque desconfiaba de todo el mundo y en particular de los especímenes de otras razas, y entonces, siguió diciendo el vendedor, el comprador le había contado que después de varios años de hacer el ganso, había decidido poner orden en su vida, casarse con una chica a la que acababa de conocer y entrar a trabajar como socio de un peluquero al que también acababa de conocer. Por lo visto, dijo el vendedor, los antepasados del comprador, allá en el África ecuatorial, además de valerosos guerreros, habían sido todos peluqueros, por lo que al conocerme a mí había sentido en lo más hondo de su ser la llamada ancestral de aquel noble oficio. Y era precisamente para ser aceptado como socio en la empresa, había seguido explicando el comprador al vendedor, por lo que estaba adquiriendo aquel secador, que se proponía aportar al capital fijo de la misma. Esta aportación, había dicho a renglón seguido el comprador, no habría podido hacerla si la casualidad no hubiese permitido al comprador obtener una crecida suma de una sola tacada, si bien para ello había tenido que participar en el secuestro de un inválido de una residencia de Vilassar.

Después de darme estas explicaciones y hacerme firmar el albarán correspondiente, se fue el individuo, dejando en la peluquería el secador instalado y a mí confuso y maravillado.

Al día siguiente, a media mañana, se detuvo ante la peluquería un coche oficial y de él descendió el señor alcalde, el cual me saludó con su habitual cordialidad.

—He aprovechado el día libre —dijo— para hacerle una visita de cortesía. Lo habría hecho ayer mismo, pero hube de intervenir en el mitin de clausura de la campaña. Estuve colosal, amigo mío, realmente colosal. Fue una pena que no viniera usted a oírme. Fue una pena que no viniera nadie a oírme. En fin, no importa. Mañana son las elecciones; y hoy, la jornada de reflexión. Como yo no reflexiono nunca, para mí es día de asueto. Esta tarde me llevan al circo. Pero antes he querido venir a visitarle. Usted se preguntará por qué. Ahora se lo diré. No sé si recuerda que anteanoche, en un chalet de Castelldefels, se produjo un ligero altercado. Nada inusual: un tiroteo es un cambio de impresiones por otros medios, como dijo Platón. El caso es que, por un malentendido, yo también estaba presente. No en los diálogos de Platón, sino en el chalet de Castelldefels. Pero ya he olvidado lo sucedido. ¿Y usted?

—Yo también, señor alcalde —respondí sin demora.

—Por favor, no me llame así. Todo depende de los resultados de mañana. El pueblo tiene la palabra. Hasta entonces, sólo soy un humilde candidato, un simple, modesto, ridículo y abyecto ciudadano como los demás. En cuanto a usted, si la memoria no me falla, yo no le había visto nunca antes de ahora. Ni usted a mí. Tiene una peluquería muy bonita. Muy bonita indeed. Claro que todo es susceptible de mejora. Tal vez un secador eléctrico no le vendría mal. Este de aquí parece muy antiguo.

—Es nuevo de trinca, señor alcalde. Y no necesito nada más.

—Bien, bien —exclamó el señor alcalde—, así me gusta. Los catalanes de las piedras sacan panes duros como piedras, ¿eh? Bueno, bueno. Le supongo al día en materia de tasas y contribuciones. Pero si vienen a molestarle por algún devengo, ya sabe, deme un telefonazo. El Ayuntamiento está en la Plaza Sant Jaume las veinticuatro horas del día.

* * *

Por la noche me esperaba una pareja conocida en el portal de mi casa. Los invité a subir a mi apartamento y me dijeron que no tenían orden judicial para proceder al allanamiento de morada, pero que si yo, ejerciendo mis derechos constitucionales, decidía incriminarme como un imbécil, allá yo. Una vez en mi apartamento, uno de ellos me dijo que el motivo de su presencia era interrogarme.

—Joé, Baldiri, no me seas sieso —rectificó el otro—, que sólo haimo venío a tené un ten con ten con el amigo.

—Valen —admitió Baldiri—, pero si el txoriso se incrimina, lo trinquem.

Aceptadas estas condiciones por mí, me mostraron una fotografía de Ivet en bragas y sostén. En realidad se trataba de una página de publicidad arrancada de una revista femenina. Como el texto que acompañaba a la foto estaba en inglés, deduje que correspondía a la época en que Ivet había trabajado de modelo en Nueva York. Me preguntaron si conocía a la chica de la foto y respondí que sí. Me preguntaron si conocía su paradero actual. Les pregunté a mi vez para qué querían saber el paradero de Ivet y me contaron que la noche anterior, aprovechando la ausencia de los señores Arderiu, que se encontraban realizando un largo viaje, alguien había entrado en la mansión de dichos señores (señor Arderiu y señora de Arderiu) y se había llevado las joyas de la señora de Arderiu, muy conocida en los círculos sociales con el sobrenombre de Reinona.

—No acierto a comprender —dije yo— qué relación puede haber entre el robo que acaban ustedes de contarme y la chica de la foto.

—Esto lo decidirá el señor jutge cuando li entreguemos la chica —repuso Baldiri.

—Esposá, maniatá y pasá por las armas —agregó su compañero.

—Me temo, señores, que tal cosa no tendrá lugar —dije yo—. Sus sospechas yerran de plano. La señorita en cuestión pereció hace dos noches en un incendio ocurrido en Castelldefels. Yo mismo fui testigo presencial del hecho y no sólo estoy dispuesto a ratificarme delante del señor juez, sino a pedir la comparecencia del señor alcalde, que la noche de autos también se encontraba...

Los dos agentes me dijeron al unísono que mi colaboración les había resultado muy útil, que daban crédito a mis palabras y que no querían causarme ninguna incomodidad adicional. Además, añadieron, tenían mucha prisa. Les pedí la foto, me la dieron alegando tener copias y se largaron sin más.

* * *

Después de este encuentro pasaron varios días sin incidentes que alteraran la dinámica monotonía de mi descansado oficio. Luego, un jueves por la tarde, cuando me hallaba enfrascado en el estudio del manual de instrucciones del secador eléctrico, entró en la peluquería una muchacha de quien la escasa luz sólo me permitió entrever la bonita figura. Cerré el manual de instrucciones, lo guardé en un cajón y empecé a quitar la funda de plástico con que protegía el secador del polvo, de la humedad, de los ácaros y de cualquier otro elemento que pudiera dañarlo antes del estreno, pero ella me atajó diciendo:

—Sólo he venido a platicar con usted. Soy Raimundita, ¿se acuerda usted de mí?

—Oh, Raimundita, perdona —dije yo—, al pronto no te había reconocido. ¿Qué te trae por aquí?

La pregunta era innecesaria, porque de sobra sabía lo que me venía a preguntar. De todos modos le dejé que la formulara y luego respondí que yo tampoco había visto a Magnolio recientemente ni esperaba verlo, porque unos amigos comunes me habían informado de que se había vuelto a su país con el dinero que le había sacado al abogado señor Miscosillas. Con aquel dinero, me habían dicho, tenía pensado establecerse en su poblado y casarse con su novia de infancia. Al oír esto, una súbita agitación nubló el agraciado rostro de Raimundita y sus ojos se empañaron. Previendo una escena, me apresuré a añadir:

—No te sorprenderá que se haya ido, como se suele decir, *à la françoise*. Estos tipos, ya se sabe, son así. Vienen a ganar dinero y a pasarlo bien, pero ni se integran, ni se adaptan, ni leen a Josep Pla, ni nada de nada. Ingratitud, incultura y, luego, si te he visto no me acuerdo.

Raimundita se restañó los ojos con el dorso de la mano, se encogió de hombros y dijo que en el fondo se alegraba de que se hubiera acabado así un asunto engorroso que ella había empezado sin el menor interés, sólo para pasar el rato y en realidad para darle celos al mayordomo, que era el que verdaderamente le gustaba y con quien acabaría casándose a la corta o a la larga. La felicité por su decisión y nos despedimos con gran algazara, no sin antes prometer que nos llamaríamos para salir a tomar unas copichuelas y reírnos de los peces de colores.

Por supuesto, no volví a ver a Raimundita ni a ninguna otra persona relacionada con este interesante y raro caso, a cuyo desenlace hemos llegado. Sólo en una ocasión, a mediados de diciembre, al regresar una tarde a mi apartamento, al cierre de la peluquería, encontré un sobre enganchado a la puerta sabe Dios con qué. Era una carta dirigida a mí, que el cartero no se había atrevido a tirar a la basura, como suele hacer con toda mi correspondencia (con arbitraria malicia), sin duda por la proximidad de las fiestas navideñas y la expectativa (ilusoria) de un aguinaldo. Entré en mi apartamento, encendí la luz y examiné sello y sobre. No traía remitente, pero el matasellos indicaba haber sido enviada desde Nueva York, también llamada la ciudad de los rascacielos por la altura de sus edificios. Abrí el sobre con dedos temblorosos y leí lo que sigue:

> Hace un montón de tiempo que debería haberte escrito para darte las gracias por tu amabilidad y especialmente por haber dicho a la policía que me morí aquella noche en el chalet de Castelldefels cuando sabías que no era verdad porque me viste salir a gatas del salón en cuanto empezó el tiroteo. Espero que esto no te haya causado problemas ni con la policía ni con nadie.
>
> Pero no te escribo sólo para darte las gracias. También quería decirte otra cosa. Aquella noche,

en el chalet, hice ver que aceptaba las acusaciones que mi antigua condiscípula Ivet Pardalot tuvo la frescura de verter o vertir sobre mi persona, mi conducta y mi pasado. Si no le respondí como se merecía fue en parte porque así, de repente, una nunca está segura de no haber incurrido en todos los males que se le achacan, y en parte porque no era cuestión de llevarle la contraria a semejante alimaña cuando la vida de mi padre, de mi madre, la mía propia y la de otra gente estaban en juego. Pero quiero que sepas que lo que dijo de mí no era verdad. O que no era del todo verdad, salvo que sólo nos atengamos a los hechos. En Nueva York las cosas no me fueron mal. Tampoco bien. Como modelo de ropa interior pude sobrevivir, con algunos altibajos, pero no tan mal que de cuando en cuando no me sobraran unos dólares para darme algún capricho, como ropa cara, un viaje al Caribe o estupefacientes. Nunca ejercí la prostitución, en el sentido de que nunca he cobrado por dispensar mis favores a ninguna persona física o jurídica, aunque siempre he procurado que no le saliera gratis su disfrute. En cuanto a si estuve o estoy colgada, eso es asunto mío, de mis allegados y, como máximo, de la sociedad en general, pero en nada concierne a una alimaña como Ivet Pardalot, que nada sabe de mí y que sólo pretendía justificar su estúpida existencia de alimaña pintando la mía a su gusto y conveniencia. Lo siento, guapa: quizá yo no he triunfado como otras, pero no soy una metáfora de nada, y allá cada cual con sus problemas. Te digo todo esto porque no quiero que te formes de mí una idea equivocada, ni para bien ni para mal. Por supuesto, eres muy libre de formarte la idea que te dé la gana. Pero para mí era importante explicarte lo que te acabo de explicar.

Sé que siempre has desconfiado de mí, y no te faltan motivos. Es cierto que te metí en el lío del robo a conciencia y por dinero. Pero luego cambié de actitud. Tú no supiste verlo. La noche que fui a tu apartamento con la excusa de que un hombre me seguía, te mentí: no me había seguido nadie. En realidad fui a pasar la noche contigo. Quizá ahí habría podido empezar algo entre nosotros, si tú no te hubieras empeñado en resolver el caso. Seguramente hiciste bien. Tú tienes tu vida organizada y yo soy un trasto.

Como ves he vuelto a Nueva York, de donde nunca tendría que haberme ido, y donde esta vez espero conseguir un trabajo estable en breve, o al menos antes de que se me acaben las joyas de mi difunta madre, gracias a las cuales he podido vivir hasta ahora sin apuros. Llevo una vida ordenada y tranquila. Si entonces me metí en lo de la droga fue porque estaba muy sola. Ahora sigo igual pero no es lo mismo. Quedarme huérfana de padre y madre en una sola noche me ha supuesto un gran alivio. Por primera vez soy dueña de mis actos y no sólo responsable de sus consecuencias. Espero que tú también hayas sacado provecho de las experiencias que vivimos juntos y que te vaya muy bien en la peluquería. Nueva York está mejor que nunca, sobre todo en estas fechas. Te encantarían los escaparates de Sacks.

Cordialmente, Ivet.

Oí un ruido a mis espaldas y casi se me para el corazón. No sé quién pensé que podía ser. En realidad era mi vecina Purines. En mi precipitación por leer la carta había dejado la puerta del apartamento abierta de par en par y Purines me había sorprendido enfrascado en la lectura al volver del supermercado vestida de Santa Claus. La Navidad estaba al caer y sus clientes no podían escapar al influjo de estas fechas señaladas. Ella, personalmente, habría preferido vestirse de pastorcito o de oveja y escenificar la anunciata o cualquier otro episodio de nuestro tradicional pesebre, pero el que pagaba, mandaba, aquí, en Belén y en todas partes, y si lo que les apetecía a sus clientes era vestirse de reno y tirar de un trineo cargado de juguetes, allá ellos con sus lomos, afirmó. Luego dejó en el suelo del rellano las bolsas, se quitó el gorro y dijo:

—Al salir vi el sobre en tu puerta. Carta de USA. ¿Buenas noticias?

—Oh, sí, muy buenas —respondí doblando la carta y metiéndomela en el bolsillo.

Purines se me quedó mirando, levantó del suelo las bolsas de plástico y dijo:

—Oye, estas fiestas son un palo: la clientela no está por la labor y las calles están imposibles. Así que he pensado irme a pasar unos días a un hotelito que me han recomendado, limpio, barato y tal. Y digo yo que, si te animas, nos podríamos ir juntos. Si no conoces Benidorm, te gustará. Un cambio de aires te sentará de miedo... y yo soy muy callada y de buen conformar.

Sin darme tiempo a encontrar una respuesta aceptable a su proposición, agregó:

—Ella no volverá. Y si volviera, no te avisaría.

—Ya lo sé, Purines —dije yo—, pero aun así...

—Entonces —suspiró Purines—, no seas tonto y ve a buscarla.

—¿A Nueva York? No digas disparates. No sé ni dónde cae. Y aunque fuera, ¿qué haría allí?

—Trabajar. Una amiga que estuvo una semana entera todo pagado me contó que en América se aprecia y se recompensa la iniciativa privada, al revés que aquí. Créeme, si no lo haces, te volverás idiota. Y si aceptas mi propuesta y te vienes conmigo, idiota y gordo.

Purines tenía razón: a pesar de que la peluquería iba mejor (en términos comparativos) gracias al nuevo secador eléctrico y que las fiestas hacían prever un fuerte o al menos un débil incremento (estacional) del trabajo, el entusiasmo de antaño parecía haberme abandonado. Me propuse darme un tiempo para reflexionar y no tomar ninguna decisión hasta fin de año.

* * *

Una tarde, poco después de la escena descrita en los párrafos anteriores, entró en la peluquería un extraño individuo. Su enmarañada melena y su espesa barba habrían hecho de él un magnífico cliente si el andar cubierto de harapos y descalzo y el ir por las calles pidiendo limosna no hubieran sido índice de escaso poder adquisitivo por su parte. Era el día de los inocentes y arrastraba una estela de llufas. Le dije que no podía darle nada y que si hubiera podido darle algo tampoco se lo habría dado para no fomentar la mendicidad, y respondió él muy dignamente:

—Caballero, yo no soy un mendigo. Si pido limosna es por pura necesidad. Mi verdadero oficio es estrella de la pantalla. Soy Robert Taylor. Por desgracia, hay un loco llamado Cañuto que se cree que soy yo y tiene liadas a las grandes productoras de Hollywood.

Al decir esto apartó la corriente de aire las greñas de su rostro y lo reconocí al punto.

—¡Cañuto, cuánto tiempo sin saber de ti! —exclamé echándole los brazos al cuello y retirándolos de inmediato—. La última vez que nos vimos fue en una autopista, el mismo día que nos echaron del manicomio, ¿recuerdas? Yo te hacía incrustado en el macadam. ¿Qué ha sido de tu vida?

—Ya ves —repuso Cañuto encogiéndose de hombros—. Como Robert Taylor no me puedo quejar. Pero como Cañuto las paso magras. ¿Y tú?

—Aquí, haciendo de peluquero —dije—. La empresa es de mi cuñado, pero la llevo yo.

—Jolín —dijo Cañuto—, a esto lo llamo yo prosperar.

—Y que lo digas. ¿No has vuelto a robar bancos?

—No, chico —suspiró Cañuto—, con los adelantos de la tecnología las cosas se han puesto complicadísimas. Que si detectores, que si alarmas, que si cristales blindados, que si circuitos de televisión... Están acabando con el oficio.

—Bah, no hagas caso —repuse—. Toda esa tecnología es una chapuza, te lo digo yo. Cuanta más tecnología, más sencillo debe de ser dar el golpe. Todo consiste en encontrarle las vueltas. ¿Tienes prisa?

—No mucha.

—Pues siéntate aquí —le dije— y déjame hacer.

Le lavé el pelo, se lo corté, le afeité, le hice la

permanente (con el secador nuevo) y cuando lo tuve hecho un dandi, me puse la bufanda y, aunque todavía faltaban dos horas largas para la del cierre, nos dirigimos de bracete, bajo el llamativo resplandor de los adornos navideños, a la pizzería, donde me proponía obsequiarle con una cena digna de un rajá y, de paso, hablarle de ciertos proyectos que desde hacía unos días me rondaban la cabeza o por la cabeza, porque ya llevaba invertidos en la peluquería ilusión, tiempo y esfuerzos sobrados y si finalmente me decidía a imprimir a mi vida un sesgo nuevo, y quién sabe si a cambiar también de residencia, las habilidades de Cañuto podían resultarme de mucha utilidad.

Impreso en el mes de mayo de 2003
en Talleres Liberdúplex, S. L.
Constitución, 19
08014 (Barcelona)